# LE GENTILHOMME
# AU POURPOINT JAUNE

Arturo Pérez-Reverte est né à Cartagena, Espagne, en 1951. Licencié en sciences politiques et en journalisme, il a travaillé longtemps comme grand reporter et correspondant de guerre pour la télévision espagnole, notamment pendant la crise du Golfe et en Bosnie. Ses romans sont des succès mondiaux, et plusieurs d'entre eux ont été portés à l'écran. Il partage aujourd'hui sa vie entre l'écriture et sa passion pour la mer et la navigation.

LES AVENTURES DU CAPITAINE ALATRISTE
5

Arturo Pérez-Reverte

# LE GENTILHOMME AU POURPOINT JAUNE

ROMAN

*Traduit de l'espagnol
par François Maspero*

*Éditions du Seuil*

TEXTE INTÉGRAL

TITRE ORIGINAL
*El Caballero del jubón amarillo*
ÉDITEUR ORIGINAL
Grupo Santillana de Ediciones, S. A.
© 2003, Arturo Pérez-Reverte

ISBN original : 84-204-0021-1

ISBN 2-02-083795-1
(ISBN 2-02-065827-5, 1re publication)

© Éditions du Seuil, octobre 2004, pour la traduction française

Le Code de la propriété intellectuelle interdit les copies ou reproductions destinées à une utilisation collective. Toute représentation ou reproduction intégrale ou partielle faite par quelque procédé que ce soit, sans le consentement de l'auteur ou de ses ayants cause, est illicite et constitue une contrefaçon sanctionnée par les articles L.335-2 et suivants du Code de la propriété intellectuelle.

www.seuil.com

*À GERMÀN DEHESA,*

*pour les* Petites Vertus

*Par méchante envie et par haine
Calomnié grossièrement,
Il fut plus soldat vaillant
Qu'il n'était prudent capitaine*

*Fantasque et toujours hardi
En duel il tua sans pitié ;
Mais Dieu est témoin que ce fut
Son temps et non lui qui le fit.*

# I

# LE THÉÂTRE
# DE LA CROIX

Diego Alatriste était d'une humeur massacrante. On jouait une nouvelle comédie au théâtre de la Croix, et il était là, sur la côte de la Vega, en train de se battre contre un quidam dont il ne connaissait même pas le nom. La première représentation d'une pièce de Tirso de Molina était un grand événement dans la capitale. Toute la ville remplissait la cour de comédie ou faisait la queue dans la rue, prête à se chercher querelle pour des motifs raisonnables tels qu'un fauteuil ou une place debout, et non pour une vétille telle qu'une bousculade fortuite au coin d'une rue comme c'était présentement le cas : rien que de fort ordinaire au demeurant, dans ce Madrid où la coutume voulait que l'on dégainât comme d'autres se signent. Sacrebleu, monsieur, regardez un peu devant vous. Regarde donc toi-même, si tu n'es pas aveugle. À Dieu ne plaise, monsieur. À Dieu ou au diable. Ce tutoiement inopportun du personnage – un jeune gentilhomme facilement irascible – rendait le duel inévitable. Je vous invite, monsieur, à me donner du « tu » autant que vous voudrez à quatre pas d'ici sur la côte de la Vega, avait dit Alatriste en passant deux doigts sur sa moustache. Avec épée et dague, si vous êtes assez bien né pour avoir un instant à me consacrer. Apparemment, l'autre l'avait. Et donc ils étaient là, sur le versant dominant le Manzanares, après avoir marché ensemble comme deux camarades sans échanger un mot ni tirer prématurément leurs bonnes lames qui maintenant s'entrechoquaient vigoureusement, cling ! clang !, en reflétant le soleil vespéral.

Après quelques froissements de fer, il devint soudain attentif en parant, non sans un certain effort, la première botte sérieuse. Il était irrité, plus contre lui-même que contre son adversaire. Irrité de sa propre irritation. C'était là chose peu recommandée en pareilles rencontres. L'escrime, quand vie ou santé sont en jeu, requiert de garder la tête froide en plus d'un bon poignet, sous peine que la colère ou toute autre disposition d'esprit s'échappe du corps en même temps que l'âme par quelque boutonnière imprévue dans le pourpoint. Mais il ne pouvait l'éviter. Il était déjà dans cet état d'esprit en quittant la taverne du Turc – la discussion avec Caridad la Lebrijana, qui rentrait tout juste de la messe, la vaisselle brisée, la porte claquée avec fracas, le retard pris pour se rendre au théâtre –, si bien qu'en tournant le coin des rues de l'Arquebuse et de Tolède, il lui avait suffi d'un heurt fortuit pour trouver un motif de duel au lieu de régler l'affaire avec un peu de bon sens et quelques mots raisonnables. De toute manière, il était trop tard pour revenir en arrière. L'autre y allait de bon cœur, avec une application qui lui faisait honneur, et il se débrouillait bien. Agile comme un daim et, crut-il constater, faisant preuve d'une dextérité de soldat dans sa façon de s'escrimer. Il attaquait à découvert, par brefs assauts, rompant comme pour porter des coups de taille ou de revers, cherchant le moment d'avancer le pied gauche et de lier l'épée ennemie par la garde avec sa dague courbe. Pour usé qu'il fût, l'expédient était efficace si celui qui l'exécutait avait bon œil et meilleure main encore ; mais Alatriste était lui-même trop vieux bretteur et trop expérimenté, si bien qu'il se déplaçait en demi-cercle vers la gauche de son adversaire, en repoussant toutes ses tentatives et en le fatiguant. Il en profitait pour l'étudier : une vingtaine d'années, bonne allure, avec cette touche militaire qui ne pouvait tromper un œil avisé, malgré les vêtements de ville, bottes basses de cuir, pourpoint de drap fin, cape brune qu'il avait posée à terre avec son chapeau pour ne pas en être embarrassé. De bonne naissance, probablement. Sûr de lui, courageux, bouche close et nullement fanfaron, concentré sur son affaire. Le capitaine ignora une fausse attaque, décrivit un nouveau quart de cercle sur sa droite et mit le soleil dans les yeux de son rival. Enfer et damnation ! À cette heure, le premier acte du *Jardin de Juan Fernández* devait avoir déjà commencé.

Il décida d'en finir, sans pour autant laisser sa hâte lui faire commettre de faux pas. Et pas question non plus de s'empoisonner la vie en tuant un homme en plein jour et un dimanche. L'adversaire tenta un coup de revers et Alatriste, après l'avoir paré, profita de ce mouvement pour feindre une attaque à la face, glissa sur sa droite, baissa son épée pour se protéger la poitrine et, ce faisant, porta à l'autre un mauvais coup de dague à la tête. Procédé peu orthodoxe et plus qu'inélégant, eût jugé n'importe quel témoin. Mais María de Castro était certainement entrée en scène, et le trajet jusqu'au théâtre de la Croix était encore long. Foin, donc, des délicatesses. De toute manière, c'était suffisant. L'adversaire pâlit, tomba à genoux tandis que le sang coulait de sa tempe, bien rouge et bien vif. Il avait lâché la dague et s'appuyait sur son épée ployée, en s'y cramponnant encore. Alatriste rengaina la sienne, s'approcha et finit de désarmer le blessé d'un léger coup de pied. Puis il le soutint pour qu'il ne tombât pas, tira un linge propre de la manche de son pourpoint et lui banda la tête du mieux qu'il put.

– Serez-vous capable de vous en arranger seul ?

L'autre le regardait sans répondre, les yeux voilés. Alatriste poussa un soupir ennuyé.

– J'ai à faire, dit-il.

L'homme finit par esquisser un léger signe d'acquiescement. Il s'efforçait de se relever, et Alatriste l'y aida. Il le fit s'appuyer sur son épaule. Le sang continuait de couler à travers le linge, mais le garçon était jeune et solide. Il cicatriserait vite.

– J'enverrai quelqu'un, hasarda Alatriste.

Il ne voyait pas comment en finir et s'en aller pour de bon. Il regarda en haut, vers la flèche de la tour de l'Alcazar royal qui dépassait des murailles, puis en bas, vers le long pont de Ségovie. Ni alguazils – chose en soi rassurante –, ni flâneurs. Personne. Tout Madrid était allé voir Tirso de Molina, tandis qu'il restait là, à perdre son temps. Il pensa avec impatience que la question pouvait être résolue avec un simple réal glissé dans la main d'un des nombreux porteurs et portefaix oisifs qui attendaient ordinairement le voyageur derrière la porte de la Vega. Celui-ci pourrait conduire l'inconnu à son auberge, en enfer ou n'importe où. Il fit se rasseoir le blessé sur un moellon tombé du rempart. Puis il lui tendit son chapeau, sa cape, son épée et sa dague.

– Puis-je faire autre chose pour vous ?

L'homme, toujours livide, respirait lentement. Il regarda longuement son interlocuteur, comme s'il avait du mal à fixer les images.

– Votre nom, murmura-t-il enfin d'une voix rauque.

Alatriste époussetait ses bottes en agitant son couvre-chef.

– Mon nom ne regarde que moi, répondit-il froidement, en enfonçant son chapeau sur sa tête. Et je me moque totalement du vôtre.


Don Francisco de Quevedo et moi le vîmes entrer juste au moment où les guitares marquaient la fin de l'intermède, le chapeau à la main et la cape pliée sur le bras, tenant son épée et baissant la tête pour ne pas importuner le public, pardonnez-moi, monsieur, et ayez la bonté de me laisser passer, s'ouvrant un chemin dans la foule qui encombrait tout l'espace disponible du théâtre. Il passa devant le parterre, salua l'alguazil, paya seize maravédis à l'encaisseur des degrés de droite, gravit les marches et vint vers nous, qui occupions un banc au premier rang, le long de la balustrade et près de la scène. De tout autre j'eusse été surpris qu'on le laissât entrer, si serré était le public cette après-midi-là, la foule remplissant la rue de la Croix et protestant parce qu'elle ne pouvait passer ; j'ai su plus tard que le capitaine avait eu l'intelligence de ne pas se présenter à l'entrée principale, mais d'emprunter la porte cochère qui était l'accès des femmes à leur parterre réservé et dont le portier – portant justaucorps de cuir pour se protéger des coups d'épée de ceux qui prétendaient entrer sans payer – était commis dans la boutique que Fadrique le Borgne, grand ami du capitaine, possédait à Puerta Cerrada. Certes, après avoir graissé la patte au portier, et en additionnant le prix de l'entrée, de la place et de l'aumône aux hôpitaux, la dépense atteignait deux réaux : une saignée qui, pour la bourse du capitaine, n'était pas légère, surtout si nous considérons que pour le même prix on pouvait, en d'autres circonstances, obtenir un fauteuil au balcon. Mais *Le Jardin de Juan Fernández* était une comédie nouvelle, et signée de Tirso. En ce temps-là, avec le vieux Lope de Vega et un jeune poète qui faisait déjà sensation, Pedro Calderón de la Barca, le frère de la Merci Tirso de Molina, de son vrai nom Gabriel Téllez, était de ceux qui faisaient tout autant la fortune des directeurs de théâtre et des comédiens que les délices d'un public idolâtre, même si sa gloire et sa popularité n'arrivaient pas à la hauteur de celles du grand Lope. De plus, le jardin madrilène qui donnait son nom à la comédie était un endroit célèbre situé près du haut Prado, un parc splendide et charmant fréquenté par la Cour, fort à la mode, lieu de rendez-vous galants, ce qui, sur les planches du théâtre de la Croix, rehaussait l'attrait de la pièce, comme on en eut la preuve dès la première représentation; car dès que Petronila fut entrée en scène habillée en homme avec bottes et éperons, en même temps que Tomasa déguisée en laquais, le public applaudit frénétiquement sans même laisser à la sublime comédienne María de Castro le temps d'ouvrir la bouche. Les mousquetaires eux-mêmes – ce grand concours de spectateurs massés debout au fond du parterre, avec cape, épée et dague comme des soldats prêts à être passés en revue ou à monter la garde, qui devait ce surnom aux critiques bruyantes et aux huées dont il était coutumier – orchestrés par le savetier Tabarca, leur chef de file, les mousquetaires, dis-je, accueillirent avec moult applaudissements et hochements de tête approbateurs, en hommes qui connaissent et apprécient les choses à leur juste valeur, ces vers de Tomasa :

> *Pucelle et Cour sont notions*
> *qui impliquent contradiction.*

Une telle approbation de la gent mousquetaire était d'importance. En un temps où les taureaux et le théâtre attiraient tout autant le peuple que la noblesse, où la comédie faisait l'objet d'une véritable vénération, et où chaque première représentation étant un jeu au cours duquel on pouvait tout perdre ou tout gagner, les auteurs les plus réputés consacraient le prologue à se gagner la faveur de ce public bruyant et difficile :

*Ceux-là dont le caprice a le pouvoir de faire
qu'une comédie soit très bonne ou très mauvaise.*

Tant il est vrai que dans cette Espagne singulière qui était la nôtre, extrême dans le bien comme dans le mal, nul médecin n'était puni pour avoir tué un malade à force de saignées et d'incompétence, nul homme de loi ne perdait son office du fait de ses intrigues, nul commis du roi ne se voyait privé de ses privilèges pour s'être servi dans les coffres ; mais que l'on ne pardonnait pas à un poète de s'égarer dans ses vers et de ne point trouver le mot juste. Il arrivait que le public parût se réjouir davantage des mauvaises comédies que des bonnes : car il se bornait à écouter et applaudir les secondes, sans leur trouver de piment ; tandis que les premières lui donnaient motif à sifflets, quolibets, cris et lazzis, affirmant que de mémoire d'homme l'on n'avait jamais vu si grande inconvenance, même chez les Turcs et les luthériens, et autres gracieusetés. Les plus misérables butors jouaient aux connaisseurs, et même les duègnes et les maritornes faisaient cliqueter leurs clés au parterre en prenant des airs entendus. Ainsi donnait-on libre cours à l'un des plus grands passe-temps des Espagnols, qui est de libérer le fiel accumulé en eux par tant de mauvais gouvernements en jouant les bravaches dans l'impunité du tumulte. Car chacun sait que Caïn fut authentique hidalgo, vieux chrétien et natif d'Espagne.

Bref, comme je le disais, le capitaine Alatriste vint vers nous, qui lui avions réservé une place jusqu'au moment où un quidam, dans le public, avait exigé de l'occuper ; et Francisco de Quevedo, préférant éviter une querelle, non par pusillanimité mais par souci du lieu et des circonstances, avait laissé faire l'importun en l'avertissant néanmoins que ladite place avait été louée et que, dès qu'arriverait le titulaire, celui-ci lui ferait débarrasser le plancher. Le hautain « on verra bien », par lequel l'homme avait répondu en s'installant, se mua en expression de crainte respectueuse lorsque le capitaine apparut sur les gradins, que don Francisco haussa les épaules en montrant le siège occupé et que mon maître dirigea sur l'intrus son regard glauque et fixe. Celui du personnage, un artisan aisé – fermier des puits à neige de Fuencarral, ai-je cru comprendre ensuite – à qui l'épée pendant de sa ceinture allait aussi bien qu'une arquebuse à un Christ, passa des yeux glacés du capitaine à sa moustache de vieux soldat, puis à la coquille de sa rapière pleine d'ébréchures et de marques, et à la dague dont le pommeau apparaissait derrière la hanche. Après quoi, sans dire mot, plus muet qu'une clovisse, il avala sa salive et, sous prétexte de demander un verre d'hydromel à un vendeur, se poussa sur le côté en gagnant un demi-espace sur son voisin pour laisser à mon maître toute la place libérée.

– J'ai cru que vous ne viendriez pas, commenta Francisco de Quevedo.

– J'ai eu une algarade, répliqua le capitaine, en déplaçant son épée pour s'asseoir commodément.

Il sentait la sueur et le métal, comme en temps de guerre. Don Francisco remarqua la manche tachée de son pourpoint.

– Est-ce là votre sang ? demanda-t-il, plein de sollicitude, en arquant les sourcils derrière ses lunettes.

– Non.

Le poète hocha la tête d'un air grave, regarda ailleurs et n'ajouta rien. Comme il l'avait lui-même affirmé en d'autres occasions, l'amitié se nourrit de pichets de vin bus ensemble, de combats épaule contre épaule et de silences opportuns. Inquiet, j'observais moi aussi mon maître, et celui-ci m'adressa un regard rassurant en esquissant un sourire distrait sous sa moustache.

– Tout va bien, Iñigo ?

– Tout va bien, capitaine.

– Comment était l'intermède ?

– Fort bon. Il s'appelait *Le carrosse est avancé*. De Quiñones de Benavente. Nous avons ri aux larmes.

Nous ne poursuivîmes pas la conversation, car les guitares venaient de se taire. Les mousquetaires, au fond du parterre, sifflèrent sans vergogne pour réclamer le silence avec leur goujaterie habituelle, mots vulgaires et autres grossièretés. Les éventails s'agitèrent aux balcons, les femmes cessèrent d'adresser des signes aux hommes et vice-versa, les vendeurs de limonades et les placiers se retirèrent avec leurs paniers et leurs dames-jeannes, et derrière les jalousies des loges, les gens de qualité reprirent leurs sièges. Levant la tête, je vis le comte de Guadalmedina à l'une des meilleures places, en compagnie d'amis et de dames – il payait, pour disposer de l'endroit lors des représentations de comédies nouvelles, la bagatelle de deux mille réaux par an –, et, dans une loge voisine, don Gaspar de Guzmán, comte et duc d'Olivares, entouré de sa famille. Il ne manquait que le roi notre maître, car Philippe IV était fort friand de comédies et venait parfois, à découvert ou incognito ; mais il était fatigué par son récent voyage en Aragon et en Catalogne, périple épuisant où, naturellement, Francisco de Quevedo, dont l'étoile continuait de monter à la Cour, avait figuré en bonne place dans la suite, comme il devait le faire en Andalousie. Bien entendu, le poète eût pu occuper quelque place d'invité dans les loges du haut ; mais il était homme à préférer se mêler au peuple, il se plaisait dans l'ambiance vivante des parties inférieures du théâtre et, de surcroît, aimait se rendre aux théâtres de la Croix ou du Prince avec son ami Diego Alatriste. Tout soldat et spadassin que fût celui-ci, et avare en paroles, il n'en était pas moins une personne convenablement instruite, il avait lu de bons livres et beaucoup fréquenté les spectacles ; et même s'il n'en faisait pas étalage et gardait son jugement pour lui, son coup d'œil était sûr, à l'heure de juger des qualités d'une comédie, ne se laissant pas leurrer par les effets faciles dont certains auteurs abusaient pour se gagner les faveurs du vulgaire. Ce qui n'était certes pas le cas des grands, tels Lope, Tirso ou Calderón ; même quand ceux-ci recouraient aux artifices de leur métier, leur génie marquait la différence, et il n'y avait rien de commun entre les nobles procédés des uns et les ficelles des autres. Lope lui-même avait mis le holà :

*Et quand je dois écrire une autre comédie*
*j'enferme des anciens les exemples sous clé,*
*chassant Térence et Plaute hors de ma librairie,*
*car je ne voudrais pas les entendre crier :*
*quand les livres sont muets, parle la vérité.*

Ce qui ne doit évidemment pas s'entendre comme un *mea culpa* du Phénix des Esprits désireux de se faire pardonner l'emploi de procédés de mauvais aloi, mais comme un souci de ne point céder au goût des doctes néo-aristotéliciens académiques, qui vouaient ses comédies aux gémonies mais eussent sacrifié un bras pour pouvoir les signer, et surtout en toucher la recette. Ce soir, de toute façon, il ne s'agissait pas de Lope mais de Tirso, sans que le résultat en fût pour autant différent. La pièce, du genre dit de cape et d'épée, tournée en vers majestueux, traitait comme il se doit d'amour et d'intrigues, mais présentait aussi des vues d'une profondeur bien venue, par exemple sur les tromperies et les mensonges de Madrid, capitale de la fausseté où le vaillant soldat vient chercher la récompense de sa bravoure et ne trouve jamais que désillusion ; elle critiquait le mépris du travail et le luxe auquel s'adonne chacun au-dessus de son état : un penchant également très espagnol, qui nous avait déjà entraînés à maintes reprises dans l'abîme et devait persister dans les années à venir, aggravant la maladie morale qui a détruit l'empire de deux mondes, héritage d'hommes durs, arrogants et intrépides, issus de huit siècles passés à égorger les Maures, n'ayant rien à perdre et tout à gagner. Une Espagne où, en l'an de grâce mil six cent vingt-six, celui des événements que je narre ici, le soleil n'était pas encore à son couchant mais bien près d'y être. Car dix-sept ans plus tard, porte-étendard à Rocroi et tenant bien haut les lambeaux de mon drapeau sous la mitraille des canons français, je serais moi-même le témoin du triste crépuscule de notre ancienne gloire, au centre du dernier carré formé par notre pauvre et fidèle infanterie – « Comptez les morts », lancerais-je alors à l'officier ennemi qui demandait combien nous étions dans le vieux régiment anéanti –, en cette journée où je fermerais pour toujours les yeux du capitaine Alatriste.

Mais je dirai chaque chose en son temps. Restons pour l'instant au théâtre de la Croix, à Madrid, en cette après-midi où l'on donnait une nouvelle pièce. Le fait est que cette pièce inédite de Tirso tenait les uns et les autres dans cette grande expectative que je viens de décrire. De notre rangée, le capitaine, don Francisco et moi regardions les planches où débutait le second tableau : Petronila et Tomasa revenaient devant les spectateurs en leur laissant le soin d'imaginer la beauté du jardin, à peine suggérée par une jalousie envahie de lierre sur un côté de la scène. Du coin de l'œil, je vis le capitaine se pencher jusqu'à poser ses bras sur la balustrade, son profil d'aigle découpé par un rayon de soleil qui filtrait dans une déchirure de la toile tendue pour que le public ne fût pas ébloui, car la cour de comédie était orientée vers le ponant et en pente ascendante. Les deux comédiennes étaient toujours habillées en homme, fantaisie que ni les pressions de l'Inquisition, ni les ordonnances royales ne parvenaient à bannir des spectacles, tant elle était au goût du public. De la même manière, lorsque le pharisianisme de certains conseillers de Castille excités par des clercs fanatiques a prétendu abolir les comédies en Espagne, leurs tentatives ont échoué du fait du public lui-même, qui refusait qu'on le prive de son plaisir et, de plus, arguait avec raison qu'une partie des recettes de chaque représentation allait à l'entretien de confréries pieuses et d'hôpitaux.

Pour en revenir au théâtre de la Croix et à Tirso, les deux femmes se présentèrent vêtues en hommes, et chacun, tant au parterre qu'aux balcons, loges et poulailler, applaudit. Et lorsque María de Castro dit :

*Je ne compte, Bargas, guère plus qu'une morte.*
*Je n'ai point de cervelle et suis...*

... les mousquetaires, que j'ai déjà décrits comme étant gens difficiles, montrèrent des signes d'approbation, se haussant sur la pointe des pieds pour mieux voir, et les femmes du poulailler cessèrent de mastiquer avelines, citrons doux et prunes. María de Castro était la plus belle et la plus célèbre comédienne de son temps ; elle rendait vivante cette magnifique et étrange réalité humaine que fut notre théâtre, miroir – souvent satirique et déformant – de la vie quotidienne, et beauté des rêves les plus fous, toujours balançant entre l'un et l'autre. La Castro était une femme pleine d'allant, parfaite de formes et plus encore de visage : yeux en amande et noirs, dents blanches comme sa peau, belle bouche et bien proportionnée. Les femmes lui enviaient sa grâce, sa mise et sa façon de dire les vers. Les hommes l'admiraient sur la scène et la convoitaient à la ville ; chose à laquelle ne faisait point obstruction son mari, Rafael de Cózar, gloire de la scène espagnole, comédien de grande renommée dont j'aurai plus loin l'occasion de parler en détail, me bornant pour l'heure à mentionner que, mis à part son talent au théâtre – les rôles de barbons, gentilshommes comiques, valets fripons ou alcades de province qu'il interprétait avec beaucoup d'esprit et d'aplomb étaient fort prisés du public –, il ne voyait nulle objection à faciliter, moyennant paiement de sa quote-part, un discret commerce avec les quatre ou cinq personnes du sexe que comptait sa compagnie ; lesquelles, naturellement, étaient mariées, ou tout au moins passaient pour telles afin d'être en conformité avec les ordonnances en vigueur depuis le temps du grand Philippe II. Car c'eût été péché d'égoïsme et manque de charité, vertu théologale – disait Cózar avec une impudence exquise –, que de ne point partager l'art avec qui avait les moyens de le payer. Et dans ces rencontres galantes, certes réservées comme gourmandises de choix, son épouse légitime María de Castro – on a su plus tard qu'ils n'étaient pas réellement mariés et que tout n'était que gaze pour recouvrir la vérité –, Aragonaise et très belle, cheveux châtains et voix caressante, constituait une mine d'or plus rentable que celles de l'Inca. De sorte que, pour résumer, le complaisant Cózar faisait sien le mot de Lope :

*Car l'honneur du mari est une forteresse
dont l'ennemi serait l'alcade...*

Mais soyons justes, ce qui, de plus, est dans l'ordre de la présente histoire. Il est certain que la Castro avait parfois des idées et des goûts moins vénaux, et ses beaux yeux n'étincelaient pas toujours que pour des bijoux. Comme disait le dicton, un homme peut servir au plaisir, l'autre à la dépense et le troisième à faire les cornes. En ce qui concerne le plaisir, je dirai, pour l'édification de vos seigneuries, que María de Castro et Diego Alatriste n'étaient pas des inconnus l'un pour l'autre – et cela ne comptait pas pour rien dans la fâcherie de ce dimanche avec Caridad la Lebrijana et dans la mauvaise humeur du capitaine – et que, cette après-midi-là au théâtre de la Croix, tandis que se déroulait le deuxième tableau, le regard du capitaine était rivé sur la comédienne tandis que le mien allait de l'un à l'autre. Inquiet pour mon maître, et chagriné pour la Lebrijana que j'aimais fort. Pour ma part, j'étais également captivé jusqu'à la moelle, en retrouvant l'impression que la

Castro m'avait produite trois ou quatre ans plus tôt, la première fois que j'avais assisté à une comédie, *L'Arenal de Séville*, interprétée par elle au théâtre du Prince, en ce jour mémorable où tous, y compris Charles, prince de Galles, et celui qui était alors le marquis de Buckingham, avaient tiré l'épée devant Philippe IV en personne. Car si la ravissante comédienne ne me semblait pas, en toute rigueur, la plus belle femme de la terre – vos seigneuries savent que c'en était une autre, et qu'elle avait les yeux bleus du démon –, la contempler sur scène me troublait comme tout digne représentant du sexe masculin. Même ainsi, j'étais loin d'imaginer à quel point María de Castro serait source de troubles dans ma vie et celle de mon maître, et nous mettrait tous deux en très grave danger ; pour ne point parler du danger couru par la couronne du roi notre maître qui, ces jours-là, tint littéralement sur le fil d'une épée. Toutes choses que je me propose de conter dans cette nouvelle aventure, montrant ainsi qu'il n'est point de folie à laquelle ne parvienne un homme, ni d'abîme sur lequel il ne se penche, ni de circonstances dont ne profite le diable, quand il est question d'une jolie femme.

Entre le deuxième et le troisième tableau, il y eut un intermède, réclamé à cor et à cris par les mousquetaires, *Doña Isabelle la voleuse*, célèbre chanson en langage de la truanderie, dont une comédienne d'âge mûr et encore appétissante nommée Jacinta Rueda nous régala fort gaillardement. Cependant je ne pus en profiter, car à peine avait-elle commencé qu'un machiniste vint nous trouver, porteur d'un message disant que monsieur d'Alatriste était attendu dans le vestiaire. Le capitaine et Francisco de Quevedo échangèrent un regard, et tandis que mon maître se levait en ajustant son épée à son côté gauche, le poète hocha la tête d'un air désapprobateur et dit :

*Heureux celui qui meurt en les ayant quittées,*
*heureux celui qui vit sans les avoir aimées,*
*ou qui par chance enfin a pu les enterrer.*

Le capitaine haussa les épaules, réclama son chapeau et sa cape, murmura un sec « ne jouez point les fâcheux, don Francisco », enfonça le couvre-chef et s'ouvrit un passage entre les rangs. Quevedo m'adressa un coup d'œil éloquent que j'interprétai comme il se devait, car je quittai ma place pour suivre mon maître. Avise-moi en cas d'embarras, avaient transmis ses yeux derrière les lunettes quevédiennes. Deux lames sont plus efficaces qu'une. Et ainsi, conscient de ma responsabilité, j'ajustai également la dague de miséricorde que je portais dans le dos, passée dans mon ceinturon, et emboîtai le pas au capitaine, discret comme une petite souris, espérant que, cette fois, nous pourrions assister en paix à la fin de la comédie. Car c'eût été faire à Tirso un bien méchant affront que de lui gâcher sa première représentation.

Ce n'était pas la première fois, et Diego Alatriste connaissait le chemin. Il descendit les gradins et, devant la galerie de la conciergerie, il tourna à gauche pour prendre le couloir qui passait sous les loges et conduisait à la scène et aux vestiaires des comédiens. Au fond, dans l'escalier, son vieil ami le lieutenant d'alguazils Martín Saldaña conversait avec le directeur du théâtre et quelques connaissances, également gens du métier. Alatriste s'arrêta un instant pour les saluer, en remarquant l'expression préoccupée de Saldaña. Déjà il prenait congé quand le lieutenant d'alguazils le retint un instant et, d'un air faussement indifférent, comme s'il venait de se rappeler quelque affaire sans importance, lui posa la main sur un bras en chuchotant d'un air inquiet :

– Gonzalo Moscatel est à l'intérieur.
– Et alors ?
– Ne troublons pas la fête.

Alatriste le regardait, impénétrable.

– Ne joue pas les fâcheux, toi aussi, dit-il.

Et il poursuivit son chemin tandis que l'autre se grattait la barbe en se demandant sans doute en compagnie de qui venait de le mettre son vieux camarade des Flandres. Dix pas plus loin, Alatriste écarta la tenture du vestiaire pour entrer dans une pièce sans fenêtres où l'on rangeait les châssis et les toiles peintes utilisées pour les décors. De l'autre côté se trouvaient plusieurs cabinets avec davantage de tentures, destinés aux comédiennes, car les comédiens étaient à l'étage inférieur. La pièce, qui communiquait également avec les planches à travers le rideau, servait de salle d'attente pour les membres de la compagnie avant d'entrer en scène, et aussi de salon de visite pour les admirateurs. À cette heure, elle était occupée par une demi-douzaine d'hommes, comédiens habillés pour sortir dès la fin de l'intermède – on entendait Jacinta Rueda chanter de l'autre côté du rideau le couplet fameux « par le guet poursuivie / et les sbires traquée » – et trois ou quatre gentilshommes qui étaient là par privilège de qualité ou de bourse pour complimenter les actrices. Et parmi eux, naturellement, Gonzalo Moscatel.

J'arrivai à l'entrée du vestiaire derrière le capitaine, en prenant bonne note du regard de Martín Saldaña que je saluai fort courtoisement. J'eus la certitude que les traits d'un des hommes qui lui tenaient compagnie m'étaient familiers, mais je ne sus déterminer pourquoi. Du couloir, où je restai adossé au mur, je vis mon maître et les gentilshommes qui attendaient dans la pièce se saluer froidement, sans qu'aucun ne se découvrît. Le seul qui ne salua point fut Gonzalo Moscatel, personnage haut en couleur qu'il ne serait pas de trop de présenter à vos seigneuries. Le sieur Moscatel semblait sortir tout droit d'une comédie de cape et d'épée : il était énorme, terrible, avec une moustache féroce aux pointes très relevées, démesurées, et sa mise était un mélange de grâce et de forfanterie, moitié l'une moitié l'autre, avec quelque chose de comique et de redoutable à la fois. Élégamment vêtu, collerette à nombreuses pointes et dentelles sur un pourpoint violet, manchettes à l'ancienne, cape française, bas de soie, guêtres de feutre noir, chapeau de même étoffe au plumet bien garni et ceinture parsemée d'antiques réaux d'argent d'où pendait une longue rapière ; car il était aussi de ceux qui jouent aux fiers-à-bras, déambulent en invoquant Dieu et en maudissant autrui à chaque pas, tordant leur moustache et faisant grand fracas de ferraille. De surcroît, il se targuait d'être poète : il se vantait, sans le moindre fondement, d'être l'ami de Góngora et commettait des vers infâmes qu'il publiait de ses propres deniers, car il ne manquait pas de numéraire. Seul un poète indigne et parasite lui avait fait la cour, louant les merveilles de son inspiration; mais ce malheureux, nommé Garciposadas, qui pillait Calepino sans vergogne – « Il lui fait un bûcher et lui construit un mur », etc. –, qui écrivait avec la plume de l'ange de Sodome et prospérait en léchant les bottes à la Cour, avait été brûlé, convaincu d'être bougre, c'est-à-dire adepte du péché abominable, lors d'un des derniers auto-dafés; de sorte que Gonzalo Moscatel était resté sans personne pour lui jurer qu'il était l'élu des muses, jusqu'au jour où la relève était venue sous la forme d'un homme de loi visqueux nommé Saturnino Apolo, célèbre pour être grand flagorneur et grand videur de bourses, qui lui soutirait de l'argent de façon éhontée, et sur lequel nous aurons l'occasion de revenir. Pour le reste, Moscatel avait gagné sa position comme fournisseur des boucheries et tables franches de la ville, lard frais inclus; et aussi, corruption mise à part, grâce à la dot de sa défunte épouse, fille d'un juge d'une justice plus borgne qu'aveugle, encline à charger les plateaux de la balance en quadruples doublons. Veuf, Moscatel n'avait pas de descendance mais une nièce orpheline et pucelle qu'il gardait comme le chien Cerbère dans sa maison de la rue de la Madera. Faisant aussi la cour à tout habit brodé, on pouvait fort raisonnablement parier que, tôt ou tard, il porterait une croix sur son pourpoint. Dans cette Espagne de grands commis immoraux et rapaces, tout était à portée de main si l'on avait volé assez pour avoir de quoi payer.

Du coin de l'œil, le capitaine Alatriste put s'assurer que Gonzalo Moscatel le gratifiait d'un regard féroce, la main posée sur le pommeau de sa flamberge. Ils se connaissaient, bien malgré eux; et chaque fois qu'ils se croisaient, les regards pleins de haine du boucher exprimaient sans détours la nature de leurs relations. Celles-ci avaient débuté deux mois plus tôt, certaine nuit où le capitaine, revenant de la taverne du Turc à une heure tardive, éclairé par un soupçon de lune et enveloppé dans sa cape jusqu'aux yeux, avait entendu le bruit d'une dispute dans la rue de Las Huertas. Il avait perçu une voix de femme et, en s'approchant, il avait distingué deux formes sous un porche. Il n'était guère attiré par les querelles d'amoureux et n'aimait pas se mêler des affaires d'autrui; mais son chemin le menant dans cette direction, il n'avait aucune raison d'en prendre une autre. Il s'était donc trouvé face à un homme et une femme qui se querellaient devant la porte d'une maison. Bien que la conversation laissât percer quelque familiarité, la dame – à supposer qu'elle méritât ce titre – paraissait furieuse, et l'homme s'entêtait à vouloir passer outre, ou tout au moins franchir le seuil. La voix féminine était harmonieuse. Elle permettait d'imaginer une jolie femme, jeune en tout cas. Aussi le capitaine s'était-il attardé un instant pour jeter un regard curieux. En s'apercevant de sa présence, l'homme s'était retourné avec un : « Passez votre chemin, monsieur, vous n'avez rien à faire céans. » La suggestion était de bon sens, et Alatriste se disposait à s'y conformer, quand la femme, sur un ton très calme et fort poli, avait dit : « À condition que ce seigneur vous convainque d'abord de me laisser en paix et de vous en aller tout aussi gracieusement que lui. » Cela situait la question sur un terrain glissant ; de sorte qu'Alatriste, après avoir réfléchi un instant, avait demandé à la dame si cette maison était la sienne. Elle avait répondu que oui, qu'elle était mariée, et que le gentilhomme qui l'importunait n'avait pas de mauvaises intentions, qu'il était connu d'elle et de son mari. Il l'avait accompagnée jusqu'au porche après une soirée chez des amis, mais l'heure était venue maintenant de regagner chacun ses pénates. Le capitaine méditait sur ce mystère : pourquoi n'était-ce pas le mari qui était devant la porte pour trancher la question ? Mais l'homme l'avait interrompu dans ses réflexions pour répéter avec colère qu'il le priait, morbleu, de déguerpir sur-le-champ. Et, dans l'obscurité, le capitaine avait ouï le bruit d'une lame sortant de son fourreau. L'affaire était entendue, et le froid invitait à se réchauffer ; aussi

avait-il fait un pas de côté de manière à chercher
l'ombre et à placer l'autre dans la clarté lunaire qui
filtrait par-dessus les toits ; il avait détaché sa cape
pour l'enrouler autour de son bras gauche et tiré sa
tolédane. L'homme en avait fait autant, et ils avaient
échangé quelques passes de loin sans beaucoup de
conviction, Alatriste bouche close, son adversaire
jurant et sacrant pour vingt, jusqu'au moment où, au
bruit de l'altercation, étaient arrivés un domestique de
la maison avec une chandelle et le mari de la dame.
Celui-ci, en chemise de nuit, pantoufles et bonnet à
pompon, brandissait dans sa dextre une énorme colichemarde en criant : « que se passe-t-il ici, attendez
vous allez voir, qui donc attente ainsi à ma maison et
à mon honneur », et autres expressions de la même
couvée dites de telle façon qu'Alatriste avait soupçonné que leur propre auteur ne les prenait guère au
sérieux. L'individu s'était révélé plaisant et fort politique, de petite taille et portant une formidable
moustache tudesque dont les pointes rejoignaient ses
favoris. Le gentilhomme nocturne était don Gonzalo
Moscatel, et le mari – après avoir confié son arme aux
soins du domestique – avait parlé de lui comme d'un
ami de la famille en ajoutant, conciliateur, que tout
cela n'était à coup sûr qu'un regrettable malentendu.
Alatriste avait failli éclater de rire en apprenant que
le personnage au bonnet à pompon était le célèbre
Rafael de Cózar, aussi piquant esprit qu'habile comé-

dien – et, plus précisément, andalou –, et son épouse la fameuse actrice María de Castro. Il les avait vus tous deux au théâtre, mais il n'avait jamais approché la Castro de près avant cette nuit, à la lumière de la chandelle tenue en l'air par le domestique, à peine dissimulée par sa mante, superbe et souriante, amusée de la situation. Laquelle, sans doute, n'était pas la première de ce genre qu'elle eût à affronter, car les comédiennes n'ont point réputation de rigide vertu ; la rumeur disait que le mari, une fois poussés les cris de rigueur et après avoir brandi sa redoutable colichemarde fameuse dans toute l'Espagne, se faisait fort tolérant envers les admirateurs, tant en ce qui concernait son épouse légitime que pour les autres femmes de sa compagnie ; en particulier si, comme le fournisseur en viande de Madrid, ils avaient du répondant. Le fait était universellement connu que, génie théâtral mis à part, Cózar était un aigle dans l'art de ne pas laisser sa bourse crier famine. Cela expliquait probablement son retard à se montrer sur le seuil pour protéger son honneur. Car, comme on disait :

> *Douze cocus, soit douze comédiens,*
> *car pour moi c'est tout un,*
> *et une demi-douzaine de femmes de comédie,*
> *demi-épouses des douze que j'ai dits.*

Le capitaine s'apprêtait à présenter des excuses et à suivre son chemin, un peu marri de l'imbroglio, quand la femme, dans l'intention de piquer l'amour-propre du galant trop empressé en excitant sa jalousie, ou par ce jeu subtil et dangereux auquel s'adonne souvent le sexe faible, avait remercié Alatriste avec force mots suaves en lui adressant un regard caressant et l'avait invité à venir la visiter quelque jour prochain au théâtre de la Croix où l'on donnait les dernières représentations d'une comédie de Rojas Zorrilla. Ce faisant, elle souriait beaucoup en montrant, dans l'ovale parfait de son visage, des dents d'une blancheur extrême que Luis de Góngora, l'ennemi mortel de Francisco de Quevedo, eût à coup sûr comparé à de mignonnes perles dans un écrin de nacre. Et Alatriste, vieux routier en ce genre d'affaires comme en d'autres, avait lu une promesse dans ce regard.

Voilà pourquoi, deux mois plus tard, il était là, dans le vestiaire du théâtre de la Croix, après avoir honoré plusieurs fois cette promesse – la coliche-marde de l'histrion Cózar n'avait plus réapparu –, et bien disposé à poursuivre, tandis que Gonzalo Moscatel, qu'il lui était arrivé de croiser sans autres conséquences, le foudroyait d'un regard farouche débordant de jalousie. María de Castro n'était pas de celles qui n'ont qu'un fer au feu ; elle continuait de soutirer de l'argent à Moscatel avec beaucoup de flamme mais sans pour autant lui céder davantage – chaque rencontre à la porte de Guadalajara coûtait au boucher une saignée en bijoux et en riches étoffes – et, en même temps, elle se servait d'Alatriste, dont l'autre ne connaissait que trop la réputation, pour le tenir à distance. Et ainsi le boucher, espérant toujours et toujours jeûnant – encouragé par le mari de la Castro, qui n'était pas seulement un grand acteur mais un coquin fini et puisait aussi dans sa bourse comme dans celle d'autres en le réconfortant par des promesses voilées –, persistait, obstiné, sans renoncer à sa récompense. Alatriste savait naturellement que, Moscatel mis à part, il n'était pas seul à jouir des faveurs de la comédienne. D'autres hommes la fréquentaient, et l'on disait que le comte de Guadalmedina et le duc de Sessa eux-mêmes avaient obtenu d'elle plus que des mots d'esprit ; car, comme disait Francisco de Quevedo, elle était femme à tirer mille ducats de chaque accroc à sa vertu. Le capitaine n'avait ni la qualité ni l'argent pour se poser en rival ; il n'était qu'un soldat, un vétéran qui gagnait sa vie comme spadassin. Mais pour quelque raison qui lui échappait – l'âme féminine lui avait toujours paru insondable – María de Castro lui accordait gratis ce qu'à d'autres elle refusait ou faisait payer de son poids en or :

> *Mais le fait est, notez-le bien,*
> *qu'elle se donne fort gaiement,*
> *au Maure prenant son argent*
> *et du chrétien n'exigeant rien.*

Et donc Diego Alatriste écarta le rideau. Il n'était pas amoureux de cette femme, ni d'aucune autre. Mais María de Castro était la plus belle de toutes celles qui, en ce temps, foulaient les planches des théâtres, et il avait ce privilège qu'elle fût parfois à lui. Personne ne lui offrirait un baiser semblable à celui qu'on lui posait en cet instant sur les lèvres, avant qu'une lame, une balle, la maladie ou les ans ne l'envoient dormir à jamais dans la tombe.

## II

# LA MAISON
# DE LA RUE FRANCOS

Le lendemain matin, nous fûmes pris sous la grêle d'une grande arquebusade. Ou plutôt ce fut le capitaine Alatriste qui essuya le feu de Caridad la Lebrijana à l'étage supérieur de la taverne du Turc, tandis qu'au-dessous nous entendions les cris. Ou plus précisément les cris de la brave femme, car la dépense de poudre était toute aux frais de cette dernière. L'affaire, bien entendu, tenait à la passion de mon maître pour le théâtre, et le nom de María de Castro retentissait affublé d'épithètes – gourgandine, catin et concubine furent les plus modérés que je perçus – qui ne manquaient pas de piquant dans la bouche de la Lebrijana, car la tavernière dont la brune beauté, à bientôt quarante ans, gardait tous les charmes de la maturité avait quand même exercé sans façon le métier de putain pendant plusieurs années, avant de s'établir avec les économies amassées par son dur labeur comme propriétaire de l'établissement situé entre les rues de Tolède et de l'Arquebuse. Et bien que le capitaine n'eût jamais fait de promesses ni de propositions d'aucun genre, il n'en restait pas moins qu'à son retour des Flandres et de Séville mon maître était revenu loger avec moi dans son ancienne chambre du logis que la Lebrijana possédait au-dessus de la taverne ; et cela quand elle ne lui réchauffait pas les pieds et autre chose dans son propre lit durant l'hiver. Ce qui n'avait rien d'étonnant, car tout le monde savait que la tavernière restait follement éprise du capitaine, au point d'avoir observé une rigoureuse abstinence pendant qu'il était dans les Flandres ; car il n'est point de femme plus vertueuse et plus fidèle que celle qui quitte le métier à temps pour le cloître ou le pot-au-feu, évitant ainsi de se retrouver couverte de pustules et de finir à Atocha. À la différence de nombre de femmes mariées qui sont honnêtes par force et rêvent de ne plus l'être, celle qui a connu la rue sait ce qu'elle laisse derrière elle et ce qu'elle gagne en le perdant. L'ennui était que la Lebrijana n'était pas seulement exemplaire, amoureuse, encore désirable et fort appétissante, mais aussi femme de caractère ; et de savoir que mon maître était allé conter fleurette à la comédienne l'avait mise hors d'elle.

Je ne sais ce que lui dit cette fois-là le capitaine, si tant est qu'il dit quelque chose. Connaissant mon maître, je gage qu'il se borna à supporter la charge de pied ferme, sans rompre les rangs ni ouvrir la bouche, comme le vieux soldat qu'il était, en attendant la fin de l'orage. Que, pardieu, il l'attendit, car à côté de ce qui se passait en bas, l'affaire du moulin Ruyter et celle du réduit de Terheyden réunies n'étaient qu'enfantillages, à entendre voler des termes dont on n'use même pas contre les Turcs. À la fin, quand la tavernière commença de tout casser – le fracas de la vaisselle brisée arrivait jusqu'à nous –, le capitaine prit son épée, son chapeau et sa cape, et sortit prendre l'air. Comme chaque matin, j'étais assis à une table près de la porte, profitant de la bonne lumière pour relire la grammaire latine de don Antonio Gil, livre fort utile que notre vieil ami le magister Pérez m'avait prêté afin que j'améliore mon éducation, négligée dans les Flandres. Car à seize ans accomplis, et en dépit de ma résolution bien arrêtée d'embrasser le métier des armes, le capitaine Alatriste et Francisco de Quevedo tenaient beaucoup à ce que je connaisse un peu de latin et de grec, sache écrire convenablement et m'instruise à la lecture de bons livres, toutes choses permettant à un homme de quelque intelligence d'arriver là où il ne pourrait parvenir à la seule pointe de son épée ; et plus encore dans une Espagne où juges, agents du roi, plumitifs et autres corbeaux rapaces étranglaient les pauvres gens incultes, soit la quasi-totalité, sous des montagnes de papier écrit pour mieux les dépouiller et les piller à loisir. Bref, je me trouvais là, comme je l'ai dit, en train de copier *miles, quem dux laudat, Hispanus est,* tandis que Damiana, la servante de la taverne, lavait le sol et que les habitués du matin, maître Calzas, récemment arrivé de la place de la Province et l'ancien sergent à cheval Juan Vicuña, mutilé à Nieuport, faisaient une partie de jeu de l'hombre avec l'apothicaire Fadrique en pariant une omelette au lard et un pichet de vin d'Arganda. Midi et quart venait de sonner à l'horloge voisine de la Compagnie, lorsque la porte claqua à l'étage et qu'on entendit les pas du capitaine dans l'escalier ; les camarades se regardèrent et, avec des hochements de tête désapprobateurs, revinrent à leurs cartes : Juan Vicuña annonça la couleur, l'apothicaire abattit un as d'épée et Calzas prit la main. Entre-temps je m'étais levé, après avoir rebouché l'encrier, fermé le livre, pris mon bonnet, ma dague et ma petite cape allemande, et je sortis derrière mon maître par la porte qui donnait sur la rue de l'Arquebuse en marchant sur la pointe des pieds pour ne pas salir le sol fraîchement lavé.

Passant devant la fontaine de Los Relatores, nous gagnâmes la petite place Antón Martín; et comme pour donner raison à la Lebrijana, nous montâmes ensuite vers un endroit où se rencontraient les comédiens. C'était l'un des plus célèbres de Madrid, les autres étant San Felipe et les dalles du Palais. Celui qui nous occupe pour l'heure était le quartier général habituel des gens de plume et de théâtre, une placette pavée, dans un renfoncement du carrefour des rues du Lion, Cantarranas et Francos. Il y avait là une auberge convenable, une boulangerie, une pâtisserie, trois ou quatre bonnes tavernes et cabarets; et le petit monde des théâtres, auteurs, poètes, comédiens et directeurs de salle, s'y donnait rendez-vous tous les matins, sans compter les habituels oisifs et les gens venus contempler des têtes connues, les premiers rôles ou les comédiennes qui prenaient l'air de la rue, panier au bras ou suivies de leurs domestiques, ou se régalaient dans la pâtisserie après avoir entendu la messe à San Sebastián et glissé leur aumône dans le tronc des neuvaines. Le rendez-vous des comédiens jouissait d'une renommée méritée, car, dans ce grand théâtre du monde qu'était la capitale des Espagnes, il était comme une gazette ouverte: on commentait en groupes telle ou telle pièce écrite ou à écrire, on y faisait circuler les mots d'esprit tant verbaux que couchés sur le papier, on y déchiquetait en un clin d'œil les réputations et les honorabilités, les poètes consacrés s'y promenaient avec leurs amis et admirateurs, et les jeunes gens affamés y trouvaient l'occasion de rivaliser avec ceux qui défendaient, tel un bastion assiégé par des hérétiques, le Parnasse de la gloire. Et le fait est qu'il n'y eut jamais en d'autre lieu du monde semblable concentration de talents et de renommées ; car rien que pour citer quelques noms illustres, je dirai qu'à quelque cent pas à peine à la ronde vivaient Lope de Vega, dans sa maison de la rue Francos, et Francisco de Quevedo, dans la rue du Niño ; dans cette dernière avait habité pendant plusieurs années Luis de Góngora, jusqu'à ce que Quevedo, son ennemi implacable, achète la demeure et mette le Cygne de Cordoue à la rue. Là étaient passés aussi le frère de la Merci Tirso de Molina et l'intelligentissime Mexicain Ruiz de Alarcón : le Bossu contrefait que sa propre bile et l'aversion des autres chassèrent de la scène lorsque ses ennemis firent sombrer *L'Antéchrist* en débouchant en plein théâtre une cornue aux odeurs pestilentielles. Le bon Miguel de Cervantès avait également vécu là et y était mort, près de Lope, dans une maison de la rue du Lion, au coin de la rue Francos, juste en face de la boulangerie de Castillo ; et entre les rues de Las Huertas et d'Atocha s'était trouvée l'imprimerie où Juan de la Cuesta avait imprimé la première édition de *L'Ingénieux Hidalgo Don Quichotte de la Manche.* Sans oublier l'église des Trinitaires où repose la dépouille de l'illustre manchot, où Lope de Vega disait la messe et où la communauté de nonnes a accueilli une de ses filles et une autre de Cervantès. Pour ne pas faillir à l'hispanité et à l'ingratitude, deux termes toujours synonymes, j'ajouterai que, tout près, s'élevait également l'hôpital où le capitaine et grand poète valencien Guillén de Castro, auteur de *La Jeunesse du Cid,* devait mourir cinq ans plus tard dans une telle indigence qu'il fallut faire la quête pour le porter en terre. Et puisque nous parlons de misère, je rappellerai à vos seigneuries que le malheureux Miguel de Cervantès, homme d'honneur s'il en fut, qui ne demanda jamais rien d'autre que de passer aux Indes en arguant de sa condition d'amputé à Lépante et d'esclave en Alger et n'obtint même pas cela, s'était éteint dix ans avant les événements que je rapporte ici, en la seizième année de ce siècle, pauvre, abandonné de presque tous, et avait été conduit par ces mêmes rues à sa sépulture de l'église des Trinitaires sans accompagnement ni pompe funèbre – ses obsèques ne furent même pas portées à la connaissance publique –, puis livré à l'oubli de ses contemporains ; car c'est seulement beaucoup plus tard, quand déjà l'étranger dévorait ses œuvres et réimprimait son *Don Quichotte,* que nous avons commencé ici à revendiquer son nom. Une fin que notre malheureuse nation, à quelques exceptions près, n'a jamais manqué de réserver à ses meilleurs enfants.

Nous trouvâmes Francisco de Quevedo en train d'avoir raison d'un pâté en croûte, assis à la porte du cabaret du Lion jouxtant la boutique de tabac, au débouché de la rue Cantarranas, sur la placette des comédiens. Le poète commanda un nouveau pichet de valdeiglesias, deux godets et deux autres pâtés, tandis que nous approchions des tabourets de sa table pour nous y asseoir. Il était comme toujours vêtu de noir, l'ordre de Saint-Jacques brodé sur la poitrine, chapeau, bas de soie et cape soigneusement pliée sur un petit banc où il avait également posé son épée. Il revenait du palais, après s'y être rendu de bon matin pour certaines démarches concernant son affaire interminable de la tour de Juan Abad, et il calmait sa faim avant de rentrer chez lui corriger la nouvelle impression de sa *Politique de Dieu, Gouvernement du Christ*, tâche à laquelle il se consacrait ces jours-là ; car ses œuvres commençaient enfin à être publiées, et celle-là s'était attirée certaines censures de l'Inquisition. Notre présence, dit-il, ne pouvait mieux tomber, en lui permettant d'écarter les importuns ; car, depuis qu'il voyait grandir sa faveur à la Cour – il avait fait partie, ainsi que je l'ai conté, de la suite des rois lors du récent voyage en Aragon et en Catalogne –, tout le monde recherchait sa protection dans l'espoir de quelque bénéfice.

– De plus, ajouta-t-il, j'ai reçu commande d'une comédie qui doit être représentée à l'Escurial à la fin de ce mois… Sa Majesté catholique y sera pour chasser, et elle veut se divertir.

– Ce n'est guère votre partie, fit remarquer Alatriste.

– Pardieu ! Puisque même le pauvre Cervantès s'y est essayé, je puis bien aussi tenter l'aventure. La commande vient du comte et duc en personne. De sorte que vous pouvez céans considérer que c'est désormais ma partie.

– Et le favori paye-t-il quelque chose, ou bien le porte-t-il, comme à son habitude, sur le compte de quelque grâce à venir ?

Le poète eut un sourire acerbe.

– De l'avenir, je ne sais rien, soupira-t-il, stoïque. Hier s'en est allé, demain n'est pas encore venu… Mais, pour le présent, ce sont six cents réaux. Ou ce seront. C'est au moins ce que promet Olivares :

> *Qui sait ce qui peut m'échoir*
> *pieds et mains liés en son pouvoir,*
> *moi respectueux de ma parole,*
> *lui me lésinant ses pistoles ?*

– Quoi qu'il en soit, poursuivit-il, le favori veut une comédie galante et tout ce qui va avec, car, comme vous ne l'ignorez point, c'est un genre qui plaît fort au grand Philippe. De sorte que nous remiserons en lieu sûr et sous clé Aristote et Horace, Sénèque et même Térence ; après quoi, comme dit Lope, nous écrirons quelques centaines de vers dans la langue du vulgaire. Juste ce qu'il faudra pour lui faire plaisir.

– Vous tenez un sujet ?

– Mais oui. Amours, intrigues, quiproquos, coups d'épée... Rien que de très courant. J'appellerai cela *L'Épée et la Dague*. – D'un air faussement détaché, Quevedo contempla le capitaine par-dessus son godet. – Et l'on veut que Cózar la joue.

On entendit un grand remue-ménage au coin de la rue Francos. Des gens coururent, nous regardâmes dans cette direction, puis plusieurs personnes passèrent en commentant l'incident : un laquais du marquis de Las Navas avait blessé d'un coup de couteau un cocher qui ne voulait pas se ranger. Le meurtrier s'était réfugié dans l'église San Sebastián, et le cocher, à l'article de la mort, avait été porté dans une maison voisine.

– Quiconque choisit sans vergogne le métier de cocher, philosopha Quevedo, doit s'attendre à de tels coups du sort.

Puis, revenant à son propos, il regarda mon maître.

– Cózar, répéta-t-il.

Impassible, le capitaine observait l'agitation de la rue. Il ne dit rien. Le soleil accentuait l'éclat verdâtre de ses yeux.

– On raconte, ajouta Quevedo au bout d'un moment, que notre fougueux monarque a mis le siège devant la Castro… Savez-vous quelque chose de l'affaire ?

– Je ne vois pas pourquoi je devrais en savoir quelque chose, répondit Alatriste en mastiquant une tranche de pâté.

Don Francisco vida son godet et ne dit rien. L'amitié qu'ils se portaient l'un à l'autre excluait les conseils et la curiosité. Le silence fut long. Le capitaine continuait de contempler la rue, son visage dénué de toute expression ; et moi, après avoir échangé un coup d'œil inquiet avec le poète, je fis de même. Les badauds discutaient en groupes, allaient et venaient, lorgnaient les femmes en tâchant de deviner ce que cachaient leurs mantes. Sur le seuil de son échoppe, en tablier et le marteau à la main, le savetier Tabarca discourait devant son public habituel sur les qualités et les défauts de la comédie de la veille. Une marchande de citrons passa, ses couffins aux bras : ils sont frais et acides à souhait, criait-elle, cernée de près par deux gueux d'étudiants qui mâchonnaient des graines de lupin, leurs poches bourrées de liasses de poèmes qui dépassaient, cherchant à qui dégoiser leurs vers. C'est alors que j'avisai un personnage maigre de corps et brun de peau, barbe et visage de Turc, qui nous observait adossé à un portail voisin en se curant les ongles avec une navaja. Dépourvu de cape, il portait une longue épée tenue par un baudrier, une dague à coquille, un pourpoint rembourré d'étoupe avec beaucoup de ravaudages et un chapeau à large bord tombant qui lui donnait l'allure d'un spadassin. Un grand anneau pendait d'une de ses oreilles. Je m'apprêtais à l'étudier plus en détail, quand, par-dessus mon dos, une ombre se projeta sur la table ; il y eut échange de salutations, et don Francisco se leva.

— Je ne sais si vous vous connaissez, messieurs : Diego Alatriste y Tenorio, Pedro Calderón de la Barca...

Nous nous levâmes également, le capitaine et moi, pour accueillir le nouveau venu, que j'avais déjà entrevu au théâtre de la Croix. Maintenant, de près, je le reconnus tout de suite : la moustache juvénile dans une figure mince, les traits agréables. Il ne sentait ni la sueur ni le tabac et ne portait pas de justaucorps de cuir : il était en habit de ville, très élégant, cape fine et chapeau à ruban brodé, et l'épée qu'il portait au côté n'était pas celle d'un soldat. Mais il avait conservé le sourire qu'il avait au sac d'Oudkerk.

— Le garçon, ajouta Quevedo, se nomme Iñigo Balboa.

Pedro Calderón m'observa longuement, semblant chercher dans sa mémoire.

– Un camarade des Flandres, finit-il par se rappeler. Je ne me trompe pas ?

Accentuant son sourire, il posa une main affectueuse sur mon épaule. Je me sentais le garçon le plus heureux du monde, jouissant de la surprise manifestée par Quevedo et mon maître en voyant que le jeune auteur de comédies que certains tenaient pour l'héritier de Tirso et de Lope, et dont l'étoile commençait à briller dans les théâtres et au palais – *Le Faux Astrologue* avait connu un grand succès l'année précédente, et il était en train de corriger *Le Siège de Breda* –, se souvenait de l'humble valet qui, deux ans plus tôt, l'avait aidé à mettre à l'abri la bibliothèque de l'hôtel de ville flamand dévoré par les flammes. Fort estimé déjà à cette époque, de don Francisco, Calderón s'assit à notre table, et durant un moment il y eut joyeuse conversation autour d'un autre pichet de valdeiglesias que notre nouveau commensal accompagna d'une corbeille d'olives, car, dit-il, il n'était pas en appétit. Puis nous nous levâmes et fîmes quelques pas sur la placette. Un quidam, qui était en train de faire la lecture à haute voix au milieu d'un groupe de badauds réjouis, s'approcha par-derrière avec quelques-uns d'entre eux. Il tenait à la main une feuille manuscrite.

– On dit que c'est de votre plume, monsieur de Quevedo.

Don Francisco jeta un regard nonchalant sur le papier, ménageant son effet, puis tordit sa moustache en lisant d'une voix forte :

> *Cet homme qui gît là, de cierges entouré,*
> *enterré et damné au fond du noir tombeau,*
> *se vendit corps et âme, et se fit bien payer,*
> *et même trépassé il tient toujours tripot…*

– C'est un faux, dit-il, grave en apparence mais avec beaucoup de malice. S'il était de moi, j'aurais fait mieux que cet « au fond du noir tombeau ». Mais dites-moi, messieurs, Góngora est-il en si piteux état qu'on lui compose déjà des épitaphes ?

Les rires fusèrent, venant d'adulateurs qui eussent tout pareillement ri à une insulte proférée contre Quevedo par son ennemi. En fait, même si don Francisco se gardait de le reconnaître en public, ces vers étaient bien de lui, comme beaucoup, anonymes, qui couraient par la placette comme des lièvres ; quoique, parfois, d'autres se les attribuent, qui en étaient bien incapables. Quant à Góngora, au point où il en était arrivé, cette plaisanterie à propos de son épitaphe ne manquait point de fondement. Sa maison de la rue du Niño rachetée par Quevedo, lui-même ruiné par le vice du jeu et l'inquiétude de voir sa bourse si plate qu'il pouvait tout juste se payer un misérable voiturin et quelques servantes, le chef de file des poètes précieux avait fini par abdiquer pour se retirer dans sa Cordoue natale où il allait mourir l'année suivante, malade et amer, frappé à la tête par le mal dont il souffrait – l'apoplexie, a-t-on dit. Arrogant, jouant au noble de haut rang, sûr de son génie, le prébendier cordouan a toujours manqué de discernement, tant pour jouer aux cartes que pour choisir ses amis et ses ennemis : en conflit avec Lope de Vega et Quevedo, victime autant de ses affections que des tripots, il s'était lié au duc de Lerma déchu, à Rodrigo Calderón exécuté et au comte de Villamediana assassiné, jusqu'au moment où ses espoirs d'obtenir des récompenses de la Cour et la faveur du comte et duc, auprès duquel il avait quémandé à maintes reprises des places pour ses neveux et pour sa famille, étaient morts avec cette fameuse phrase d'Olivares : « Que le diable emporte ces gens de Cordoue. » Il n'eut pas plus de chance avec l'impression de ses œuvres. Il se refusa toujours à les publier, par orgueil, en se contentant de les donner à lire et de les réciter lui-même à ses amis ; mais quand la nécessité l'y poussa, il mourut avant de les voir sortir des presses et, même alors, l'Inquisition, qui les jugeait suspectes et immorales, les fit saisir. Pourtant, bien qu'il ne m'ait jamais été sympathique et que je n'aie aucun goût pour les tricliniums et les grottes du salmigondis gongorien, je dois reconnaître ici que Luis de Góngora fut un poète extraordinaire qui, uni paradoxalement à son mortel ennemi Quevedo, a enrichi notre beau parler. À eux deux, chacun dans des registres différents mais avec le même immense talent, ils ont renouvelé le castillan en lui apportant la richesse de leur préciosité et la verdeur de leur style ; de sorte que l'on peut affirmer que, après cette bataille fertile et sans pitié entre deux géants, la langue espagnole est devenue autre, et pour toujours.

Nous laissâmes Pedro Calderón en compagnie de siens parents et amis et nous descendîmes la rue Francos jusqu'à la maison de Lope – toute l'Espagne l'appelait ainsi, sans nécessité d'ajouter son glorieux nom de famille – auquel Francisco de Quevedo devait transmettre certains messages qu'on lui avait confiés au palais. Plusieurs fois, je jetai un coup d'œil derrière nous, pour constater que l'homme brun sans cape et vêtu à la manière des spadassins suivait la même direction ; puis je cessai de le voir. Je me dis que ce n'était peut-être qu'une coïncidence : pourtant mon instinct, formé aux mœurs madrilènes, me soufflait que les coïncidences se changent facilement en acier et en sang au coin d'une rue mal éclairée. Mais d'autres affaires réclamaient mon attention. L'une était que don Francisco était chargé de composer, outre la comédie du comte et duc, quelques divertissements légers dans le style courtisan dont Sa Majesté la reine avait envie pour une fête qu'elle donnait dans le salon doré de l'Alcazar. Quevedo s'était engagé à les porter au palais, la reine en personne devait le prier de les lire devant elle et ses dames, et le poète, qui était avant tout d'un bon et loyal ami, m'invitait à l'accompagner en qualité de second, secrétaire, page, ou ce qu'on voudrait. N'importe laquelle de ces qualités m'agréait, l'important étant que je pourrais voir ainsi Angélica d'Alquézar : la menine de la reine dont, vos seigneuries s'en souviendront, j'étais éperdument épris.

L'autre affaire était la maison de Lope. Francisco de Quevedo frappa à l'huis ; Lorenza, la servante du poète, nous ouvrit, et nous franchîmes le seuil. Je connaissais les lieux, du fait des liens qu'entretenaient don Francisco avec Lope et mon maître avec certains proches du Phénix des Esprits, y compris son ami intime, le capitaine Alonso de Contreras, ainsi que quelques autres personnages que je ne tarderai pas à faire entrer en scène. Donc, comme je l'ai dit, nous franchîmes le seuil et, laissant derrière nous l'escalier menant à l'étage principal où jouaient deux petites nièces du poète – qu'il a reconnues plus tard comme ses filles et celles de Marta de Nevares –, nous allâmes dans le jardinet où Lope était assis sur une chaise paillée à l'ombre d'une treille, près de la margelle du puits et du fameux oranger qu'il soignait de ses propres mains. Il venait de se restaurer, comme l'indiquait à côté de lui une table portant des restes de repas, des rafraîchissements et du vin doux dans une carafe en verre attendant les visiteurs. Trois hommes tenaient compagnie au Phénix : l'un était le capitaine Contreras, déjà cité, arborant la croix de Malte sur son pourpoint, un familier de la maison de Lope quand il se trouvait à Madrid. Mon maître et lui se portaient une grande affection, pour avoir navigué ensemble sur les galères de Naples et même s'être connus dans leur jeunesse, presque leur enfance, lorsqu'ils marchaient vers les Flandres avec les troupes de l'archiduc Albert. Des troupes dont, à dire vrai, Contreras – un fameux chenapan à l'époque, car, dès l'âge de douze ans, il avait déjà trucidé en duel un autre garnement – avait déserté à mi-chemin. Le deuxième gentilhomme était un secrétaire du Conseil de Castille répondant au nom de Luis Alberto de Prado, qui était de Cuenca, avait la réputation de composer des vers convenables et était un fervent admirateur de Lope. Le troisième était un jeune seigneur de fort bonne allure, moustache clairsemée, un peu moins de vingt ans, dont la tête était bandée et qui se leva en nous voyant entrer, la surprise peinte sur le visage ; je pus remarquer la même surprise sur celui du capitaine Alatriste, qui s'arrêta près de la margelle tout en portant, d'un geste mécanique, la main au pommeau de son épée.

– Sur ma foi, dit le jeune homme, Madrid est un mouchoir.

C'était vrai. Le capitaine Alatriste et lui s'étaient battus la veille sur les hauteurs du Manzanares, sans connaître ni l'un ni l'autre le nom de l'adversaire. Mais le plus singulier, que l'on découvrait maintenant et qui faisait l'admiration de tous, était que le jeune duelliste s'appelait Lopito Félix de Vega Carpio, était le fils du poète et arrivait tout juste à Madrid de la Sicile où il servait depuis l'âge de quinze ans sur les galères du marquis de Santa Cruz. Le garçon – fruit illégitime quoique reconnu des amours de Lope et de la comédienne Micaela Luján – avait guerroyé contre les pirates barbaresques, contre les Français aux îles d'Hyères, et avait pris part à la libération de Gênes ; il se trouvait pour l'heure à la Cour, attendant que fût confirmée sa nomination au grade de lieutenant et aussi, semblait-il, pour les beaux yeux d'une dame. La rencontre était embarrassante : tandis que Lopito narrait l'affaire dans tous ses détails, son père, déconcerté, assis sur sa chaise, sa soutane ecclésiastique couverte de miettes de pain, regardait tout le monde en hésitant entre surprise et courroux. Et cela bien que le capitaine Contreras et Francisco de Quevedo, leur stupéfaction passée, interviennent avec force bonnes raisons et beaucoup de politique en disculpant mon maître, contrarié et prêt à se retirer, assuré que sa présence dans cette maison ne pouvait être bienvenue.

– Et pourtant, disait Quevedo, ce garçon peut se féliciter... Croiser l'épée avec la meilleure lame de Madrid et s'en tirer avec une simple égratignure est preuve d'une main sûre et d'une chance insolente.

Alonso de Contreras confortait ce point de vue sans ménager ses arguments : il avait, dit-il, connu Diego Alatriste au temps de l'Italie et pouvait témoigner que quand il ne tuait pas c'était qu'il le voulait bien. Ce discours et d'autres se succédèrent pendant un moment ; mais mon maître, malgré tout, persévérait dans son désir de partir. Il inclina la tête devant le vieux Lope, jura solennellement qu'il n'aurait jamais tiré l'épée s'il avait su que l'adversaire était son fils et fit demi-tour pour s'en aller avant que le poète n'ouvrît la bouche. Il s'exécutait déjà, quand Lopito de Vega s'interposa :

– Permettez, père, que ce gentilhomme demeure céans, dit-il. Je ne lui garde nulle rancune, car il s'est battu en vrai hidalgo, et le combat fut loyal de part et d'autre. Et même si le coup fut porté sans élégance, car peu le sont, il ne m'a pas abandonné comme un chien... Il a bandé ma blessure et poussé la courtoisie jusqu'à chercher quelqu'un pour me conduire chez un barbier.

Ces paroles pleines de dignité apaisèrent tout, le père du blessé se rasséréna, Quevedo, Contreras et Prado se congratulèrent de la discrétion du jeune lieutenant qui, en se montrant sous son meilleur jour, prouvait bien que bon sang ne pouvait mentir, Lopito répéta son récit avec plus de détails encore et sur un ton allègre, et la conversation se poursuivit agréablement, une fois dissipés les nuages qui avaient failli gâcher l'après-dînée du Phénix et provoquer la disgrâce de mon maître ; chose qui eût vivement chagriné Diego Alatriste, grand admirateur de Lope qu'il respectait comme peu d'hommes au monde. Pour finir, le capitaine accepta un verre de malaga doux, se rendit aux raisons que tous lui donnaient, et Lopito et lui se déclarèrent amis. Ils devaient le rester huit années durant, jusqu'au jour où le lieutenant Lope Félix de Vega Carpio, affrontant son triste destin, est mort dans le naufrage de son navire lors de l'expédition contre l'île de Sainte-Marguerite. D'ailleurs, j'aurai peut-être l'occasion d'y revenir, ici ou dans un prochain épisode, si je viens à relater le rôle que Lopito, le capitaine et moi-même, avec d'autres camarades connus ou à connaître, avons joué dans le coup de main par lequel les Espagnols, pour la seconde fois dans le siècle, ont tenté de prendre la cité de Venise et de tuer le doge et ses créatures qui nous causaient tant de dommages dans l'Adriatique et en Italie en s'acoquinant avec le pape et Richelieu. Mais chaque chose en son temps. Car, pardieu, l'affaire de Venise requiert bien un livre à elle seule.

Le fait est, en tout cas, que la conversation fut charmante et dura la moitié de l'après-midi. J'en profitai pour observer de près Lope de Vega dont je me souvenais qu'il m'avait jadis, alors que je venais tout juste d'arriver à Madrid, posé paternellement la main sur la tête en m'appelant garnement. J'imagine qu'il est difficile, aujourd'hui, de se faire une idée de ce que représentait en ce temps le grand Lope. Il devait avoir soixante-quatre ans et conservait son allure galante, accentuée par les élégants cheveux gris, la moustache taillée et la barbiche qu'il continuait à porter en dépit de son habit ecclésiastique. Il était discret : il parlait peu, souriait beaucoup et faisait en sorte d'être aimable avec tous en tentant de dissimuler sous une politesse extrême la vanité que pouvait lui donner son enviable position. Personne comme lui – sauf Calderón par la suite – n'a connu de son vivant une telle renommée, en inventant un théâtre nouveau d'une beauté, d'une variété et d'une richesse inégalées en Europe. Il avait été soldat dans sa jeunesse, aux Terceras, dans les événements d'Aragon, dans la guerre contre l'Angleterre, et avait, à l'époque dont je parle, déjà écrit une bonne part des mille cinq cents comédies et quatre cents *autos sacramentales* qui sont sorties de sa plume. L'état sacerdotal ne l'avait pas éloigné d'une longue et scandaleuse vie de désordres amoureux, avec maîtresses et enfants illégitimes; toutes choses qui ont beaucoup pesé dans le fait que, malgré son immense gloire littéraire, il n'a jamais été vu comme un homme vertueux et a toujours été toujours maintenu à l'écart des bénéfices auxquels il aspirait : telle cette charge d'historien du roi qu'il briguait et n'a jamais obtenue. Pour le reste, il a connu abondance de lauriers et de fortune. Et à la différence du bon Miguel de Cervantès, qui est mort, comme je l'ai dit, pauvre, seul et oublié, l'enterrement de Lope, neuf ans après l'époque qui nous occupe, a attiré des foules telles que l'on n'en avait jamais vu en Espagne. Quant aux raisons de sa renommée, on a beaucoup glosé sur elles, et je renvoie le lecteur à ces écrits-là. Pour ma part, moi qui ai voyagé plus tard en Angleterre et ai fini par en connaître la langue, j'ai lu et même vu représenter le théâtre de William Shakespeare. M'étant fait ainsi mon opinion, je puis dire que même si l'Anglais plonge profondément dans le cœur de l'homme et si sa manière de développer le caractère de ses personnages est souvent supérieure à celle de Lope, la construction théâtrale de l'Espagnol, son imagination et sa faculté de tenir le public en haleine, l'intrigue, la finesse des moyens qu'il emploie et le charme ensorcelant de toutes ses comédies restent uniques. Et même en ce qui concerne les personnages, je ne suis pas non plus certain que l'Anglais ait toujours été capable de peindre les doutes et les désarrois des amants ou les coquineries des valets sous des traits aussi ingénieux que ceux inventés par le Phénix dans ses pièces. Que vos seigneuries considèrent son œuvre peu connue, *Le Duc de Viseo*, et qu'elles me disent si cette comédie est inférieure aux tragédies anglaises. De plus, s'il est exact que le théâtre de Shakespeare a été, en quelque sorte, universel et que n'importe quel être humain peut s'y reconnaître – seul le *Don Quichotte* est aussi espagnol que Lope et aussi universel que Shakespeare –, il n'en reste pas moins que le Phénix a créé, avec sa manière nouvelle de faire ses comédies, un miroir très fidèle de l'Espagne de notre siècle et un théâtre dont l'art a été imité partout, car la langue espagnole, comme cela revenait de droit au sceptre de deux mondes, était alors admirée, lue et parlée dans tout l'univers, entre autres raisons parce qu'elle était celle de nos redoutables régiments et de nos arrogants ambassadeurs toujours de noir vêtus. Et à la différence de tant de nations – parmi lesquelles j'inclus, sans la moindre hésitation, celle de Shakespeare –, aucune comme l'espagnole n'a su arriver à connaître aussi à fond ses mœurs, ses qualités et sa langue, grâce, précisément, au théâtre que Lope, Calderón, Tirso, Rojas, Alarcón et d'autres de même talent ont su faire régner si longtemps sur les scènes du monde : quand en Italie, dans les Flandres, dans les Indes et jusque dans les mers lointaines des Philippines on parlait espagnol, le

Français Corneille imitait les comédies de Guillén de Castro pour triompher dans son pays, et la patrie de Shakespeare n'était alors qu'une île de pirates hypocrites en quête de prétextes pour rapiner, rognant comme beaucoup les griffes du vieux lion espagnol fatigué qui était encore, comme le disent les vers de Lope lui-même, ce que les autres n'ont jamais été :

> *Allez, ô Espagnols, maîtres des océans,*
> *des Goths antiques noble sang !*
> *Emplissez vos mains d'or,*
> *de captifs et de trésors,*
> *puisque vous sûtes les gagner.*

En fin de compte, dans la conversation du jardin, on parla un peu de tout. Le capitaine Contreras donna des nouvelles des guerres, et Lopito mit Diego Alatriste au courant des derniers événements de la Méditerranée où mon maître avait jadis navigué et bataillé. On passa ensuite, chose inévitable, aux belles lettres : Luis Alberto de Prado lut quelques dizains, Quevedo les loua pour le plus grand plaisir du natif de Cuenca, et Góngora revint sur le tapis.

– On dit que le Cordouan se meurt, confirma Contreras.

– Qu'importe, rétorqua Quevedo, il aura des successeurs. Car tous les jours, affamés de renommée, poussent en Espagne autant de poètes aux vers crottés et précieux comme des perroquets que de champignons dans l'humidité de l'hiver.

Du haut de son Olympe, Lope souriait, amusé et indulgent. Il n'aimait pas non plus Góngora, qu'il avait toujours espéré attirer à lui parce que, au fond de son cœur, il l'admirait et le craignait. À tel point qu'il lui était arrivé d'écrire des choses comme :

> *Ô cygne du Betis, toi qui sus ennoblir*
> *le chant sonore et grave...*

Mais le cygne prébendier était de ceux qui mangent seuls à table : il ne se laissa jamais séduire. Au début, il avait rêvé d'arracher le sceptre poétique à Lope en écrivant même des comédies ; mais il s'y était cassé les dents comme en tant d'autres choses. Aussi professait-il envers le Phénix une aversion constante et ouverte, raillant le peu de culture classique – à la différence de Góngora et de Quevedo, Lope ignorait le grec et lisait le latin avec peine – de ses comédies et son succès auprès du vulgaire :

> *Canards qui pataugez dans les eaux castillanes*
> *coulant facilement de vos sources grossières,*
> *c'est peut-être à raison qu'il inonde nos plaines,*
> *Vega qui pour toujours restera le plus plat.* \*

---

\* Jeu de mots sur le nom de Lope de Vega, *vega* signifiant « plaine ».

Nonobstant, Lope ne descendait pas dans l'arène. Il essayait d'être dans les bonnes grâces de tout le monde, et, parvenu au zénith de sa vie et de sa gloire, il n'avait nulle envie de s'embarrasser de disputes. Aussi se contentait-il de légères attaques voilées en laissant à ses amis, parmi lesquels Quevedo, le soin de se salir les mains ; et ceux-ci n'y allaient pas par quatre chemins quand il s'agissait de déchiqueter l'extravagante préciosité du Cordouan et surtout de ses disciples. Face au redoutable Quevedo, qui s'y connaissait dans l'art d'étriller son semblable, Góngora n'était pas de taille.

– À propos, j'ai lu *Don Quichotte* en Sicile, dit le capitaine Contreras passant à un autre sujet. Et, ma foi, cela ne m'a pas paru si mauvais.

– Je le pense également, renchérit Quevedo. Ce roman est désormais célèbre et survivra à beaucoup d'autres.

Lope haussa un sourcil dédaigneux, fit resservir du vin et changea de conversation. C'était là une nouvelle preuve que, comme je l'ai dit, dans cette éternelle Espagne de jalousies et de crocs-en-jambe, où le Parnasse était aussi convoité que l'or de l'Inca, la plume faisait couler plus de sang que l'épée : car il n'est pire ennemi de l'homme que celui qui aspire à prendre sa place. La rancœur qui opposait Lope à Cervantès, lequel, je le rappelle, avait déjà rejoint le ciel des justes pour s'y asseoir à la droite de Dieu, était ancienne et ne s'était pas éteinte après la mort du malheureux don Miguel. L'amitié première entre les deux géants de nos lettres s'était transformée en haine après que l'illustre manchot, qui avait également échoué dans ses comédies – « je n'ai point trouvé d'auteur qui me les réclamât » –, eut tiré le premier en faisant figurer dans la première partie de son roman une attaque mordante contre les pièces de Lope, et particulièrement la fameuse parodie des troupeaux de moutons. Celui-ci répondit par cette sentence crue : « Pour les poètes, je le dis, ce siècle est bon ; mais il n'en est point d'aussi mauvais que Cervantès, et bien sot est celui qui loue *Don Quichotte*. » Dans ces années, le roman était considéré comme un art mineur et de peu d'esprit, juste bon à amuser les demoiselles : l'argent allait au théâtre ; l'éclat et la gloire à la poésie. Voilà pourquoi Lope respectait Quevedo, craignait Góngora et méprisait Cervantès :

> *Gloire à Lope, malheur à toi,*
> *ô vieillard vaniteux, car il est le soleil*
> *dont le courroux déchaînera la pluie ;*
> *Honte à ton Quichotte futile*
> *qui de cul en cul par le monde va*
> *vendant épices et safran roumis*
> *et dans l'ordure finira.*

... comme il l'a écrit dans une lettre que, ajoutant à l'outrage, il envoya à son adversaire avec un réal de port dû, afin qu'il lui en coûtât de l'argent – « ce qui me chagrina le plus fut de payer le réal », écrivit par la suite Cervantès. De sorte que le pauvre don Miguel, chassé des théâtres, accablé de travaux, de misères, de prisons, de vexations et d'antichambres, ignorant l'immortalité qui déjà chevauchait Rossinante, lui qui jamais ne prétendit à des bénéfices en faisant honteusement la cour aux puissants comme le firent Góngora, Quevedo et Lope lui-même, finit par se contempler dans le miroir de sa propre défaite en confessant, honnête comme toujours :

*Moi qui toujours m'épuise et veille
pour avoir d'un poète la grâce
que me refusa le ciel.*

Enfin. Tel a été le monde à jamais disparu que je raconte ici, quand la terre tremblait au seul nom de l'Espagne : batailles d'aveugles de génie, arrogance, haine, cruauté, misère. Pourtant, alors même que l'empire où ne se couchait pas le soleil s'en est allé peu à peu en morceaux, effacé de la face de la terre par notre infortune et notre vilenie, il a laissé parmi ses dépouilles et ses ruines la trace puissante d'hommes singuliers, de talents comme jamais on n'en avait vu auparavant, et qui expliquent, quand ils ne justifient pas, cette époque qui a connu tant de grandeur et tant de gloire. Enfants de leur temps pour le pire, ils furent nombreux. Enfants du génie pour le meilleur qu'ils donnèrent d'eux-mêmes, ils ne furent pas peu. Jamais nation n'en compta autant à la fois ni ne consigna si fidèlement, comme ils le firent, jusqu'aux plus petits détails de son temps. Par bonheur, ils sont toujours vivants sur les rayons des bibliothèques, dans les pages des livres ; à portée de main de celui qui s'approche d'eux et entend, plein d'admiration, l'écho héroïque et terrible de notre siècle et de nos vies. C'est ainsi seulement qu'il est possible de comprendre ce que nous avons été et ce que nous sommes. Et pour le reste, que le diable nous emporte tous !

Lope resta chez lui, le secrétaire Prado prit congé et nous autres, Lopito compris, nous attardâmes dans la taverne de Juan Lepre, au coin des rues du Loup et de Las Huertas, pour tordre le col à une outre de vin de Lucena. La conversation fut animée : le capitaine Contreras, plaisant à l'extrême, gai luron et joyeux discoureur, raconta des épisodes de sa vie militaire et de celle de mon maître, y compris l'affaire de Naples en l'an quinze de ce siècle, quand, après qu'Alatriste eut expédié un homme en duel pour une femme, Contreras l'avait aidé à échapper aux griffes de la justice et à rentrer en Espagne.

– La belle non plus n'est pas sortie indemne de l'aventure, ajouta-t-il en riant. Diego lui a laissé une jolie marque au visage, en souvenir… Et, sur la vie du roi, la diablesse méritait bien cela, et davantage encore.

– J'en connais beaucoup qui le méritent, approuva Quevedo, misogyne comme toujours.

Et il enchaîna en nous gratifiant de quelques vers improvisés :

> *Volez mes pensées et dites*
> *aux yeux que j'adore entre tous*
> *que j'ai de l'argent.*

J'observais mon maître, incapable de l'imaginer blessant une femme au visage. Mais celui-ci restait impavide, penché sur la table, les yeux rivés sur le vin de son pot. Don Francisco surprit mon regard, lança un coup d'œil fugace à Alatriste et ne dit rien. Combien reste-t-il ainsi de choses que j'ignore, derrière ces silences ? m'interrogeai-je. Et, comme chaque fois que j'entrevoyais le passé obscur du capitaine, je fus pris d'un frisson. Il n'est jamais plaisant, quand on grandit en âge et en lucidité, de pénétrer ainsi dans les recoins cachés de nos héros. En ce qui concerne Diego Alatriste, à mesure que passait le temps et que mes yeux se dessillaient, je voyais des choses que j'eusse préféré ne pas voir.

— Naturellement, précisa Contreras en me regardant comme s'il craignait d'être allé trop loin, nous étions jeunes et fougueux. Je me rappelle certaine occasion, à Corfou...

Et il se mit à raconter. Au fil de son récit apparurent des noms connus, comme celui de Diego duc d'Estrada, dont mon maître avait été le camarade lors de la désastreuse journée des Querquenes où tous deux avaient failli laisser leur vie en sauvant celle d'Álvaro de la Marca, comte de Guadalmedina. Lequel avait depuis quitté le harnois pour la place de confident de Philippe IV, qu'il accompagnait toutes les nuits, nous informa Quevedo, dans ses escapades galantes. Je les écoutais parler, ayant déjà effacé mes dernières réflexions, fasciné par ces récits de galères, d'abordages, d'esclaves et de butins qui, dans la bouche du capitaine, prenaient des dimensions fabuleuses, comme le fameux incendie de l'escadre barbaresque devant La Goulette, avec le marquis de Santa Cruz, et la description de lieux de plaisir sur les pentes du Vésuve, orgies et fanfaronnades de jeunesse, quand Contreras et mon maître dilapidaient en quelques jours l'argent gagné à faire la course dans les îles grecques et sur la côte turque. Tant et si bien que, entre deux gorgées du couillotin que nous répandions sur la table de nos mains maladroites, le capitaine Contreras en vint à réciter des vers que Lope de Vega avait écrits en son honneur, dans lesquels il en intercalait maintenant d'autres de lui, en hommage à mon maître :

> *Renommée, lauriers, honneur*
> *récompensèrent la valeur*
> *de Contreras pour l'Espagne ;*
> *avec Alatriste en campagne*
> *du Turc ils furent la terreur.*
> *Et pour le moindre des hauts faits*
> *(car l'épée ne ment jamais)*
> *eurent sentence en leur faveur.*

Le capitaine Alatriste continuait à se taire, la rapière contre le dossier de sa chaise et le chapeau par terre, sur la cape pliée, en acquiesçant de temps à autre, glissant un monosyllabe et esquissant un sourire poli sous sa moustache quand Contreras, Quevedo ou Lopito de Vega parlaient de lui. J'assistais à tout en buvant leurs paroles, écoutant chaque anecdote et chaque souvenir, et me sentant l'un des leurs de plein droit ; en fin de compte, à seize ans et déjà vétéran des Flandres et d'autres campagnes plus troubles, j'avais déjà mes propres cicatrices et je maniais l'épée avec une aisance convenable. Cela me renforçait dans mon intention d'embrasser la carrière militaire le plus tôt possible et de gagner des lauriers afin qu'un jour, narrant mes hauts faits attablé dans une taverne, quelqu'un récite aussi, en mon honneur, des vers comme ceux-là. J'ignorais alors que mes désirs seraient comblés à l'excès, et que le chemin que je m'apprêtais à emprunter me mènerait sur l'autre face de la gloire et de la renommée : là où le véritable visage de la guerre – que j'avais rencontré dans les Flandres avec l'inconscience du blanc-bec pour qui l'armée n'est qu'un magnifique spectacle – finit par assombrir le cœur et la mémoire. Aujourd'hui, dans cette vieillesse interminable où je me trouve comme en arrêt tandis que j'écris mes souvenirs, je regarde derrière moi ; et sous le frissonnement des drapeaux qui flottent au vent, dans le roulement du tambour qui marque le pas de la vieille infanterie que j'ai vue mourir à Breda, Nördlingen, Fontarabie, en Catalogne et à Rocroi, je ne rencontre que des visages de fantômes et la solitude lucide, infinie, de celui qui connaît le meilleur et le pire de ce qu'héberge le nom d'Espagne. Je sais maintenant, après en avoir payé le prix exigé par la vie, ce que cachaient les silences et le regard absent du capitaine Alatriste.

Il prit congé de tous, remonta seul la rue du Loup et traversa le cours San Jerónimo, le chapeau bien enfoncé sur la tête et la cape étroitement fermée.

La nuit était tombée, il faisait froid, et la rue basse des Dangers était déserte, sans autre lumière que la veilleuse qui brûlait dans une niche du mur sous l'image d'un saint. À mi-chemin, il ressentit le besoin de s'arrêter un instant. J'ai trop bu, se dit-il. Et donc, dans l'angle le plus obscur, il rejeta sa cape en arrière et dénoua les aiguillettes de ses grègues. Il était là, jambes écartées dans le recoin, quand un carillon sonna au couvent voisin des Bernardines de Las Vallecas. Il avait du temps devant lui, pensa-t-il. Une demi-heure avant le rendez-vous dans une maison de la rue haute, après celle d'Alcalá, où une vieille duègne ravaudeuse de vertus et entremetteuse patentée, experte dans son métier, tenait tout préparé – lit, souper, cuvette et serviettes – pour son doux entretien avec María de Castro.

Il réajustait ses culottes quand il entendit un bruit dans son dos. Rue des Dangers, pensa-t-il tout de suite. Dans l'obscurité, et encore délacé. Sacrée malchance que de finir ainsi. Il mit en hâte de l'ordre dans son vêtement en regardant par-dessus son épaule et écarta le pan droit de sa cape, où pendait la rapière. Par le sang du Christ ! Marcher seul la nuit dans Madrid était comme vivre avec le dernier soupir à fleur de lèvres, et quiconque en avait les moyens louait les services d'une escorte portant armes et torches pour aller d'un lieu à un autre. Heureusement, dans des cas comme celui de Diego Alatriste, un homme seul pouvait être aussi redoutable, ou plus, que ceux qui viendraient à lui barrer le chemin. Tout était une question de dispositions. Et les siennes n'avaient jamais été celles d'un franciscain.

D'abord, il ne vit rien. La nuit était noire comme un four, et les auvents des maisons projetaient une épaisse obscurité sur les façades et les porches. Par endroits seulement, une chandelle d'intérieur éclairait une jalousie ou un volet entrouvert. Il resta un moment immobile, observant le coin de la rue d'Alcalá comme s'il eût étudié un glacis battu par les arquebuses ennemies, puis il marcha avec précaution, attentif au crottin de cheval et autres immondices qui infestaient le ruisseau. Il n'entendait que ses propres pas. Soudain, alors qu'il se trouvait déjà dans le rétrécissement de la rue des Dangers après avoir laissé derrière lui le mur du verger de Las Vallecas, l'écho sembla se dédoubler. S'arrêtant, il regarda des deux côtés et finit par apercevoir une ombre qui se déplaçait sur sa droite, collée à la façade d'une haute demeure. Ce pouvait être aussi bien un passant paisible comme un mouton qu'un rôdeur en quête de mauvais coups ; aussi poursuivit-il son chemin sans la perdre de vue. Il fit ainsi vingt ou trente pas en gardant le milieu de la rue et, lorsque l'ombre passa devant une fenêtre éclairée, il vit un homme emmitouflé, avec un chapeau à large bord. Il continua, tous ses sens en alerte, et, un peu plus loin, distingua une autre forme, en face. Cela fait trop d'ombres pour trop peu de lumière, se dit-il. Des tire-laine ou des coupe-jarrets. Il défit l'agrafe de sa cape et tira son épée.

Diviser pour vaincre, pensait-il. Si la chance est de mon côté. Pour le reste, aide-toi et le ciel t'aidera. De sorte que, enroulant sa cape sur son bras libre, il marcha droit sur le premier homme et lui expédia un coup d'épée avant que celui-ci ait pu faire un mouvement. L'autre se jeta de côté en grognant, sa cape et ce qu'il y avait dessous transpercés ; et, encore emmitouflé, l'épée inutile dans son fourreau, il recula dans l'ombre du porche avec force geignements. En espérant que le deuxième ne portait pas de pistolet, Alatriste se retourna pour lui faire face, car il l'entendait arriver en courant dans la rue. L'homme, sans rien par-dessus son pourpoint, silhouette noire avec un chapeau qu'il portait également à la mode spadassine, pointa sa lame nue ; Alatriste fit tournoyer sa cape devant lui pour y empêtrer l'épée. Et tandis que l'autre, avec un juron, tentait de libérer sa lame, le capitaine lui porta au jugé une demi-douzaine de coups rapides, presque en aveugle. Le dernier fit mouche et allongea raide le bravache. Le capitaine jeta un regard derrière lui, au cas où l'homme à la cape reviendrait à la charge, mais celui-ci semblait avoir eu son compte ; il parvint à le distinguer au bas de la rue, puis le perdit de vue. Il ramassa sa propre cape qui, piétinée, empestait, rengaina sa lame, empoigna sa dague de la main gauche et, revenant sur l'homme à terre, lui en posa la pointe sur la gorge.

— Raconte-moi tout, dit-il, ou, par le Christ, je te tue.

L'homme, mal en point, respirait difficilement, mais il était encore en état d'apprécier la situation. Il puait le vin. Et aussi le sang.

— Allez... au diable..., murmura-t-il faiblement.

Alatriste l'examina d'aussi près qu'il le pouvait. Barbe fournie. Un anneau à l'oreille, luisant dans l'obscurité. Sa voix était celle d'un truand. Un tueur de métier, certainement. Et pour le langage, direct.

— Le nom de celui qui te paye, insista-t-il en appuyant davantage la dague.

— Je ne chante... pas, répliqua l'autre. Alors... saignez-moi... tout de suite.

— C'est bien mon intention.

— Peu me... chaut.

Alatriste sourit sous sa moustache, certain que l'autre ne pouvait le voir. Le gaillard ne manquait pas de tripes, il ne lâcherait rien d'important. Le capitaine le fouilla rapidement sans rien trouver d'autre qu'une bourse, qu'il s'attribua, et un couteau bien aiguisé, qu'il jeta au loin.

— Donc tu ne causeras pas? conclut-il.

— Non...

Le capitaine hocha la tête, compréhensif, et se

releva. Chez les gens du métier, ce qui était le cas, les règles de la truanderie étaient les règles de la truanderie. Le reste serait perte de temps ; et que survienne un parti d'argousins, il aurait quelque difficulté à donner des explications, à cette heure de la nuit, avec un homme à demi refroidi gisant à ses pieds. Mieux valait prendre le large. Il s'apprêtait à rengainer sa dague et à tirer sa révérence quand il eut une meilleure idée : se penchant de nouveau sur l'homme, il lui fit une entaille en croix sur la bouche. Cela produisit le bruit d'un couperet sur le billot d'un boucher, et le blessé devint muet pour de bon, soit qu'il se fût évanoui, soit que la lame lui eût tranché la langue. Allez savoir. Mais, pensa Alatriste en s'éloignant, de toute manière il ne s'en servait pas beaucoup. Et puis, pour peu que quelqu'un lui recouse la langue et qu'il s'en sorte, cela permettrait de l'identifier en plein jour, s'ils se rencontraient de nouveau. Ou en tout cas pour que le quidam – ou ce qui en restait après cette saignée et ce signe de croix – se souvienne toute sa vie de la rue des Dangers.

La lune se leva tard en traçant des halos sur les vitres de la fenêtre. Diego Alatriste, tournant le dos à sa lumière, se découpait sur le rectangle de clarté argentée qui se prolongeait jusqu'au lit où dormait

María de Castro. Le capitaine contemplait les formes de la femme et écoutait sa respiration tranquille, les petits gémissements qu'elle poussait en s'agitant un peu dans les draps qui la couvraient à peine, pour mieux poursuivre son sommeil. Il sentait sur ses mains et sur sa peau l'odeur du corps qui reposait, épuisé après le long échange de baisers et de caresses. Il se déplaça, et son ombre parut glisser comme un spectre sur la pâle nudité de la comédienne. Par le Christ, qu'elle était belle !

Il alla à la table et se versa un peu de vin. Ce faisant, il passa de la natte aux dalles, et le froid hérissa sa peau tannée de vieux soldat. Il but sans cesser de regarder la femme. Des centaines d'hommes de toute condition, mais tous de qualité et la bourse bien pleine, eussent donné n'importe quoi pour être cinq minutes à sa place ; et lui était là, rassasié de ce corps et de cette bouche. Sans autre fortune que son épée et sans autre avenir que l'oubli. Étranges raisons, pensa-t-il une fois de plus, que celles qui animaient les pensées des femmes. Ou tout au moins des femmes comme celle-là. La bourse du truand, qu'il avait posée sans un mot sur la table – sans doute le prix de la vie de cet homme –, contenait à peine de quoi payer quelques parures, des mules, un éventail, un flot de rubans. Pourtant il était là. Et elle était là.

– Diego.

Un murmure ensommeillé s'éleva : sur le lit, la femme s'était retournée et le regardait.

– Viens, ma vie.

Il laissa le verre de vin, s'approcha et s'assit sur le bord du lit pour poser sa main sur sa peau tiède. Ma vie, avait-elle dit. Il n'avait même pas de quoi payer son enterrement – et même cela, il devait le défendre chaque jour à la pointe de son épée – et il n'était pas non plus un bel élégant, ni un de ces hommes fringants et cultivés qu'admiraient les femmes dans la rue et les soirées. Ma vie ! Il se souvint soudain de la fin d'un sonnet de Lope qu'il avait entendu la veille chez le poète :

> *Aimée, haïe, cajolée, rudoyée,*
> *la femme, comme la saignée,*
> *parfois guérit et parfois tue.*

La lueur de la lune rendait les yeux de María de Castro incroyablement beaux et soulignait la promesse de sa bouche entrouverte. Et que m'importe ! pensa le capitaine. Ma vie ou pas ma vie. Mon amour ou celui des autres. Ma folie ou ma sagesse. Moi, toi, son cœur. Cette nuit, il était vivant, et cela seul comptait. Il avait des yeux pour voir et une bouche pour embrasser. Des dents pour mordre. Aucun des innombrables enfants de putain qu'il avait croisés dans son existence, Turcs, hérétiques, alguazils, assassins, n'avait réussi à lui voler ce moment. Il respirait toujours, malgré tous ceux qui avaient tenté de l'en empêcher. Et maintenant, pour le lui confirmer, la main de la femme lui caressait doucement la peau en s'arrêtant sur chaque vieille cicatrice. « Ma vie », répétait-elle. Francisco de Quevedo eût sûrement tiré parti de tout cela, en quatorze vers de dix pieds parfaitement tournés. Le capitaine Alatriste, cependant, se borna à sourire en son for intérieur. Il était agréable d'être vivant, au moins un moment encore, dans un monde où nul ne donnait rien pour rien ; où tout se payait, avant, pendant ou après. Et donc, pensa-t-il, j'ai dû payer. Je ne sais pas combien ni quand, mais sans doute l'ai-je fait, puisque la vie m'accorde ce cadeau. Puisque je mérite, même pour quelques brèves nuits, qu'une femme me regarde comme elle me regarde.

# III

# L'ALCAZAR
# DES AUTRICHE

– Je me réjouis par avance de votre comédie, monsieur de Quevedo.

La reine était très belle. Et française. Fille du grand Henri IV le Béarnais, elle avait vingt-trois ans, le teint clair et une fossette au menton. Son accent était aussi charmant que son aspect, surtout quand elle se forçait à prononcer les « r » en fronçant un peu les sourcils, appliquée, courtoise dans sa majesté pleine de finesse et d'intelligence. Cela sautait aux yeux qu'elle était née pour le trône ; et bien que d'origine étrangère, elle régnait aussi loyalement sur l'Espagne que sa belle-sœur Anne d'Autriche – la sœur de notre Philippe IV –, mariée à Louis XIII, le faisait sur sa patrie d'adoption, la France. Quand le cours de l'histoire a débouché sur l'affrontement du vieux lion espagnol et du jeune loup français pour se disputer la domination de l'Europe, les deux reines, élevées dans les devoirs rigoureux de l'honneur et du sang, ont embrassé sans réserve la cause nationale de leurs augustes époux ; c'est ainsi que les cruautés des temps à venir allaient produire ce paradoxe que les Espagnols, avec une reine française, se battraient contre des Français qui avaient une reine espagnole. Tels sont, hélas, les hasards de la guerre et de la politique.

Mais revenons à la reine Isabelle de Bourbon et à l'Alcazar royal. Je contais à vos seigneuries que, ce matin-là, avec la lumière qui entrait à flots par les balcons du salon des Glaces, la clarté du lieu dorait ses cheveux bouclés, arrachant des reflets mats aux deux perles simples qu'elle portait en pendants d'oreilles. Elle était vêtue fort sobrement, mais sans déroger aux exigences de son rang, d'un casaquin en ratine moirée de couleur mauve avec de petites étoiles d'argent, et le vertugadin faisait bouffer sa jupe avec beaucoup de grâce ; elle chaussait des mules de satin et, assise comme elle l'était sur un petit banc près du balcon central, elle laissait voir un pouce de bas blanc.

– Je crains de ne pas être à la hauteur, madame.
– Vous le serez. Toute la Cour croit en votre art.
Elle est adorable comme un ange, pensais-je,

cloué sur le pas de la porte et n'osant pas bouger un cil ; pétrifié pour divers motifs, dont celui de me trouver en présence de la reine notre souveraine n'était certes pas le plus grave. Je m'étais habillé de neuf, pourpoint de drap noir avec un col amidonné, culottes et bonnet du même tissu, qu'un tailleur de la Calle Mayor, ami du capitaine Alatriste, m'avait confectionnés à crédit en trois jours seulement, dès que nous avions su que Francisco de Quevedo me permettrait de l'accompagner au palais. Cajolé à la Cour, apprécié alors de la reine, don Francisco était devenu un courtisan assidu. Il distrayait nos monarques par sa vivacité d'esprit, flattait le comte et duc qui était heureux de pouvoir compter sur sa plume ingénieuse face au nombre croissant de ses adversaires politiques, et était adulé par les dames qui, dans toutes les fêtes ou réunions, le priaient de les régaler de vers ou d'improvisations. De sorte que le poète, malin et vif comme il l'était, se laissait aimer, boitait plus que de raison pour se faire pardonner son talent et sa familiarité, et était bien décidé à prospérer sans remords aussi longtemps que durerait sa bonne fortune. Le scepticisme stoïcien de don Francisco, habitué de par sa culture classique aux grâces et aux disgrâces, l'avertissait que cette conjonction favorable des astres ne serait pas éternelle. Car, comme il le faisait lui-même remarquer, nous sommes ce que nous sommes jusqu'au moment où nous cessons de l'être. Et singulièrement en Espagne, où ces choses peuvent arriver d'un moment à l'autre. Si bien que, sans transition aucune, vous pouvez être jeté en prison ou mené par les rues vers l'échafaud, coiffé d'une capuche, par les mêmes qui, la veille, vous applaudissaient et s'honoraient de votre amitié ou de votre commerce.

— Permettez-moi, madame, de vous présenter un jeune ami. Il a pour nom Iñigo Balboa Aguirre et s'est battu dans les Flandres.

Je m'inclinai très bas, le bonnet à la main, rougissant jusqu'aux oreilles. Et je dus m'avouer que ce coup de chaleur n'était pas seulement dû au fait de me trouver en présence de l'épouse de Philippe IV. Je sentais rivés sur moi les regards de quatre menines de la reine assises à ses côtés sur des coussins de satin couvrant les dalles jaunes et rouges, près de Gastoncillo, le bouffon français que doña Isabelle de Bourbon avait amené avec elle lors de ses épousailles avec notre monarque. Les yeux et les sourires de ces jeunes dames suffisaient pour que n'importe quel jouvenceau perdît la tête.

— Si jeune ! dit la reine.

Elle eut une dernière expression aimable à mon adresse puis se mit à converser avec don Francisco sur les détails des divertissements qu'il avait composés, et je demeurai debout là où j'étais, le bonnet toujours à la main et regardant dans le vide, en sentant que je devais m'appuyer contre le mur revêtu d'azulejos portugais avant que mes jambes ne se dérobent sous moi. Les menines chuchotaient entre elles, Gastoncillo joignait ses murmures aux leurs, et je ne savais où poser les yeux. Certes le bouffon ne mesurait pas plus de trois pieds, était laid comme la sorcière qui l'avait mis au monde et fameux à la Cour pour la méchanceté de son esprit – imaginez ce que pouvaient avoir de spirituel les plaisanteries d'un nabot français –, mais il plaisait à la reine et tout le monde riait de ses saillies, bien que de mauvaise grâce et par flagornerie. Bref, je restai comme j'étais, aussi figé que les figures des tableaux qui ornaient le salon, lequel était neuf, inauguré en même temps que les réfections de la façade de l'Alcazar, édifice vétuste où voisinaient et se superposaient d'obscures pièces du siècle passé et des chambres modernes de nouvelle facture. Je contemplai l'*Achille* et l'*Ulysse* du Titien sur les portes, l'opportune allégorie de *La Religion secourue par l'Espagne,* le portrait équestre du grand Charles Quint à la bataille de Mühlberg et, sur le mur d'en face, un autre de Philippe IV, également à cheval, peint par Vélasquez. Finalement, quand j'eus appris par cœur chacun de ces tableaux, je rassemblai assez de courage pour me tourner vers le véritable objet de mon trouble. Je ne saurais dire si les coups qui résonnaient en moi venaient du marteau des charpentiers en train de préparer le salon voisin pour la prochaine soirée de la reine, ou s'ils étaient causés par le sang qui battait avec force dans mes veines et mon cœur. En tout cas, je me tenais là, debout comme pour affronter une charge de la cavalerie luthérienne, et devant moi, assise sur un coussin de velours rouge, se trouvait l'ange-démon au regard bleu qui avait, à certaine époque, semé la douceur et l'amertume dans mon innocence et ma jeunesse. Naturellement, Angélica d'Alquézar me regardait.

Environ une heure plus tard, alors que, notre visite terminée, je suivais Francisco de Quevedo sous les portiques de la cour de la Reine, le bouffon Gastoncillo s'approcha de moi, me tira subrepticement par la manche de mon pourpoint et me glissa dans la main un petit billet plié. Je restai à contempler le papier sans oser l'ouvrir ; et avant que don Francisco ne s'en aperçût, je l'introduisis discrètement dans mon gousset. Puis je regardai autour de moi, me sentant aussi gaillard et fat que les personnages des comédies de cape et d'épée. Par le Christ, pensai-je soudain, que la vie est belle et la Cour fascinante ! Cet Alcazar, où se décidaient les destinées d'un empire qui embrassait deux mondes, donnait le pouls de cette Espagne qui me montait à la tête : les deux cours dites du Roi et de la Reine étaient remplies de courtisans, de solliciteurs et d'oisifs qui circulaient entre elles et l'esplanade, passant sous le porche de l'entrée où, dans la pénombre et le contre-jour, se découpaient les uniformes à damiers de la vieille garde. Francisco de Quevedo, dont la personne, je l'ai dit, était à la mode ces jours-là, se voyait arrêté à tout instant par des gens qui le saluaient avec déférence ou quémandaient son secours pour une quelconque requête. L'un demandait un bénéfice pour un neveu, l'autre pour un gendre, l'autre encore pour un fils ou un beau-frère. Personne n'offrait de travailler en échange, personne ne s'engageait à rien. Tous se bornaient à revendiquer une grâce comme on jouit du droit de course sur les mers, tous se prévalaient d'une vieille noblesse de sang en poursuivant le rêve qu'ont toujours caressé les Espagnols : vivre sans jamais se donner de mal, ne pas payer d'impôts et se pavaner une épée au côté et une croix brodée sur la poitrine ; et pour donner à vos seigneuries une idée du point où nous en étions arrivés en matière de prétentions et de suppliques, je dirai que même les saints des églises n'étaient pas à l'abri de telles inconvenances : car ces gens n'hésitaient pas à déposer dans les mains de leurs statues des mémoires réclamant telle ou telle grâce terrestre, comme si les saints étaient des secrétaires du palais. De sorte que, dans l'église de saint Antoine de Padoue, particulièrement sollicité, on avait fini par disposer sous le saint écriteau qui disait : *Je suis fermé, allez voir saint Gaétan.*

Et donc, tout comme saint Antoine de Padoue, Francisco de Quevedo, familiarisé à ce jeu – lui-même a sollicité souvent et sans se lasser, même si la chance ne l'a pas toujours accompagné –, écoutait, souriait, haussait les épaules sans s'engager plus avant que de besoin. Je ne suis qu'un poète, s'excusait-il pour se dérober. Et parfois, fatigué de l'insistance de l'importun et dans l'impossibilité de se soustraire en restant aimable, il finissait par l'envoyer au diable.

– Par les clous de la Sainte Croix, murmurait-il, nous sommes devenus un pays de mendiants.

Ce qui était bien la vérité et devait l'être plus encore dans les temps à venir. Pour l'Espagnol, une grâce n'a jamais été un privilège mais un droit inaliénable ; à tel point que ne pas obtenir ce que recevait son voisin lui a toujours noirci la bile et l'âme. Et quant au proverbial esprit de l'hidalgo, tant vanté et porté si haut parmi les vertus de la patrie – même le Français Corneille, avec son Cid, et quelques autres ont gobé la mouche sans sourciller –, je dirai qu'il a peut-être existé jadis : à l'époque où nos compatriotes avaient besoin de combattre pour survivre, où le courage n'était qu'une vertu parmi d'autres impossibles à acheter avec de l'argent. Mais ce n'était plus le cas. Trop d'eau avait coulé sous les ponts depuis les temps dont le même Quevedo a écrit, en mode d'épitaphe :

*Ci-gît cette vertu oubliée,*
*moins riche mais plus respectée,*
*rêve et vanité l'ont enterrée.*

Aux jours que j'évoque, les vertus, si elles avaient jamais existé, étaient presque toutes parties au diable. Ne nous restaient que notre arrogance aveugle et l'absence de solidarité qui devaient finir par nous entraîner dans l'abîme; et le peu de dignité que nous conservions n'allait pas au-delà de quelques individus isolés, des cours de comédie, des vers de Lope et de Calderón, et des lointains champs de bataille où résonnait le fer de nos vieux régiments. Ils n'ont cessé de me faire rire, tous ceux qui tordent leur moustache en claironnant que notre nation est digne et chevaleresque. Car moi qui fus, et suis, basque et espagnol, moi qui ai vécu mon siècle de bout en bout, j'ai toujours rencontré sur mon chemin plus de Sancho que de Don Quichotte et plus de gens bas, mauvais, ambitieux et vils, que de gens courageux et honnêtes. Notre unique vertu, il est vrai, fut que certains, y compris parmi les pires, surent mourir comme Dieu le commande lorsqu'il le fallut et qu'il n'y eut point d'autre remède, debout, le fer à la main. Certes il eût mieux valu vivre pour le travail et le progrès, mais nous ne les avons guère connus, car tous, rois, favoris ou prêtres, nous l'ont refusé obstinément. Qu'y faire ? Chaque nation est ce qu'elle est, et l'on ne peut rien changer à ce qu'a été la nôtre. Après tout, et partis comme nous l'étions, les choses sont mieux ainsi : une poignée de désespérés a sauvé, comme s'il s'agissait du drapeau déchiqueté du réduit de Terheyden, la dignité du troupeau infâme. Priant, jurant, tuant et vendant cher leur peau. Et cela compte. Voilà pourquoi, lorsque l'on m'interroge sur le respect que je porte à cette infortunée et triste Espagne, je répète toujours ce que j'ai dit à l'officier français, à Rocroi. « Pardieu ! Comptez les morts ! »

*Si vous êtes assez hidalgo pour faire escorte à une dame, attendez celle-ci ce soir, à l'heure de l'angélus, près la porte de la Priora.*

C'était tout, et il n'y avait pas de signature. Je relus le billet plusieurs fois, tandis que don Francisco devisait au milieu d'un cercle de connaissances. Et à chaque lecture, mon cœur bondissait dans ma poitrine. Tant que nous étions restés, le poète et moi, en présence de la reine, Angélica d'Alquézar n'avait pas fait le moindre geste qui trahît de l'intérêt pour ma personne. Même ses sourires, parmi les chuchotements des autres menines, avaient été plus réservés et plus faibles que les leurs. Seuls ses yeux bleus me transperçaient avec une telle intensité que, je l'ai dit, j'avais craint un moment de ne pouvoir les affronter de pied ferme. J'étais à l'époque un garçon avenant, grand pour mon âge, avec des yeux vifs et une épaisse chevelure noire, et l'habit neuf, le bonnet à plume rouge que je portais à la main me donnaient une apparence fort convenable. Cela m'avait insufflé assez de courage pour tenir bon sous le regard scrutateur de ma jeune dame, si tant est que le mot « ma » puisse s'appliquer à la nièce du secrétaire royal Luis d'Alquézar ; car elle ne s'est jamais complètement livrée, et même quand j'ai possédé sa bouche et son corps – j'étais loin d'imaginer combien cette première fois était proche – je me suis toujours senti de passage, comme l'intrus qui n'est pas sûr du terrain sur lequel il se déplace, s'attendant d'un moment à l'autre à être jeté à la rue par les domestiques. Pourtant, comme je l'ai déjà affirmé ailleurs, et malgré tout ce qui s'est passé depuis entre nous, y compris la cicatrice du coup de dague que je porte dans le dos, je sais – je veux croire que je sais – qu'elle m'a toujours aimé. À sa manière.

Nous rencontrâmes le comte de Guadalmedina sous une arcade de l'escalier. Il venait des appartements du jeune roi où il avait ses petites entrées, aux heures où Philippe IV s'y retirait après avoir chassé le matin dans les bois de la Casa de Campo ; plaisir auquel ce dernier était très attaché, la rumeur disant qu'il aimait aller seul au milieu des sangliers et qu'il était capable de courir toute la journée après une proie. Álvaro de la Marca portait un pourpoint en chamois, des guêtres tachées de boue et un gracieux bonnet de chasseur orné d'émeraudes. Il se rafraîchissait le visage avec un mouchoir mouillé d'eau de senteur, en se dirigeant vers l'esplanade faisant face au palais où l'attendait sa voiture. Son costume de chasseur le rendait encore plus séduisant, en lui donnant une fausse allure rustique qui ne faisait que renforcer sa belle prestance. Il n'était pas étonnant, décidai-je, de voir les dames de la Cour redoubler de passion et de grâce dans leur art de manier l'éventail lorsque le comte leur adressait ses œillades ; et que même la reine notre souveraine lui eût montré au début quelque inclination, sans jamais manquer pour autant, naturellement, au décorum exigé par son haut rang et sa personne. Et je dis au début, car, au temps de l'aventure que je narre ici, Isabelle de Bourbon était déjà au courant des escapades de son auguste époux et du rôle d'accompagnateur, garde du corps et complice de Guadalmedina en de tels exploits. Elle le détestait pour cela et, bien que le protocole l'obligeât à une certaine réserve – La Marca, en plus d'être le serviteur de son mari, était grand d'Espagne –, elle faisait en sorte de le traiter avec froideur. Seul un autre personnage de la Cour était plus haï de la reine notre souveraine : le comte et duc d'Olivares, dont la faveur ne fut jamais bien vue de cette princesse élevée dans l'arrogante cour de Marie de Médicis et du grand Henri IV de France. Et c'est ainsi qu'avec le temps, aimée et respectée jusqu'à sa mort, Isabelle de Bourbon devait se retrouver à la tête de la faction du palais qui, quinze ans plus tard, allait mettre un terme au pouvoir absolu du favori, le jetant bas du piédestal où l'avait hissé son intelligence, son ambition et son orgueil. Cela s'est produit quand le peuple qui n'avait fait qu'écouter, admirer et craindre le grand Philippe II, puis murmurer ou se lamenter avec prudence sous Philippe III, a fini, épuisé, accablé d'impôts, fatigué des banqueroutes et des défaites, par manifester plus d'exaspération que de respect envers Philippe IV et quand il s'est alors avéré de bonne politique de lui livrer une tête pour calmer sa colère.

> *Toi qui, par tes exploits porté,*
> *crois ne devoir jamais tomber,*
> *souviens-toi, homme abusé,*
> *que tomba Troie, comme est tombée*
> *la princesse de Bretagne.*

Bref, ce matin-là au palais, le comte de Guadalmedina nous aperçut, don Francisco et moi, descendit quatre à quatre les dernières marches de l'escalier, esquiva avec élégance et savoir-faire une petite cohorte de solliciteurs – un capitaine en retraite, un curé, un alcade et trois nobliaux de province, tous attendant que quelqu'un s'occupât de leurs requêtes – et, après avoir salué le poète très affectueusement et moi-même par une tape cordiale sur l'épaule, nous prit à part.

– Nous avons un ennui, dit-il d'un air grave et sans autre préambule.

Il me jeta un regard en dessous, se demandant s'il pouvait aller plus loin en ma présence. Mais, en de nombreuses affaires, il m'avait vu aux côtés d'Alatriste et de don Francisco, et ma loyauté, ma discrétion étaient avérées. Aussi, prenant son parti, il lança un coup d'œil aux alentours pour vérifier qu'il n'y avait pas d'oreilles courtisanes à proximité, salua en soulevant son bonnet de chasseur un membre du conseil du Trésor qui passait sous la voûte – la cohorte des quémandeurs se précipita à sa suite comme gorets sur un champ de maïs –, baissa un peu la voix et murmura :

– Dites à Alatriste de changer de monture.

Je tardai un instant à comprendre. Don Francisco, non. Vif comme toujours, il ajusta ses lunettes pour observer La Marca.

– Votre Excellence parle-t-elle sérieusement ?

Un temps mort. Je commençais à saisir. Le poète jura à voix basse.

– Moi, pour les affaires de jupon, je ne suis plus

à la page, et j'en suis las... Votre Excellence devrait lui délivrer le message elle-même. Si elle est tant soit peu couillue.

— Et cocue, tant que tu y es ! – Guadalmedina hocha la tête, sans s'offusquer d'une telle familiarité. – Non, je ne peux pas m'en mêler.

— Pourtant Votre Excellence se mêle bien d'autres affaires.

Le grand d'Espagne se caressait la moustache et la barbiche, le regard fuyant.

— Ne me fatiguez pas, Quevedo. Nous avons tous nos obligations. Au reste, j'en fais assez en l'avertissant ainsi.

— Que dois-je lui conter ?

— Bah, je ne sais. Qu'il vise moins haut. Que l'Autriche assiège la place.

Ils se dévisagèrent en observant un long et éloquent silence. Loyauté et prudence chez l'un, débat entre amitié et intérêt chez l'autre. Bien placés comme ils l'étaient tous deux à l'époque, en pleine faveur à la Cour, il eût été plus sensé pour l'un de se taire et pour l'autre de ne pas entendre. Plus commode et plus sûr. Et pourtant ils étaient là, chuchotant au bas des escaliers du palais, inquiets pour un ami. Et j'étais déjà assez mûr pour apprécier leur attitude. Leur dilemme.

Finalement, Guadalmedina haussa les épaules.

— Que voulez-vous..., trancha-t-il. Quand le

monarque est jaloux, il n'y a rien à ajouter. Les jeux sont faits.

Je réfléchissais. La vie était vraiment étrange. Avec cette reine au palais, cette femme très belle qui eût suffi au bonheur de n'importe quel homme, le roi courait la prétentaine. Et pire affront encore, auprès de créatures de basse condition : servantes, comédiennes, filles de taverne. J'étais loin, alors, de soupçonner que déjà se faisaient jour chez le roi notre souverain, en dépit de sa nature généreuse et placide, ou peut-être à cause d'elle, les deux grands vices qui, bientôt, ruineraient le prestige de la monarchie bâti par son aïeul et son bisaïeul : le goût démesuré des femmes et l'indolence dans les affaires du gouvernement. Deux choses abandonnées, toujours, aux mains de tiers et de favoris.

– La chose est-elle déjà consommée ? s'enquit don Francisco.

– C'est une question de quelques jours, je le crains. Ou moins. Votre comédie y aide beaucoup... Philippe avait déjà jeté un œil sur la dame dans les théâtres. Mais maintenant qu'il a assisté incognito aux répétitions du premier acte, il est conquis par ses charmes.

– Et le mari ?

– Dans le coup, naturellement. – Guadalmedina fit le geste de porter la main à son gousset. – Malin comme un singe et sans scrupules. C'est l'affaire de sa vie.

Le poète hochait la tête, découragé. De temps en temps, il me jetait un regard inquiet.

– Pardi ! dit-il.

Le ton était sombre, accablé par les circonstances. Moi aussi, je pensais à mon maître. En certaines occasions – et María de Castro pouvait fort bien en être une – des hommes comme le capitaine Alatriste ne faisaient pas la différence entre les rois et les valets de cœur.

Le soir tombait doucement, le soleil jaune sur l'horizon allongeant les ombres du cours San Jerónimo. À cette heure-là, la chaudière du Prado bouillonnait de voitures aux portières desquelles apparaissaient des cheveux bouclés semés de brillants et des mains blanches tenant des éventails, cavaliers fringants collés aux marchepieds. Devant le jardin de Juan Fernández, au confluent du haut et du bas Prado, foumillaient les passants qui profitaient des dernières heures de lumière : dames faisant sonner leurs talons, enveloppées tout entières ou seulement à demi dans leur mante, bien que certaines ne fussent en rien des dames et ne le seraient jamais, tout en se donnant pour telles ; de même que certains prétendus hidalgos que l'on voyait se pavaner venaient directement, en dépit de leur épée au côté, de leur cape et de leurs grands airs, de l'échoppe de savetier, de la boutique ou de l'atelier de tailleur où ils travaillaient de leurs mains : activité honnête que, je l'ai dit, a toujours reniée tout Espagnol. Il y avait aussi, naturellement, des gens de qualité ; mais ceux-là se concentraient davantage dans les bosquets d'arbres fruitiers, les massifs de fleurs, les haies taillées en labyrinthe, près de la noria et de la salle à manger champêtre du célèbre jardin où, cette après-midi, inspirées par le succès de la comédie de Tirso qui continuait d'être représentée au théâtre de la Croix, les comtesses d'Olivares, de Lemos, de Salvatierra et d'autres dames de la Cour avaient donné une collation sans protocole, feuilletés des carmélites royales et chocolat des pères récollets, en l'honneur du cardinal Barberini, légat – et neveu, de surcroît – de Sa Sainteté Urbain VIII, qui visitait Madrid avec beaucoup de ronds de jambe diplomatiques des deux côtés, et surtout du sien. Après tout, les régiments espagnols étaient la plus puissante des défenses que comptait le catholicisme. Et comme au temps du grand Charles Quint, nos monarques restaient prêts à tout perdre – ce qu'ils ont fait finalement, et nous avec eux – plutôt que d'avoir des hérétiques pour sujets. Encore qu'il ne laissât point d'être paradoxal que l'Espagne se consumât en défendant la vraie religion avec son argent et son sang, tandis que Sa Sainteté tentait en catimini de miner notre puissance en Italie et dans le reste de l'Europe avec ses agents et ses diplomates qui pactisaient avec nos ennemis. Peut-être eût-il fallu, comme un bienfait du ciel, un autre sac de Rome semblable à celui auquel s'étaient livrées les troupes de l'empereur quatre-vingt-dix-neuf ans plus tôt, en 1527, quand nous étions encore ce que nous étions et que le monde perdait le sommeil au seul nom d'Espagnol. Mais la vérité était que les temps avaient changé, Philippe IV n'était pas, même de loin, son bisaïeul Charles, on mettait beaucoup plus de politique à respecter les formes, et l'époque des vaches maigres qui venait n'était plus celle où l'on pouvait voir les souverains pontifes retrousser leur soutane pour courir se réfugier dans le château Saint-Ange sous les haros de nos lansquenets qui leur chatouillaient le cul. Et c'est fort dommage. Car dans l'Europe agitée que je conte, où de jeunes nations s'édifiaient face à la nôtre, vieille d'un siècle et demi, être aimé avait dix fois moins d'avantages qu'être craint. Si, dans un tel paysage, nous, Espagnols, nous étions proposé d'être aimés, ceux qui nous fauchaient l'herbe sous le pied, Anglais, Français, Hollandais, Vénitiens, Turcs et autres, nous auraient éliminés beaucoup plus tôt. Et gratis. Tandis que disputant chaque pouce de terre, chaque lieue de mer et chaque once d'or, nous avons au moins fait payer très cher ces enfants de putain.

Enfin. Revenons à Madrid et à Son Éminence le

légat apostolique Barberini : cette après-midi-là, donc, toutes les personnes illustres, neveu du pape compris, avaient déjà quitté les célèbres jardins de Juan Fernández ; mais il y restait encore les reliefs du festin, des dames et des gentilshommes de la Cour se promenaient en jouissant des parterres fleuris et du gazon entourant la noria, ainsi que des rafraîchissements, des coupes pleines de fruits et de friandises sous la tente de la salle à manger. Dehors, dans les allées et entre les fontaines des deux Prado, celui de San Jerónimo et celui des Augustins récollets, des gens allaient et venaient également, ou se reposaient sous les arbres ; voitures, époux respectables, dames de condition, demoiselles de petite vertu accompagnées de leur petit chien et feignant d'être des dames, jeunes vauriens, servantes d'auberge cherchant à perdre ce qu'elles n'avaient pas encore perdu, galants à cheval, godelureaux, marchandes de citrons, vendeurs de sucreries, bandes de filles de service et de laquais, simples badauds. Et le tableau était tel que l'a décrit avec sa désinvolture coutumière notre ami et voisin le poète Salas Barbadillo :

> *C'est ainsi que ce pré est commun aux époux,*
> *égayant tout autant la femme et le mari.*
> *Les deux sexes ensemble y trouvent leur pâture :*
> *elle vient y marcher, et lui fait son marché.*

Bref, nous nous promenions là, le capitaine, Francisco de Quevedo et moi, en attendant le crépuscule, allant du verger au kiosque à musique puis remontant de nouveau le Prado sous les trois rangs de peupliers dont les cimes ombreuses s'étendaient au-dessus de nos têtes. Mon maître et le poète parlaient à voix basse de leurs affaires ; quant à moi, toujours fort attentif à leurs propos, je dois avouer que j'en étais pour une fois distrait par mes propres préoccupations : à l'heure où sonnerait l'angélus du soir, j'avais rendez-vous près du palais. Ce qui ne m'empêchait pas néanmoins de suivre la conversation de loin. Vous jouez votre peau, disait don Francisco. Et quelques pas plus avant – le capitaine marchait près de lui, silencieux, le regard sombre sous l'aile de son couvre-chef –, il répéta :

– Vous jouez votre peau : c'est chasse gardée.

Ils s'arrêtèrent un instant, et moi avec eux, devant le parapet du petit pont pour laisser passer plusieurs voitures emportant des dames qui se retiraient pour laisser la place aux promeneuses de plus basse condition venues, avec la nuit, chercher chaussure à leur pied, ou aux jeunes personnes voilées qui, en cachette de parents ou de frères et prétextant une messe tardive ou une visite charitable, accompagnées d'une duègne complaisante, venaient rencontrer un galant discret ou le trouvaient sans l'avoir cherché. Reconnu d'une des voitures, le poète salua en ôtant son chapeau, puis se tourna de nouveau vers mon maître.

– Votre attitude, dit-il, est aussi absurde que celle du médecin qui se marie avec une vieille, alors qu'il pourrait impunément la faire passer de vie à trépas.

Le capitaine tordit sa moustache, sans pouvoir éviter un demi-sourire ; mais il ne répondit rien.

– Si vous vous entêtez, insista Quevedo, je vous donne pour mort.

Ces mots me firent sursauter. J'observai mon maître, dont le profil d'aigle se découpait dans la lumière mourante du soir.

– Et pourtant, dit-il enfin, je n'ai pas l'intention d'en faire cadeau.

Quevedo le regarda, intrigué.

– Vous parlez de la femme ?

– Je parle de ma peau.

Il y eut un silence, puis le poète regarda à droite et à gauche, avant de murmurer entre ses dents quelque chose comme : vous êtes fou, capitaine, aucune femme ne mérite qu'on tende ainsi sa gorge au couteau. Cette chasse est dangereuse. Mais mon maître se borna à passer deux doigts sur sa moustache sans ouvrir la bouche. Finalement, après quatre ou cinq jurons et malédictions, don Francisco haussa les épaules.

– Ne comptez pas sur moi en cette affaire. Je ne me bats pas contre les rois.

Le capitaine le dévisagea et ne répondit rien. Nous reprîmes donc notre marche vers les murets du jardin; après quelques pas, à mi-chemin de la tournelle et d'une des fontaines, nous vîmes de loin une voiture découverte tirée par deux bonnes mules. Je n'y prêtai pas attention jusqu'à ce que je remarque l'expression de mon maître. Suivant alors son regard, je vis María de Castro, parée pour la promenade, superbe, assise à droite dans la calèche. À sa gauche se tenait le mari, petit, épais favoris, sourire aux lèvres, pourpoint à galon doré, canne à pomme d'ivoire et élégant chapeau de castor à la française, qu'il ôtait constamment pour saluer de tous côtés, enchanté de la vie et de l'effet que lui-même et sa femme produisaient.

– Voici deux jolies paires de mains, ironisa don Francisco : mains de la Sierra Nevada et mains de la Sierra Morena... Belle madrague pour jeter leur filet.

Le capitaine persévéra dans son silence. Près de nous, des dames qui accompagnaient leurs maris, portant scapulaires, longs manteaux, amples basquines noires et chapelets aux innombrables grains, chuchotaient à travers leurs éventails en jetant à la calèche des regards chargés de flèches barbaresques, tandis que les époux, vêtus de deuil, tâchant de ne pas perdre leur contenance, la lorgnaient avec une avidité qu'ils avaient peine à dissimuler, en retroussant leur moustache. Pendant que les comédiens approchaient, don Francisco narra une anecdote qui illustrait l'esprit malicieux et le talent plein de ressources du mari : au cours d'une représentation à Ocaña, ayant oublié le poignard avec lequel il devait égorger un autre acteur sur la scène, Rafael de Cózar avait arraché sa barbe postiche et fait semblant de s'en servir pour l'étrangler ; après quoi la compagnie avait dû s'enfuir à travers champs, poursuivie par les jets de pierre des spectateurs furieux.

– Telles sont les facéties de cet oiseau, conclut le poète.

Lorsque la calèche fut à notre hauteur, Cózar reconnut don Francisco et mon maître ; et le grand chenapan leur fit une révérence courtoise, qui, déjà au fait comme je l'étais des subtilités courtisanes, me parut fortement chargée de raillerie. Avec ces politesses et mon épouse, semblait-il dire, je me paye pourpoint et chapeau ; et avec votre bourse, ma revanche. Ou, dit en vers de Quevedo :

> *Celui qui paye est plus cornard que le payé ;*
> ergo, *le vrai cocu est toujours le payeur*
> *et de ma femme ainsi je garde le meilleur.*

Quant au sourire et au regard de l'épouse du comédien Cózar, directement adressés au capitaine, ils étaient éloquents, quoique sur un autre registre : complicité et promesse. Elle fit mine de se cacher derrière sa mante, sans y parvenir – sa pudeur en souffrit davantage que si elle n'avait rien fait –, et je vis que mon maître, discret, se découvrait lentement et restait le chapeau à la main jusqu'à ce que la calèche des comédiens s'éloigne dans l'allée. Après quoi il remit son couvre-chef, se retourna et rencontra le regard de Gonzalo Moscatel ; lequel, la main sur le pommeau de son épée, posté de l'autre côté de la promenade, nous observait en mordant de rage les pointes de sa moustache.

– Bon sang ! dit don Francisco. Il ne manquait plus que celui-là.

Le boucher était debout près du marchepied de sa voiture, plus imposante qu'un château en Flandres, attelée de deux mules grises, un cocher sur le siège et une jeune fille assise dedans, que l'on voyait près de la portière ouverte, gardée par Gonzalo Moscatel. La jeune demoiselle était sa nièce l'orpheline, qui habitait chez lui et qu'il avait la ferme intention de marier à son ami le procureur des tribunaux Saturnino Apolo : homme médiocre et vil en toutes choses, qui, en sus de pratiquer la corruption inhérente à sa charge – de là venait son amitié avec le fournisseur des boucheries –, fréquentait le fretin littéraire et se donnait pour poète sans l'être, son seul talent étant de soutirer de l'argent aux auteurs à succès à force de les flagorner et de leur tenir le pot de chambre – pour dire les choses gaillardement – à la manière

de ceux qui savent jouer gratis au tripot des muses.
Ce Saturnino Apolo était comme cul et chemise
avec Moscatel et se faisait passer pour un familier
du milieu du théâtre, ce dont il jouait pour encourager les visées du boucher sur María de Castro
en lui soutirant ses pistoles, tout en espérant bien
prendre aussi celles de la nièce avec la dot qui lui
reviendrait. Car telle était la spécialité du coquin :
vivre de la bourse d'autrui, au point que Francisco
de Quevedo, qui comme tout Madrid méprisait ce
misérable, avait écrit sur lui un sonnet célèbre qui
se terminait ainsi :

> *Grand scélérat, des muses le rebut,*
> *tu fais passer ta bourse avant ta lyre,*
> *faux Apollon, tu descends de Cacus.*

Le fait est que la jeune Moscatel était une bien
jolie personne, son prétendant, le procureur, par
trop infâme, et don Gonzalo, l'oncle, soucieux de son
honneur à l'extrême. De sorte que tout cela, la nièce,
l'hymen, la jalousie à l'égard du capitaine Alatriste
pour l'affaire de la Castro, la figure et le caractère
épouvantable du boucher, semblait relever davantage
d'une comédie que de la vie réelle – Lope ou Tirso
remplissaient les théâtres d'histoires comme celle-là ;
mais c'eût été oublier que le théâtre devait son succès à sa manière de refléter ce qui se passait dans

la rue, et qu'à son tour le peuple de la rue imitait ce qu'il voyait sur les scènes. Tant et si bien que, dans le théâtre coloré et passionnant qu'a été mon siècle, les Espagnols jouaient tantôt la comédie, tantôt la tragédie.

— Soyez sûr, murmura don Francisco, que cet homme-là ne fera pas tant d'histoires.

Alatriste, qui regardait Moscatel, les yeux mi-clos et l'air absent, se tourna à demi vers le poète.

— Des histoires pour quoi?

— Parbleu! Pour s'éclipser dès qu'il saura qu'il chasse en terres royales.

Le capitaine esquissa un soupçon de sourire et ne fit pas de commentaires. De l'autre côté de l'allée, portant petit manteau à la française, manchettes flottantes, jarretières de la même couleur vermillon que la plume de son chapeau, immense flamberge à coquille et quillons démesurés, figé dans une attitude où le ridicule le disputait à la gravité, le boucher continuait de nous foudroyer du regard. J'observai la nièce: brune, un maintien plein de pudeur, le jupon faisant bouffer sa robe, mantille sur les cheveux et crucifix en or au cou.

— Vous conviendrez avec moi, dit une voix près de nous, qu'elle est des plus ravissantes.

Surpris, nous nous retournâmes. Lopito de Vega était là, les pouces passés dans la ceinture qui supportait son épée, la cape pliée sur un bras, le chapeau de soldat un peu rejeté en arrière, sur le pansement qui lui ceignait encore la tête. Il contemplait la nièce de Moscatel avec des yeux pâmés.

– Ne me dites pas, monsieur, s'exclama don Francisco, que c'est *elle*!

– Si.

Tous nous nous récriâmes, et le capitaine observa le fils de Lope avec beaucoup d'attention.

– Et le sieur Moscatel tolère votre flamme? s'enquit don Francisco.

– Bien au contraire. – Le jeune homme tordait sa mince moustache d'un air amer. – Il dit que son honneur est sacré, et autres balivernes. Et cela, quand la moitié de Madrid sait qu'avec ses fournitures de viande il a volé sans vergogne... Mais qu'importe. Il n'empêche que le sieur Moscatel n'a que son honneur à la bouche. Vous connaissez l'antienne: aïeux, blason, lignage... Le vieux refrain.

– Certes, pour être ce qu'il est et avec un tel nom, ce Moscatel doit remonter loin.

– Aux antiques Goths, naturellement! Comme tous ses semblables.

– Hélas, mon ami! philosopha Quevedo. L'Espagne grotesque ne meurt jamais.

– Eh bien! quelqu'un devrait la tuer, sacrebleu! À écouter ce misérable, on se croirait au temps du Cid... Il a juré de me trucider si je mets encore le siège à la fenêtre de la nièce.

Don Francisco regarda le fils du Phénix avec un intérêt renouvelé.

– Et assiégez-vous, ou n'assiégez-vous pas ?

– Ai-je l'allure, monsieur de Quevedo, d'un homme à ne pas assiéger ?

Et, en quelques mots, Lopito nous mit au courant de la situation. Cela, expliqua-t-il, n'avait rien d'un caprice. Il aimait sincèrement Laura Moscatel, car tel était le prénom de la demoiselle, et était prêt à l'épouser sitôt confirmé le grade de lieutenant qu'il sollicitait. La question était que, soldat de métier et fils d'un auteur de comédies – bien qu'ordonné prêtre Lope de Vega père avait une réputation d'homme à femmes qui pesait lourdement sur l'honorabilité de la famille –, ses chances d'obtenir la permission du sieur Gonzalo étaient minces.

– Avez-vous poussé l'entreprise à fond ?

– Par tous les moyens possibles. Et rien. La place est inexpugnable.

– Et pourquoi, demanda Quevedo, ne mettriez-vous pas quelques pouces d'acier dans la panse du prétendant, le dénommé Apolo ?

– Cela n'y changerait rien. S'il faisait défaut, Moscatel donnerait sa pupille à un autre.

Don Francisco ajusta ses lunettes pour mieux voir la demoiselle dans la voiture, puis observa l'amoureux transi.

– Vos intentions sont-elles réellement sérieuses ?

— Sur ma vie, oui, répondit le jeune homme d'un ton ferme. Mais quand je suis allé demander au sire Moscatel un entretien entre gens d'honneur, j'ai trouvé dans la rue une paire de fendeurs de naseaux qu'il avait engagés pour me dissuader.

Le capitaine écoutait, intéressé ; c'était là, pour lui, musique familière. Quevedo haussa les sourcils avec curiosité. Sièges et coups d'épée étaient, pour lui aussi, chose bien connue.

— Et comment s'est soldée la rencontre ? interrogea le poète.

— Convenablement. L'armée et l'escrime ne sont pas inutiles... Et puis les bravaches n'étaient pas de taille. J'ai porté la main à l'épée, et ils ne s'y attendaient pas ; la chance m'a souri, ils n'ont pas demandé leur reste. Mais don Gonzalo a refusé de me recevoir. Et quand je suis revenu à la fenêtre, accompagné d'un valet qui, outre sa guitare, portait rondache et estoc pour que nous fussions à égalité, ils étaient quatre.

— Le boucher est homme prévoyant.

— Sans contredit. Et il a bonne bourse pour payer de telles précautions... Mon valet a eu la moitié du nez emportée, le pauvret, et, après quelques coups d'épée, nous avons dû battre en retraite.

Nous restâmes tous les quatre à regarder Moscatel fort outré de notre insistance et de voir faire si bonne compagnie deux hommes qui, chacun à sa façon, lui portaient tant ombrage. Il tordit un peu plus les crocs de sa farouche moustache, larges comme des ailes de martinet, et fit quelques pas à gauche et à droite en tripotant la garde de son épée comme s'il se contenait pour courir sus à l'ennemi et nous tailler en pièces. Finalement, ivre de rage, il tira le rideau de la voiture pour nous masquer la vue de la nièce, donna des ordres au domestique assis sur le siège, s'installa à l'intérieur, remonta le marchepied et partit, plus pressé qu'un clystère.

– Il est comme le chien du jardinier qui ne mange point de choux et n'en laisse pas manger aux autres, soupira Lopito.


Amours contrariées. Je méditais là-dessus ce même soir, convaincu que toutes l'étaient, en attendant adossé au mur de la porte de la Priora d'où je scrutais l'obscurité qui s'étendait au-delà du pont du Parque vers la route d'Aravaca, entre les arbres des jardins voisins. Avec la proximité du ruisseau de Leganitos et du Manzanares, l'air s'était fortement rafraîchi. La cape qui couvrait mon corps – et, par la même occasion, ma dague passée dans mon dos, ainsi que la courte épée de Juanes que je portais à la ceinture – ne suffisait pas à me tenir chaud ; mais je ne voulais pas bouger, craignant d'attirer l'attention d'une ronde, d'un curieux ou de quelque rôdeur, tel que l'on risque d'en rencontrer à ces heures, cherchant aventure en des parages aussi solitaires. De sorte que je demeurais là, me confondant avec les ombres du mur, près de l'entrée du passage qui, courant entre le couvent de l'Incarnation, la place de la Priora et le manège, reliait le nord de l'Alcazar royal aux faubourgs de la ville. J'attendais.

Je méditais, dis-je, sur les amours difficiles ; car toutes le sont, ou du moins m'apparaissaient-elles ainsi à l'époque. Je pensais aux étranges entreprises des femmes, capables d'enchaîner les hommes et de les mener à des extrémités telles qu'ils jouaient comme aux dés leurs biens, leur honneur, leur liberté et leur vie. Moi-même, jeune garçon maladroit, je me trouvais ici en pleine nuit, plus couvert de fers qu'un matamore de La Heria, exposé à toutes les mauvaises rencontres et sans savoir ce que diable comptait faire de moi le diable, simplement parce qu'une demoiselle aux yeux clairs et aux cheveux blonds m'avait envoyé deux lignes discrètes et hâtivement griffonnées : *Si vous êtes assez hidalgo pour faire escorte à une dame,* etc. Toutes, sans exception, savaient s'y prendre. Même les plus stupides n'avaient pas besoin de réfléchir pour cela. Nul homme de loi retors, nul mémorialiste, nul courtisan n'eût pu faire mieux, s'agissant de faire appel à la bourse, à la vanité, à la générosité ou à la stupidité des hommes. Telles étaient les armes des femmes. Sage, vif, lucide, Francisco de Quevedo remplissait des pages et des pages de vers sur ce sujet :

> *Ainsi es-tu, telle l'épée qui tue*
> *plus sûrement dénudée que vêtue.*

La cloche du couvent de l'Incarnation sonna l'angélus et fut tout de suite rejointe, comme en écho, par celle de San Agustín, dont on devinait la flèche se découpant dans le clair de lune parmi les ombres des toits avoisinants. Je me signai, et le dernier coup de cloche ne s'était pas encore éteint que j'entendis grincer la porte du passage. Je retins mon souffle. Puis, avec beaucoup de précautions, je libérai de ma cape le pommeau de mon épée pour être prêt à toute éventualité et, me tournant vers l'endroit d'où venait le bruit, j'eus le temps de voir la lueur d'une lanterne qui, avant de disparaître, éclaira depuis l'intérieur une silhouette qui sortait prestement, refermant le battant derrière elle. J'en fus déconcerté, car la forme entrevue était celle d'un homme, jeune, agile, sans cape, vêtu de noir et portant, bien reconnaissable, une dague à la ceinture. Ce n'était pas, de loin, ce que j'attendais. Aussi fis-je la seule chose sensée que je pouvais faire à cette heure et en ce lieu : leste comme un écureuil, je portai la main à ma lame et en appliquai la pointe sur la poitrine du nouveau venu.

- Encore un pas, chuchotai-je, et je te cloue à la porte.

Alors j'entendis le rire d'Angélica d'Alquézar.

## IV

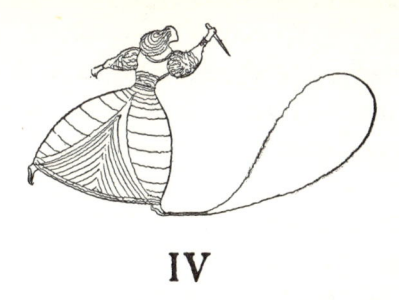

# LA RUE DES DANGERS

— Nous voici tout près, dit-elle.

Nous marchions sans lumière, guidés par la clarté lunaire qui dessinait les ombres des toits sur notre chemin et projetait nos silhouettes sur le sol de terre battue, sillonné de rigoles d'eau sale et jonché d'ordures. Nous parlions en chuchotant, et nos pas résonnaient dans les rues désertes.

— Tout près de quoi ? demandai-je.

— Tout près.

Nous avions laissé derrière nous le couvent de l'Incarnation et débouchions sur la petite place de Santo Domingo, dominée par la sinistre masse noire du couvent des frères du Saint-Office. Il n'y avait personne aux abords de la vieille fontaine, et les petites boutiques de fruits et de légumes étaient fermées.

Une lanterne à demi éteinte, posée au-dessus d'une Vierge, indiquait le coin de la rue San Bernardo.

— Connais-tu la taverne du Chien ? me demanda Angélica.

Je m'arrêtai et, après quelques pas, elle s'arrêta également. La lune me permettait de voir ses habits masculins, le pourpoint ajusté qui ne trahissait pas ses formes de jeune fille, les cheveux blonds rassemblés sous un bonnet de feutre. L'éclat métallique du poignard à sa ceinture.

— Pourquoi t'arrêtes-tu ? s'enquit-elle.

— Je n'aurais jamais imaginé que je pourrais entendre le nom de cette taverne dans votre bouche.

— Il y a trop de choses que tu n'imagines pas, je le crains. Mais rassure-toi. Je ne vais pas te demander d'y entrer.

Cela me tranquillisa un peu. Mais pas vraiment. Le Chien était un antre peu recommandable, même pour moi : gaupes, ruffians, vauriens et clientèle de passage. Ce quartier, Santo Domingo et San Bernardo, n'était pas mal famé, au contraire, il était habité par des gens respectables ; mais la ruelle où se trouvait la taverne – un passage étroit entre les rues Tudescos et Silva – constituait une sorte de pustule que les protestations des voisins n'avaient pas réussi à éliminer.

— Connais-tu la taverne, oui ou non ?

Je répondis que oui, sans entrer dans les détails.

J'y étais allé parfois avec le capitaine Alatriste et Francisco de Quevedo, quand le poète voulait renouveler son inspiration et cherchait de quoi pimenter ses ragoûts littéraires ; en outre le Chien, car tel était l'illustre surnom du maître des lieux, vendait sous le manteau de l'hypocras : boisson renommée et coûteuse, dont la consommation était interdite par plusieurs ordonnances, car pour la rendre moins chère on l'adultérait avec de la pierre d'alun ainsi que diverses substances immondes et nocives pour la santé. Malgré quoi l'on continuait à en boire clandestinement ; et comme toute interdiction enrichit les commerçants qui ne s'y conforment pas, le Chien vendait son redoutable vespétro vingt-cinq maravédis la chopine. Une affaire en or.

– Y a-t-il un coin d'où l'on puisse surveiller la taverne ?

Je tâchai de me souvenir. La ruelle était courte et obscure, avec plusieurs endroits propices, dont un mur en ruine et quelques renfoncements que la nuit maintenait dans l'ombre. Le seul obstacle, dis-je, pouvait être que les postes adéquats fussent déjà occupés par des sentinelles.

– Des sentinelles ?

– Des putes.

Je ressentis un âpre plaisir à lui parler de la sorte, comme si cela me rendait l'initiative qu'elle voulait absolument garder. En fin de compte, Angélica d'Alquézar ne savait pas toujours tout. Elle avait beau être habillée en garçon et ne pas avoir froid aux yeux, à Madrid, la nuit, j'étais dans mon élément, elle non. L'épée que je portais au côté n'était pas un ornement.

– Ah ! dit-elle.

Cela me donna de l'assurance. Amoureux, oui. Et jusqu'à la moelle. Mais pas transi. Et le lui préciser, pensai-je, n'était pas de trop.

– Dites-moi quelles sont vos intentions et ce que je fais ici.

– Plus tard, répondit-elle.

Et elle reprit sa marche, décidée.

Je ne bougeai pas. Après quelques pas, elle s'arrêta et se retourna.

– Racontez-moi, insistai-je, ou je vous laisse poursuivre seule.

– Tu n'oserais pas.

Elle me faisait face en me défiant, silhouette noire dans ses vêtements masculins, une main négligemment posée sur la ceinture dans laquelle était glissé le poignard. À mon tour de jouer : je comptai jusqu'à dix, puis je lui tournai le dos et partis, résolu. Six, sept, huit pas. Je jurai tout bas, le cœur déchiré. Elle me laissait m'en aller, et je ne pouvais revenir en arrière.

– Attends ! dit-elle.

Je m'arrêtai, soulagé. Ses pas résonnèrent en se rapprochant, sa main se posa sur mon bras. Quand je me retournai, un reflet de lune entre deux auvents éclairait ses yeux en face des miens. Je crus sentir son odeur. Sur ma vie, elle sentait le pain frais.

– J'ai besoin que l'on m'escorte, affirma-t-elle.

Le ton pouvait aussi bien être sincère que mensonger : que ce fût vrai ou faux, en réalité peu m'importait. Elle était près de moi. Tout près. Il m'eût suffi de tendre une main pour toucher son corps. Pour frôler son visage.

– Je dois surveiller un homme, dit-elle.

Je la contemplai, stupéfait. Que faisait une menine du palais en pleine nuit et dans les dangers de Madrid, surveillant un homme ? Pour le compte de qui ? La sinistre image de son oncle le secrétaire royal me traversa l'esprit. Je compris qu'une fois de plus elle m'entraînait dans un piège. Angélica était la nièce d'un des ennemis mortels du capitaine Alatriste ; la femme-enfant qui, trois années plus tôt, m'avait envoyé dans les prisons de l'Inquisition et au pied du bûcher.

– Vous devez me prendre pour un idiot.

Elle resta muette, l'ovale de son visage formant une tache pâle dans l'ombre. Le reflet de la lune brillait toujours dans ses yeux. Je vis qu'elle se rapprochait un peu plus. Son corps était si près que la garde de son poignard m'entrait dans la hanche.

– Je t'ai dit un jour que je t'aime, murmura-t-elle.

Et elle posa un baiser sur mes lèvres.

Une fenêtre éclairée et un lumignon dont la flamme sale fumait, accroché au mur près de la porte de la taverne du Chien, étaient les seules lumières de la ruelle. Le reste était dans le noir, de sorte qu'il était facile de se dissimuler dans l'ombre, près des pierres écroulées qui donnaient sur un petit courtil abandonné. Nous nous installâmes en cet endroit, d'où nous avions vue sur la porte et la fenêtre. Au bout de la ruelle, dans les ténèbres avoisinant la rue Tudescos, évoluaient les silhouettes de deux ou trois pécheresses qui tendaient leurs filets sans guère de succès. De temps à autre, des hommes seuls ou en groupe entraient dans la taverne ou en sortaient. À l'intérieur, on entendait des éclats de voix et des rires, et parfois le chant d'une copla ou l'air d'une chacone à la guitare. Un ivrogne titubant vint se soulager dans notre coin ; je lui fis une peur bleue quand, tirant ma dague, je la lui mis entre les yeux et lui dis d'aller promener sa vessie ailleurs. L'ivrogne dut nous prendre pour des gens en plein commerce charnel et, sans répliquer, s'éloigna en tirant des bordées. Tout contre moi, Angélica d'Alquézar, amusée, étouffait un rire.

– Il nous prend pour ce que nous ne sommes pas, dit-elle. Et il croit que nous faisons ce que nous ne faisons pas.

Elle paraissait enchantée de tout : du lieu sordide, de l'heure, du danger. Et aussi de moi, osai-je penser. De ma présence. En venant, nous avions vu passer de loin la ronde de nuit : un alguazil et quatre argousins avec rondaches et épées, qui marchaient à la lumière d'une lanterne. Cela nous avait obligés à faire un détour, car le port d'une épée par un garçon de mon âge, ayant à peine atteint la limite requise par les ordonnances, pouvait être mal pris par Dame Justice. Mais il y avait plus sérieux que ma tolédane : l'habit d'homme d'Angélica n'eût pas trompé les argousins ; et une telle mise, plaisante et singulière sur la scène d'un théâtre, pouvait avoir de graves conséquences dans la vie réelle. L'usage de vêtements masculins était rigoureusement interdit aux femmes. Il avait même été souvent censuré dans les comédies ; et l'on ne le permettait qu'à celles qui interprétaient des rôles de femmes seules offensées ou déshonorées, et qui, comme la Petronila et la Tomasa du *Jardin de Juan Fernández*, ou la Juana de *Don Gil aux chausses vertes* de Tirso, la Clavela de *La Francesilla* de Lope et autres personnages piquants du même ordre, avaient pour excuse leur honneur bafoué, cherchant réparation et mariage, et ne se déguisant point par vice, caprice ou dévergondage :

> *Ne fais donc pas l'ahuri,*
> *car je veux te détromper ;*

*sirène de la mer je suis,*
*et donc poisson pour la moitié.*

Enfin. Bigots et hypocrites mis à part – dont s'emplissaient ensuite les lupanars, mais ceci est une autre histoire –, ce zèle vestimentaire devait beaucoup à la contrainte de l'Église qui, à travers les confesseurs royaux, évêques, curés et nonnes dont nous avons toujours été plus fournis qu'une auberge de muletiers en tiques et punaises, s'appliquait, pour le salut de nos âmes, à traquer le diable en tout lieu ; à tel point que se promener vêtues en hommes avait fini par être considéré comme une circonstance aggravante quand il s'agissait d'envoyer des femmes aux bûchers des autodafés. Car le Saint-Office lui-même se mêlait de l'affaire – et, parbleu, continue de le faire – comme de tant d'autres de notre malheureuse Espagne.

Mais je ne me sentais certes pas malheureux cette nuit-là, tapi dans l'ombre devant la taverne du Chien, près d'Angélica d'Alquézar. Nous étions assis sur ma cape, aux aguets, et parfois nos corps se frôlaient. Elle regardait la porte, je la regardais, et par moments, quand elle bougeait, le lumignon qui grésillait en face éclairait le profil de son visage, la blancheur de sa peau, les cheveux blonds qui s'échappaient du bonnet de feutre. Le pourpoint ajusté et les chausses lui donnaient l'allure d'un jeune page ; mais cette impression était démentie quand une lueur plus forte atteignait ses yeux ; clairs, fixes, résolus. À certains moments, elle semblait m'étudier avec beaucoup de calme et de pénétration, jusqu'au dernier recoin de mon âme. Et toujours, à la fin, avant de se tourner de nouveau vers la taverne, les jolies lignes de sa bouche dessinaient un léger sourire.

– Raconte-moi quelque chose de toi, dit-elle soudain.

Je calai mon épée entre mes jambes et restai un instant intimidé, ne sachant que dire. Finalement, je lui parlai de la première fois où je l'avais vue, presque petite fille, dans la rue de Tolède. De la fontaine de l'Acero, des cachots de l'Inquisition, de la honte de l'autodafé. De la lettre qu'elle m'avait écrite dans les Flandres. De comment je pensais à elle quand les Hollandais nous avaient chargés au moulin Ruyter et dans le réduit de Terhuyden, tandis que je courais derrière le capitaine Alatriste en portant l'étendard, certain que j'allais mourir.

– Comment est la guerre ?

Elle semblait suspendue à mes lèvres. Pour moi ou pour mes paroles. Soudain, je me sentis un homme fait. Presque vieux.

– Sale, répondis-je avec simplicité. Sale et grise.

Elle hocha la tête lentement, comme si elle méditait sur ma réponse. Puis elle me pria de continuer à lui raconter, et la couleur sale et grise fut reléguée dans un coin de ma mémoire. J'appuyai mon menton sur la coquille de mon épée, et je reparlai de nous. D'elle et de moi. De notre rencontre dans l'Alcazar de Séville et du guet-apens dans lequel elle m'avait attiré près des colonnes d'Hercule. De notre premier baiser sur le marchepied de son carrosse, quelques instants avant que je me batte à mort avec Gualterio Malatesta. Voilà plus ou moins ce que je lui dis. Nulles paroles d'amour, nuls sentiments. Je ne fis que décrire nos rencontres, la partie de ma vie qui était liée à elle, sur le mode le plus égal possible. Détail après détail, comme je me le rappelais. Comme je ne l'oublierais jamais.

– Tu ne crois pas que je t'aime ? dit-elle tout d'un coup.

Nous nous regardâmes fixement durant des siècles. Et la tête commençait à me tourner comme si je venais d'absorber un philtre. J'ouvris la bouche pour prononcer des mots imprévisibles. Pour l'embrasser, peut-être. Pas de la manière dont elle l'avait fait sur la place de Santo Domingo, mais pour imprimer sur ses lèvres un baiser fort et long, avec l'envie de mordre et de caresser en même temps, toute la vigueur de la jeunesse au bord d'exploser dans mes veines. Et elle sourit à quelques pouces de ma bouche, avec la sereine assurance de celle qui sait, attend et transforme le hasard en destin inévitable. Comme si tout était inscrit avant que je naisse dans un vieux livre dont elle possédait les mots.

– Je crois… commençai-je.

Mais son expression changea. Ses yeux se tournèrent rapidement vers la porte de la taverne, et je suivis son regard. Deux hommes étaient sortis dans la rue, chapeaux enfoncés, l'air furtif, en se drapant dans leurs capes. L'un portait un pourpoint jaune.

Nous marchâmes derrière eux prudemment à travers la ville noyée de ténèbres. Nous essayions d'amortir le bruit de nos pas tout en surveillant à distance leurs silhouettes noires, craignant de les perdre de vue. Par chance, ils ne se méfiaient pas et suivaient un chemin facile : de la rue Tudescos à celle de la Verónica, puis, par celle-ci à la poterne San Martín qu'ils parcoururent tout au long jusqu'à Saint-Louis-des-Français. Là, ils firent halte pour se découvrir devant un prêtre qui sortait, accompagné d'un moinillon et d'un enfant de chœur tenant la lanterne, pour porter l'extrême-onction à quelque agonisant. Profitant de cet instant de lumière, je pus les observer : l'homme au pourpoint jaune était maintenant dissimulé par sa cape noire et son chapeau également noir, rabattu sur les yeux ; il portait des souliers et des bas, et, quand il se découvrit au passage du prêtre, je remarquai que ses cheveux étaient blonds. L'autre était enveloppé dans une cape brune que son épée soulevait par-derrière, un couvre-chef sans plumes et des bottes ; et quand il était sorti de la taverne du Chien en ajustant son vêtement, j'avais eu le temps de voir à sa ceinture, en plus de l'épée qu'il portait sur un épais justaucorps, une paire de jolis pistolets.

— On dirait qu'ils ont pris leurs précautions, murmurai-je à Angélica.

— Et cela t'inquiète ?

Je me réfugiai dans un silence offensé. Les deux hommes poursuivirent leur chemin, et nous leur emboîtâmes le pas. Un peu plus loin, nous passâmes rapidement sans voir âme qui vive parmi les échoppes de boulangers et les cabarets fermés des ruelles de San Luis, près de la croix de pierre qui indiquait l'emplacement d'une des anciennes portes de la ville. Dans la rue Caballero de Gracia, ils s'arrêtèrent sous un porche pour éviter une lumière qui venait dans leur direction — quand elle fut à notre hauteur, nous vîmes qu'il s'agissait d'une matrone qui se rendait à un accouchement, éclairée par le mari nerveux et pressé —, puis ils se remirent en marche, cherchant les endroits les moins exposés aux rayons de la lune. Nous les suivîmes un bon moment dans les rues obscures, bordées de jalousies et de volets fermés, entre les lueurs huileuses des veilleuses qui brûlaient dans des niches de vierges et de saints, en réveillant des chats par l'écho de nos pas, tandis que nous parvenaient des avertissements lointains :

« Gare ! Gare ! Gare ! », d'un habitant qui vidait un seau par la fenêtre. À l'entrée d'une ruelle, nous entendîmes un bruit de fers entrechoqués : on devait se battre avec acharnement, et les deux hommes s'arrêtèrent pour écouter ; mais la bagarre ne dut pas les intéresser, car ils repartirent. Quand nous arrivâmes à la ruelle, Angélica et moi, une ombre drapée dans sa cape passa en courant, épée à la main. Je regardai avec précaution vers le fond. Jalousies et pots de fleurs. Je perçus des plaintes. Je rengainai ma lame de Juanes – en un éclair, l'apparition du fugitif m'y avait fait porter la main – et voulus me précipiter au secours du blessé. Angélica me retint par le bras.

– Ce n'est pas notre affaire.
– Quelqu'un est peut-être mourant, protestai-je.
– Nous mourrons tous un jour.

Et sur ce, elle repartit résolument sur les traces des deux hommes qui s'éloignaient, en m'obligeant à l'imiter à travers la ville enténébrée. Car la nuit de Madrid est ainsi : obscure, incertaine et menaçante.

Nous les suivîmes jusqu'au moment où ils entrèrent dans une maison de la partie haute, la plus étroite, de la rue des Dangers, à mi-distance de la rue Caballero de Gracia et du couvent de Las Vallecas. Angélica et moi restâmes dehors, indécis, puis elle suggéra de nous poster sous une arcade. Nous allâmes nous asseoir sur un petit banc de pierre dissimulé derrière un pilier. Comme l'air se faisait plus frais, je lui proposai ma cape, qu'elle avait déjà refusée à deux reprises. Cette fois, elle l'accepta, à condition que nous nous en couvrions tous les deux. Je l'étendis donc sur ses épaules et sur les miennes, ce qui nous rapprocha davantage. Vos seigneuries peuvent imaginer mon état : les mains sur la garde de mon épée, l'esprit en désordre, j'éprouvais une exaltation qui m'empêchait de lier deux pensées à la suite. Elle, avec une charmante désinvolture, gardait les yeux fixés sur la maison que nous surveillions. Nous parlions à voix basse, épaule contre épaule. Elle refusait toujours de m'expliquer ce que nous faisions là.

– Plus tard, répondait-elle chaque fois.

La voûte des arcades masquait la lune, et son visage était dans l'ombre : juste un profil obscur près de moi. Je remarquai la chaleur de son corps tout proche. Je me sentais comme quelqu'un qui passe son cou dans le nœud du bourreau, mais je m'en souciais comme d'une guigne. Angélica était avec moi, et je n'aurais pas échangé ma place avec l'homme le plus assuré et le plus heureux de la terre.

– Ce n'est pas que j'y attache beaucoup d'importance, insistai-je. Mais j'aimerais en savoir davantage.

– Sur quoi ?

— Sur cette folie dans laquelle vous vous êtes embarquée.

Il y eut, de sa part, un silence chargé de malice.

— Maintenant tu l'es aussi, finit-elle par rétorquer allégrement.

— C'est bien ce qui m'inquiète : ne pas savoir où je mets les pieds.

— Tu le sauras bientôt.

— Je n'en doute pas... Mais la dernière fois, je l'ai su quand une demi-douzaine d'assassins m'ont encerclé, et l'avant-dernière quand je me suis retrouvé dans un cachot du Saint-Office.

— Je te croyais un garçon avisé et courageux, messire Balboa... Ne me ferais-tu pas confiance ?

J'hésitai avant de répondre. C'est là tout l'art du diable, pensai-je. Jouer avec les gens. Avec l'ambition, la vanité, la luxure, la peur. Et aussi le cœur. Il est écrit : « Tout cela sera à toi, si tu te prosternes et m'adores. » Un démon intelligent n'a même pas besoin de mentir.

— Non, c'est vrai, je ne vous fais pas confiance.

Je l'entendis rire tout bas. Puis elle se serra un peu plus sous la cape.

— Tu es un sot, conclut-elle avec beaucoup de douceur.

Elle m'embrassa de nouveau. Ou pour être exact : nous nous embrassâmes, et pas une mais plusieurs fois ; je passai un bras par-dessus ses épaules et la caressai précautionneusement, sans qu'elle s'y oppose, d'abord le cou et le dos, puis en cherchant avec beaucoup de délicatesse ses formes de jeune fille sous le velours du pourpoint. Son rire était léger sur mes lèvres, dont elle s'approchait et se retirait quand le désir me montait trop à la tête. Et je jure à vos seigneuries que même si j'avais vu devant moi les flammes de l'enfer, j'aurais suivi Angélica sans hésiter, l'épée à la main, là où elle voulait m'entraîner avec elle, prêt à la défendre par le fer contre Satan lui-même. Au risque certain de ma damnation éternelle.

Brusquement, elle s'éloigna de moi. Un des hommes emmitouflés était ressorti dans la rue. Je rejetai ma cape en arrière et me levai pour mieux voir. L'homme était immobile comme s'il surveillait ou attendait quelque chose. Il resta ainsi un moment, puis marcha de long en large, si bien que j'en vins à craindre qu'il ne nous découvrît. Finalement, il sembla concentrer son attention sur l'extrémité de la rue. Je regardai dans cette direction et distinguai une silhouette qui s'approchait : chapeau, longue cape, épée. Elle marchait au milieu de la rue, comme si elle se méfiait des murs plongés dans l'ombre. Elle arriva à la hauteur de l'autre. Je remarquai que son pas se faisait plus lent, puis les deux se trouvèrent face à face. Quelque chose dans la manière de se mouvoir du nouveau venu m'était familier, surtout quand il écarta sa cape pour dégager le pommeau de son épée. Je m'avançai un peu, collé au pilier de l'arcade, afin de mieux le voir. Et à la lumière de la lune je reconnus, stupéfait, le capitaine Alatriste.

L'inconnu se tenait au milieu de la rue, presque entièrement masqué par son vêtement et le bord de son chapeau, et il ne semblait pas avoir l'intention d'en bouger. De sorte que Diego Alatriste écarta le pan gauche de sa cape en la rejetant sur son épaule. Sa main frôlait le pommeau de sa tolédane quand il s'arrêta devant l'homme qui lui barrait le passage. D'un coup d'œil exercé, il observa le quidam : calme, muet. S'il est seul, décida-t-il, c'est qu'il est téméraire, ou qu'il est du métier, ou qu'il porte un pistolet. Peut-être les trois à la fois. Et au pire, conclut-il en jetant un coup d'œil rapide, il aura posté ses gens aux alentours. La question était de savoir si c'était lui que l'homme attendait. Bien que, à cette heure et devant cette maison, le doute ne fût guère de mise. Il ne s'agissait pas de Gonzalo Moscatel. Le boucher était plus grand et plus gros ; et puis il n'était pas de ces gens qui règlent leurs affaires personnellement. L'homme emmitouflé pouvait être un spadassin dans son labeur habituel. Mais, se dit-il, celui-ci devait être très sûr de lui si, sachant à qui il avait affaire, il était là pour le tuer sans autre renfort.

– Je prie votre seigneurie, dit l'inconnu, de ne pas aller plus avant.

Le ton était surprenant. Distingué et courtois, étouffé par le vêtement.

– Et qui donc me dit cela ? demanda Alatriste.

– Quelqu'un qui en a le droit.

Cela ne commençait pas bien. Le capitaine passa deux doigts sur sa moustache, puis abaissa la main pour la poser sur la large boucle de bronze de son ceinturon. Prolonger la discussion semblait inutile. La seule question était de savoir si l'insolent était seul ou non. Il jeta encore un coup d'œil à la dérobée sur sa gauche et sur sa droite. Tout cela était fort étrange.

– Allons au fait ! dit-il en tirant son épée.

L'autre ne fit même pas le geste d'ouvrir sa cape. Il resta tranquillement sur place, éclairé par la lune, en contemplant l'acier nu qui luisait doucement.

– Je ne veux pas me battre avec vous, dit-il.

Le ton avait baissé d'un degré. Il était passé de « votre seigneurie » au simple « vous ». Ou c'était quelqu'un qui le connaissait bien, ou il était fou de le provoquer ainsi.

– Et pourquoi cela ?

– Parce que cela ne me convient pas.

Alatriste leva son épée et la pointa vers l'homme.

– Dégainez, dit-il, et qu'on en finisse.

En voyant la lame si proche, l'inconnu recula

d'un pas et ouvrit sa cape. Son visage restait caché par le bord du chapeau, mais les armes étaient visibles : il ne portait pas un pistolet à la ceinture, mais deux. Et le justaucorps avait bien l'air d'être double, lui aussi. Qu'il soit tueur patenté ou galant prévoyant, conclut Alatriste, il n'a rien en tout cas d'un inoffensif boucher. Et s'il s'avise de porter la main à la crosse d'un de ces pistolets, je lui plante quelques pouces d'acier dans la gorge avant qu'il ait eu le temps de dire Jésus.

– Je ne veux pas croiser le fer avec toi, dit l'autre.

Il me facilite les choses, décida le capitaine. Du « vous », le voilà qui passe au « tu ». Il me donne un prétexte rêvé pour l'embrocher, sauf si ce ton familier que je décèle dans sa voix a quelque justification, et si nous nous connaissons assez pour que fourrer son nez dans ma vie et mes nuits ne mette pas sa peau en danger. De toute manière, il se fait tard. Finissons-en.

Il enfonça son chapeau et se défit de sa cape en la laissant choir à terre. Puis il avança d'un pas, prêt à blesser son adversaire et surveillant ses pistolets, tandis que, de la main gauche, il dégainait sa dague biscayenne. Se voyant serré de près, l'autre fit encore un pas en arrière.

– Que le diable t'emporte, Alatriste ! proféra-t-il. Tu ne me reconnais toujours pas ?

Le ton était irrité. Et arrogant. Bien que l'homme restât emmitouflé, Alatriste crut identifier la voix. Il hésita et, ce faisant, il retint le coup qu'il s'apprêtait à porter et qui lui chatouillait les doigts.

– Monsieur le comte ?

– Lui-même.

Un long silence. Guadalmedina en personne. Tenant toujours épée et dague, Alatriste essayait de comprendre ce qui lui arrivait.

– Et que diable, dit-il enfin, Votre Excellence fait-elle céans ?

– Je t'évite des complications mortelles.

Un autre silence. Alatriste réfléchissait à ce qu'il venait d'entendre. Les avertissements de Quevedo et les indices évidents concordaient à merveille. Par le sang du Christ ! Mais aussi quelle malchance : vaste comme l'était le monde, se heurter justement à ce rival-là. Et, comme si cela ne suffisait pas, Guadalmedina entre eux. En tierce personne.

– Ma vie et ma mort ne regardent que moi, répliqua-t-il.

– Et tes amis.

– Voyons donc, alors, pourquoi je ne dois pas passer.

– Cela, je ne puis te le dire.

Alatriste hocha un peu la tête, pensif, puis regarda son épée et sa dague. Nous sommes ce que nous sommes, soupira-t-il. Réputation oblige. Et je n'ai pas le choix.

– On m'attend, dit-il.

Álvaro de la Marca resta impassible. Il était habile à l'épée, le capitaine le savait bien : pied ferme et main rapide, avec le courage froid, dédaigneux, de mode dans la noblesse espagnole. Néanmoins, il n'était pas aussi bon bretteur que lui. Mais la nuit et le hasard laissent toujours une part à l'imprévisible. Et puis il portait deux pistolets.

– La place est occupée, dit Guadalmedina.

– Je préfère m'en assurer par moi-même.

– Il faudra d'abord que tu me tues. Ou que tu me laisses te tuer.

Il n'y avait ni jactance ni menace dans sa réplique : rien que l'affirmation d'une évidence. Inéluctable. Un ami se confiant à voix basse à un autre ami. Le comte, lui aussi, était ce qu'il était, avec une réputation à soutenir, tant vis-à-vis de lui-même que vis-à-vis des autres.

Alatriste répondit sur le même ton :

– De grâce, Votre Excellence ! Vous me décevriez.

Et il fit un pas en avant. Le comte resta là où il était, ferme, son épée au fourreau mais les pistolets passés dans le ceinturon bien visibles. Dont, certes, il savait se servir. Alatriste l'avait vu en user quelques mois plus tôt, à Séville, pour expédier à bout portant un alguazil sans lui laisser le temps de réclamer un confesseur.

– Ce n'est qu'une femme, insista Guadalmedina. Il y en a des centaines à Madrid... – Son ton était encore amical, conciliant. – Vas-tu ruiner ta vie pour une comédienne ?

Le capitaine tarda à répondre.

– Ce qu'elle est, dit-il enfin, importe peu.

Comme s'il avait déjà connu la réponse, le comte eut un soupir découragé. Puis il tira son épée et se mit en garde, tout en portant la main gauche à la crosse d'un pistolet. Alors Alatriste releva ses deux lames, résigné. En sachant qu'avec ce geste la terre s'ouvrait sous ses pieds.


Quand je vis l'inconnu dégainer – de loin, je ne pouvais savoir qui il était, même s'il s'était enfin débarrassé de sa cape –, je fis un pas en avant ; mais les mains d'Angélica me retinrent près de la colonne.

– Cela ne nous regarde pas, murmura-t-elle.

Je me retournai pour la dévisager comme si elle était devenue folle.

– Quoi ? Que dites-vous ?..., m'écriai-je. Mais c'est le capitaine Alatriste !

Elle n'en parut pas du tout surprise. Ses mains me serrèrent plus fort.

– Et tu veux qu'il sache que nous l'espionnions ?

Cela m'arrêta un instant. Quelles explications donnerais-je au capitaine, quand il me questionnerait sur ma présence en ce lieu et à une heure si tardive ?

— Si tu te montres, tu me trahis, ajouta Angélica. Ton ami Batiste est capable de régler ses affaires seul.

Qu'arrive-t-il ? me demandai-je, abasourdi. Que se passe-t-il ici, et qu'avons-nous à voir, le capitaine et moi, dans tout cela ? Et elle ?

— Et puis tu ne peux pas me laisser seule, dit-elle.

Tout se brouillait dans ma tête. Angélica se cramponnait toujours à mon bras, si proche que je sentais son souffle sur mon visage. J'avais honte de ne pouvoir rejoindre mon maître ; mais si j'abandonnais Angélica, ou si je permettais qu'on la découvrît, j'aurais pareillement honte. J'appliquai mon front contre la pierre froide tout en dévorant des yeux la scène de la rue. Je pensais aux pistolets que j'avais vus à la ceinture de l'inconnu au moment où il sortait de la taverne du Chien, et cela m'inquiétait beaucoup. La meilleure lame du monde ne pouvait rien faire contre une balle tirée à quatre empans de sa cible.

— Il faut que je vous quitte, dis-je à Angélica.

— Il n'en est pas question.

Le ton avait changé, passant de la supplication à l'avertissement, mais je ne pensais qu'à ce qui se déroulait sous mes yeux : après une pause au cours de laquelle les adversaires s'étaient regardés sans bouger, épée à la main, mon maître fit enfin un pas en avant et leurs fers se croisèrent. Alors je m'échappai des bras d'Angélica, dégainai mon épée et m'élançai au secours du capitaine.

Diego Alatriste entendit les pas qui se rapprochaient très vite et se dit qu'en fin de compte Guadalmedina n'était pas seul ; et que d'ici peu, outre le pistolet qu'Álvaro de la Marca tenait déjà à la main, la situation allait devenir scabreuse. Donc faisons vite, se dit-il, ou l'on ne parlera plus de moi qu'au passé. Son adversaire se protégeait de son épée en reculant, tout en écartant le coude gauche, le pistolet au poing, cherchant le moment propice pour en armer le chien et tirer. Par chance pour Alatriste, la manœuvre requérait les deux mains ; de sorte que le capitaine poussa une botte haute, d'estoc, afin de lui tenir la main droite occupée, tout en réfléchissant à la manière de le blesser et, si possible, de ne pas le tuer. Les pas de l'inconnu se rapprochaient ; la manœuvre exigeait de la dextérité, car il jouait sa peau. De sorte qu'il menaça son adversaire de sa dague, fit mine de rompre pour lui donner confiance, et quand Guadalmedina crut l'instant venu d'armer le pistolet et baissa la main qui tenait l'épée pour immobiliser le canon de l'arme, le capitaine le toucha au bras, ce qui expédia le pistolet à terre et força son propriétaire à reculer en trébuchant, avec force jurons et blasphèmes. J'ai dû atteindre la chair, pensa Alatriste, tandis que l'autre sacrait tant et plus mais ne se plaignait pas ; car, pour des hommes comme lui, sacrer et se plaindre ne font qu'un. Quoi qu'il en fût, le troisième larron était là-bas, ombre qui courait et dont on voyait briller la lame ; et Alatriste comprit qu'avec le second pistolet encore à la ceinture, Guadalmedina représentait un danger mortel. Il faut en finir, décida-t-il. Maintenant. La Marca, lui aussi, avait entendu les pas qui se rapprochaient ; mais au lieu d'en être réconforté, il parut décontenancé. Il jeta un coup d'œil derrière lui, ce qui lui fit perdre un temps précieux. Avant qu'il se fût ressaisi, Alatriste, profitant de cet instant et sans perdre de vue l'homme qui venait vers eux, calcula la distance d'un œil expérimenté, allongea une feinte basse, vers l'aine ; et alors que Guadalmedina, décomposé, se couvrait comme il le pouvait de son épée, il releva la pointe de la sienne, se disposant à se fendre à fond et à blesser, ou à tuer, ou à n'importe quoi d'autre.

— Capitaine ! criai-je.

Je n'avais certes pas envie qu'il me transperce dans l'obscurité, sans me reconnaître. Je vis qu'il s'arrêtait à demi, l'épée haute, en me regardant, et que son adversaire faisait de même. Je levai ma lame en direction de ce dernier qui, se voyant attaqué par-derrière, s'écarta en se couvrant avec un désarroi évident.

– Pour l'amour de Dieu, Alatriste..., dit-il. Comment peux-tu mêler le gamin à cette affaire ?

En reconnaissant sa voix, je restai pétrifié. Je baissai la garde en regardant de près l'adversaire de mon maître, dont je devinai le visage à la lueur de la lune.

– Que fais-tu ici ? m'interrogea le capitaine.

Le ton était sec, métallique, comme son épée. Je sentis soudain une atroce chaleur, et, sous le pourpoint, ma chemise inondée de sueur se colla à mon corps. La nuit autour de nous répandait l'obscurité dans ma tête.

– J'ai cru..., balbutiai-je.

– Qu'as-tu donc cru, par tous les démons de l'enfer ?

Je me tus, confus et incapable de prononcer un mot de plus. Guadalmedina nous observait, abasourdi. Il avait passé son épée sous son bras droit et se tenait le gras du gauche avec l'air de souffrir.

– Tu es fou, Alatriste, dit-il.

Je vis le capitaine lever, sans le regarder, la main qui tenait la dague, comme s'il réclamait un répit pour réfléchir. Sous le large bord du chapeau, la clarté de ses yeux me transperçait comme de l'acier.

– Que fais-tu ici ? répéta-t-il.

Le ton était encore celui d'un homme qui s'apprête à tuer. Je le jure à vos seigneuries, j'eus peur. Je mentis :

– Je vous ai suivi.

– Pourquoi ?

J'avalai ma salive. J'imaginais Angélica cachée sous l'arcade, me regardant de loin. Ou peut-être était-elle partie. Mon filet de voix se raffermit un peu.

– J'avais peur que vous ayez une mauvaise affaire.

– Vous êtes fous tous les deux ! s'écria Guadalmedina.

Son ton, cependant, trahissait le soulagement. Comme si ma présence offrait une issue inespérée à l'épisode. Une solution honorable, là où, un moment plus tôt, la seule était de se tailler mutuellement en pièces.

– Mieux vaut pour nous tous, ajouta-t-il, être raisonnables.

– Et qu'entend par là Votre Excellence ? voulut savoir le capitaine.

– Laissons pour cette nuit les choses comme elles sont.

Ce « cette nuit » était éloquent. Je compris avec tristesse que pour Guadalmedina la maison de la rue des Dangers ou le motif de la querelle ne comptaient guère. Diego Alatriste et lui avaient croisé le fer, et cela engageait l'avenir. Cela brisait certaines choses et obligeait à d'autres. Au point où ils en étaient arrivés, le duel était reporté mais non oublié. Álvaro de la Marca était ce qu'il était, et son adversaire un simple soldat qui, à part son épée, ne possédait aucune terre où poser ses bottes. Après ce qui venait de se passer, n'importe qui d'autre dans la même position que le comte eût vite fait d'envoyer le capitaine ramer aux galères ou croupir enchaîné dans un cul de basse fosse. Et cela, encore, à condition qu'il résistât à l'envie de le faire assassiner. Mais Álvaro de la Marca était d'une autre étoffe. Peut-être croyait-il, comme Alatriste, que, une fois certaines paroles prononcées et les épées tirées, il n'est pas possible de les rengainer sans autre conséquence. Et donc que tout pourrait se régler plus tard, calmement et en un lieu approprié ; où tous deux n'auraient à se garder de rien d'autre que d'eux-mêmes.

Le capitaine me regardait, et ses yeux continuaient de briller dans l'ombre. Finalement, il remit très lentement épée et dague au fourreau, comme s'il réfléchissait encore. Il échangea un coup d'œil silencieux avec Guadalmedina, puis posa une main sur mon épaule.

— Ne fais plus jamais ça, dit-il sèchement.

Ses doigts de fer s'enfonçaient avec tant de force qu'ils me faisaient mal. Il approchait son visage et me contemplait de très près, son nez d'aigle se découpant sous sa moustache. Il sentait, comme d'habitude, le cuir, le vin, le fer. Je fis un effort pour libérer mon épaule, mais il continuait de la serrer violemment.

– Ne recommence pas à me suivre, répéta-t-il. Jamais.

Et, en moi-même, je me tordais de honte et de remords.

# V

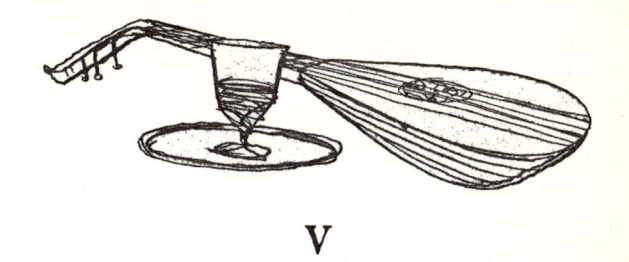

# LE VIN D'ESQUIVIAS

Je me sentis plus mal encore le lendemain, tandis que j'observais le capitaine Alatriste assis à la porte de la taverne du Turc. Mon maître occupait un tabouret devant une table garnie d'un pichet de vin, d'une assiette contenant une saucisse frite et d'un livre – je crois me souvenir que c'était *La Vie de l'écuyer don Marcos de Obregón* – qu'il n'avait pas ouvert de la matinée. Son pourpoint était défait, sa chemise ouverte sur sa poitrine, et il avait posé son épée contre le mur ; ses yeux glauques avivés par la lumière fixaient un point indéterminé dans la rue de Tolède. J'essayais de me tenir à l'écart, rongé par le remords de lui avoir menti de tant déloyale façon ; ce qui ne serait jamais arrivé si n'avait été mêlée à l'affaire la seule femme – ou jeune fille, ou comme il plaira à vos seigneuries de l'appeler – qui me faisait tourner la tête au point de ne plus reconnaître mes actes. Ces jours-là, justement, je traduisais avec le père Pérez, à qui le capitaine avait confié mon éducation, le passage d'Homère où Ulysse est tenté par les sirènes ; vous pouvez donc juger de mon état d'esprit. Bref, je passai la matinée à éviter mon maître en faisant des commissions ici et là : des chandelles, une pierre et de l'amadou dont Caridad la Lebrijana avait besoin, de l'huile d'amandes douces de la boutique de Fadrique le Borgne, une visite au collège voisin de la Compagnie pour porter au père Pérez un panier de linge propre. Maintenant, désœuvré, je vaguais au coin des rues de Tolède et de l'Arquebuse parmi les voitures, les tombereaux de marchandises pour la Plaza Mayor, les bêtes de somme chargées de ballots et les ânes que les porteurs d'eau attachaient aux grilles des fenêtres et qui couvraient de leur crottin le sol mal pavé où coulaient les eaux sales sortant des maisons. De temps en temps, je jetais un coup d'œil au capitaine et ne notais aucun changement : il restait immobile et songeur. Par deux fois, la Lebrijana, en tablier et bras nus, était venue le regarder et avait regagné l'intérieur sans prononcer une parole.

Vous savez déjà que ce n'était pas, pour elle, des temps heureux. Le capitaine répondait à ses plaintes par des monosyllabes et des silences ; et parfois, quand la brave femme élevait trop la voix, mon maître prenait son chapeau, sa cape et son épée, et allait faire un tour. Un jour, en revenant, il avait trouvé le coffre contenant ses maigres affaires au pied de l'escalier. Il était resté un moment à le contempler, puis il était monté, avait fermé la porte derrière lui, et, au terme d'une longue dispute, les cris de la Lebrijana s'étaient apaisés. Peu après, le capitaine était revenu en chemise à la balustrade de la galerie qui donnait sur la cour et m'avait dit de remonter le coffre. Je m'étais exécuté, et la vie avait semblé reprendre son cours ordinaire – la nuit suivante, de ma chambre, j'avais entendu la Lebrijana hurler comme une chienne en chaleur –, mais, quelques jours plus tard, les yeux de la tavernière étaient redevenus humides et rouges : tout avait recommencé et s'était poursuivi jusqu'au moment où se situe mon récit, c'est-à-dire au lendemain, comme je l'ai dit, de la nuit où mon maître avait eu maille à partir avec Álvaro de la Marca dans la rue des Dangers. Certes nous soupçonnions bien, le capitaine et moi, que venait un temps d'éclairs et de coups de tonnerre, mais nous étions loin d'imaginer que les choses tourneraient si mal. Comparées à ce qui nous attendaient, les querelles avec la Lebrijana étaient des intermèdes comiques de Quiñones de Benavente.

Une grande ombre – larges épaules, chapeau, courte cape – obscurcit la table juste au moment où le capitaine Alatriste tendait la main vers le pichet de vin.

– Bonjour, Diego.

Comme d'habitude et malgré l'heure matinale, Martín Saldaña, lieutenant d'alguazils, portait sur lui tout ce que Tolède et la Biscaye peuvent produire en matière d'armes. Par métier et par caractère, il ne se fiait même pas à son ombre, qu'il venait de projeter au-dessus de son vieux camarade des Flandres ; de sorte qu'il arborait une paire de pistolets milanais, avec épée, dague et poignard. La panoplie était complétée par un épais justaucorps en daim et, passée dans sa ceinture, la verge indiquant sa charge.

– Pouvons-nous bavarder un moment ?

Alatriste le dévisagea, puis dirigea son regard sur son propre ceinturon qui était posé par terre près du mur, enroulé autour de la rapière et de la dague.

– En qualité de lieutenant de police ou d'ami ? demanda-t-il avec beaucoup de calme.

– Tudieu, ne plaisante pas !

Le capitaine regarda la face barbue, sillonnée de cicatrices qui avaient la même origine que les siennes. La barbe, il s'en souvenait parfaitement, couvrait une entaille reçue vingt ans plus tôt au cours d'un assaut contre les remparts d'Ostende. De cette journée dataient la balafre sur la joue de Saldaña et celle qu'Alatriste portait au front, au-dessus du sourcil gauche.

– Bavardons ! répondit-il.

Ils montèrent vers la Plaza Mayor en marchant sous les arcades de la dernière partie de la rue de Tolède. Ils restaient aussi muets que devant un greffier, Saldaña peu pressé de sortir ce qu'il avait à dire et Alatriste de l'entendre. Ce dernier avait rajusté son pourpoint et enfoncé son chapeau à plume rouge défraîchie ; il portait le bas de sa cape replié sur le bras, et son épée pendait sur son côté gauche et cliquetait en heurtant sa biscayenne.

– C'est délicat, dit enfin Saldaña.

– Je l'imagine, à voir la tête que tu fais.

Ils se regardèrent un instant d'un air entendu et continuèrent de marcher parmi des gitanes qui dansaient à l'ombre des arcades. La place, avec ses hautes maisons coiffées de losanges de plomb, l'or des ferronneries de l'hôtel de la Boulangerie étincelant sous le soleil, foisonnait de marchandes, de portefaix et de badauds qui déambulaient entre les charrettes et les caisses de fruits et de légumes, les grilles pour protéger le pain des voleurs, les tonneaux de vin – pas baptisé ! criaient les vendeurs –, boutiquiers à la porte de leurs commerces et étals ambulants sous les arcades. Les légumes pourris s'entassaient par terre avec le crottin de cheval, sous des essaims de mouches dont le bourdonnement se mêlait aux cris de ceux qui annonçaient les différentes marchandises. Œufs et lait du jour! Melons de Madrid! Asperges fondantes comme du beurre! Haricots doux comme soie, et persil gratis! Ils prirent à droite, évitant les étals de chanvre et de sparte qui s'étendaient jusqu'à l'arche de la rue Impériale.

– Je ne sais pas comment te le dire, Diego.

– Directement et sans préambule.

Saldaña, imperturbable comme à son habitude, retira son chapeau et se passa la main sur le crâne.

– On m'a chargé de te délivrer un avertissement.

– Qui?

– Peu importe. Ce qui compte est que cela vient d'assez haut pour que tu le prennes en considération. Il en va de ta vie ou de ta liberté.

– Tu me fais peur.

– Ne te moque pas, sacredieu! Je parle sérieusement.

– Et que fais-tu, toi, là-dedans?

L'autre remit son couvre-chef, répondit distraitement au salut de quelques argousins qui bavardaient devant le porche de la Carne, puis haussa les épaules.

– Écoute-moi, Diego. Malgré toi peut-être, tu possèdes des amis sans lesquels, à l'heure où je te parle, tu aurais été égorgé dans une ruelle ou tu serais aux fers dans un cachot... Tôt ce matin, on en a beaucoup discuté. Il y a même une personne qui se souvient de certain service que tu lui as récemment rendu, du côté de Cadix. Je ne sais de quoi il s'agit, mais je te jure que si cette personne n'était pas intervenue, tu m'aurais vu arriver avec beaucoup de gens bien armés... Tu me suis?

– Je te suis.

– As-tu l'intention de revoir cette femme?

– Je ne sais pas.

– Par le roi de pique! N'exagère pas.

Ils firent quelques pas sans plus ouvrir la bouche. Finalement, devant la confiserie de Gaspar Sánchez, près de l'arche, Saldaña s'arrêta et sortit un billet cacheté de son gousset.

– Trêve de bavardages. Lis plutôt cela.

Alatriste prit le billet et le retourna plusieurs fois, en l'étudiant. L'extérieur ne portait aucune mention, pas même le nom du destinataire. Il rompit le cachet, déplia la feuille et, en reconnaissant l'écriture, regarda ironiquement son vieil ami.

– Depuis quand joues-tu les mères maquerelles, Martín?

Le lieutenant d'alguazils, vexé, fronça les sourcils.

– Sacrebleu! dit-il. Tais-toi et lis.

Et Alatriste lut :

*Je vous serais fort reconnaissante, Monsieur, de cesser de me rendre visite. Avec toute ma considération,*

*M. de C.*

— J'imagine, ajouta Saldaña, que tu ne seras pas surpris, après ce qui s'est passé la nuit dernière.

Pensif, Alatriste replia la feuille.

— Et que sais-tu de ce qui s'est passé ?

— Des choses. Par exemple que tu as fourré ton nez dans les affaires royales. Et que tu as failli te battre avec un ami.

— Je vois que les nouvelles courent plus vite que la poste.

— Dans certains milieux, oui.

Un frère mendiant de San Blas, avec sa clochette et sa besace, s'arrêta pour leur offrir l'image du saint à baiser. « Louée soit la Vierge Immaculée », dit-il d'un ton plein d'onctuosité, en agitant sa sébile ; mais devant le regard féroce que lui adressa le lieutenant d'alguazils, il préféra passer rapidement son chemin. Alatriste réfléchissait.

— Je suppose que cette lettre résout tout, conclut-il.

Saldaña se cura les dents avec un ongle. Il semblait soulagé.

— Je l'espère. Sinon, tu es un homme mort.

— Pour que je sois un homme mort, il faudrait d'abord que l'on me tue.

— Rappelle-toi Villamediana, qui s'est fait étriper à quatre pas d'ici... Et d'autres.

Cela dit, il promena un regard distrait sur des dames qui, escortées de duègnes et de domestiques paniers au bras, buvaient leur électuaire devant des barils de vin disposés en manière de tables à la porte de la confiserie.

— En fin de compte, dit-il soudain, tu n'es jamais qu'un soldat triste.

Alatriste rit, dents serrées, sans s'offusquer.

— Comme toi, répondit-il, en d'autres temps.

Saldaña poussa un profond soupir en se tournant vers le capitaine.

— Tu l'as dit : en d'autres temps. J'ai eu de la chance. Et, de plus, moi, je ne monte pas les pouliches d'autrui.

En disant cela, il détourna les yeux, mal à l'aise. Il est vrai que, dans son cas, c'était plutôt le contraire ; les mauvaises langues racontaient qu'il devait sa verge d'alguazil à certaines amitiés de sa femme : à en croire la rumeur publique, il avait tué au moins un homme qui avait osé plaisanter à ce sujet.

— Rends-moi la lettre.

Alatriste, qui s'apprêtait à la glisser dans son pourpoint, fut surpris.

— Elle m'appartient.

— Non. L'ordre est que tu la lises et que tu la rendes. On voulait seulement, je suppose, que tu sois convaincu en la voyant de tes propres yeux et en reconnaissant l'écriture et la signature.

— Et que vas-tu en faire ?

— La brûler sur l'heure.

Il la prit des mains du capitaine, qui n'opposa pas de résistance. Puis, après un coup d'œil aux alentours, il se dirigea vers une effigie pieuse placée à la porte d'un herboriste, près d'une chauve-souris et d'un lézard séchés. Arrivé devant, il alluma le papier à la flamme de la petite lampe à huile.

— Elle sait ce qu'il convient de faire, et son mari aussi..., déclara-t-il en revenant vers le capitaine, la feuille enflammée à la main. Je suppose que cette lettre a été dictée.

Ils regardèrent le billet brûler jusqu'à ce que Saldaña le laisse tomber et en piétine les cendres.

— Le roi est jeune, dit-il soudain.

Il prononça ces mots comme s'ils justifiaient bien des choses. Alatriste ne le quittait pas des yeux.

— Mais il est le roi, répondit-il d'un ton neutre.

Saldaña fronçait maintenant les sourcils, une main posée sur la crosse d'un de ses pistolets milanais. De l'autre, il fourrageait dans sa barbe semée de poils gris.

— Sais-tu, Alatriste, que parfois, comme toi, j'en viens à regretter la boue et la merde des Flandres ?

Le palais Guadalmedina se dressait au coin des rues Barquillo et Alcalá, près du couvent de San Hermenegildo. Le grand portail était ouvert, de sorte qu'Alatriste franchit le large seuil, mais un concierge en livrée l'arrêta. C'était un vieux serviteur que le capitaine connaissait de longue date.

– Je souhaiterais voir monsieur le comte.

– Votre seigneurie a-t-elle été convoquée? demanda l'autre, avec une amabilité toute diplomatique.

– Non.

– Je vais voir si Son Excellence peut vous recevoir.

Le concierge partit, et le capitaine fit les cent pas devant la grille qui donnait sur le jardin ombragé et bien soigné : arbres fruitiers et d'ornement, amours en pierre et statues classiques parmi le lierre et les massifs de fleurs. Il en profita pour arranger un peu sa mise, ajuster son col propre et resserrer les aiguillettes de son pourpoint. Il ignorait ce que serait l'attitude d'Álvaro de la Marca lorsqu'ils se trouveraient face à face, mais il espérait que celui-ci écouterait les excuses qu'il tenait prêtes. Le capitaine n'était pas – et cela, le comte le savait fort bien – homme à revenir sur ses paroles ou sur ses coups d'épée et, la veille, il n'avait été avare ni des unes ni des autres. Mais, en repensant à sa conduite, il n'était pas sûr non plus d'avoir œuvré en toute justice face à quelqu'un qui, après tout, faisait preuve dans l'accomplissement de ses obligations de la même fermeté que jadis sur les champs de bataille. Le roi est le roi, se souvint-il, même s'il y a rois et rois. Et chacun décide selon sa conscience, ou son intérêt, de la manière de les servir. Si Guadalmedina était récompensé par la faveur royale, Diego de Alatriste y Tenorio – bien que peu, tard et mal – l'avait été aussi dans les régiments, comme soldat du même roi, de son père et de son grand-père. De toute manière, Guadalmedina, en dépit de sa haute position, de son sang, de sa nature courtisane et des circonstances qui compliquaient tout, était un homme réfléchi et loyal. Outre qu'ils avaient affronté l'ennemi ensemble en maints combats, le capitaine lui avait sauvé la vie lors du désastre des Querquenes, puis avait fait appel à lui lors de l'aventure des deux Anglais. De même, dans l'épisode avec le Saint-Office, le comte avait largement prouvé sa bienveillance, sans compter l'affaire de l'or de Cadix ou les avertissements prodigués par l'intermédiaire de Francisco de Quevedo à propos de María de Castro, depuis que le caprice royal était entré en scène. Tout cela créait des liens – et là reposait son espoir, tandis qu'il attendait près de la grille du jardin – qui sauveraient peut-être l'affection qu'ils se portaient mutuellement. Mais il fallait également tenir compte de la fierté d'Álvaro de la Marca, qui pouvait le porter à refuser toute conciliation : la noblesse n'était guère encline à se voir maltraitée, et cette piqûre au bras du comte n'arrangeait pas les choses. Dans tous les cas, Alatriste avait prévu de laisser Guadalmedina disposer de lui selon son bon plaisir ; il était même prêt à se laisser mettre quelques pouces d'acier dans le corps à l'heure et au lieu que le comte déciderait.

— Son Excellence ne veut pas recevoir votre seigneurie.

Diego Alatriste demeura immobile, le souffle coupé, une main sur la garde de son épée. De la main, le domestique indiquait la porte.

— En êtes-vous sûr ?

L'autre confirma avec dédain. Il n'y avait plus trace, sur son visage, de son aménité première.

— Elle vous fait dire de passer votre chemin et vous souhaite bonne chance.

Le capitaine était homme de sang-froid, mais il ne put éviter qu'un coup de chaleur ne lui montât à la tête en se voyant congédié et disgracié de la sorte. Il regarda encore un instant le concierge, devinant chez lui une secrète jouissance. Puis il respira profondément, et, se contenant pour ne pas le frapper du plat de son épée, il enfonça son chapeau, fit demi-tour et regagna la rue.

Il marcha comme un aveugle dans la rue d'Alcalá, sans savoir où il allait, un voile rouge devant les yeux. Il jurait, dents serrées, mettant le nom du Christ à toutes les sauces. Dans sa précipitation, il faillit plusieurs fois bousculer des passants ; mais leurs protestations – l'un d'eux fit le geste de porter la main à son épée – s'évanouissaient dès qu'ils voyaient son visage. Il traversa ainsi la Puerta del Sol en direction de la rue Carretas, et là, il s'arrêta devant la taverne de la Rocha, sur la porte de laquelle il lut, écrit à la craie : *Vin d'Esquivias*.

Le soir même, il tua un homme. Il l'avait choisi au hasard et en silence parmi les clients – aussi ivres que lui – qui se pressaient dans la taverne. Quand il avait jeté quelques pièces sur la table avant de sortir en titubant, un inconnu lui avait emboîté le pas. C'était un personnage aux allures de fier-à-bras qui, en compagnie de deux autres, s'était obstiné à le provoquer, la lame à demi sortie du fourreau, parce que Alatriste l'avait regardé trop longtemps sans détourner les yeux ; et le quidam – dont il ignora toujours le nom – avait clamé avec force expressions désobligeantes que nul pendard d'Espagne ou des Indes ne l'avait jamais dévisagé de la sorte. Une fois dehors, Alatriste avait marché en s'appuyant aux murs jusqu'à la rue des Majadericos, et là, dans l'obscurité totale et loin des yeux indiscrets, dès qu'il avait senti que les pas de l'autre allaient le rejoindre, il avait porté la main à son épée et s'était retourné pour lui faire face. Sans crier gare, il l'avait blessé au premier coup ; l'homme s'était effondré, la poitrine percée de part en part, sans avoir eu le temps de prononcer un mot, tandis que ses camarades s'esbignaient en criant : « À l'assassin, à l'assassin ! » Le capitaine vomit le vin à côté du cadavre, adossé au mur et l'épée encore à la main. Puis il essuya la lame à la cape du mort, s'enroula dans la sienne et gagna la rue de Tolède en se dissimulant dans l'ombre.

Trois jours plus tard, nous traversions, Francisco de Quevedo et moi, le pont de Ségovie pour nous rendre à la Casa de Campo où Leurs Majestés se délassaient en profitant de la clémence du temps, le roi chassant et la reine se partageant entre les promenades, les lectures et la musique. Avec un attelage à deux mules, nous passâmes sur l'autre rive et, laissant derrière nous l'ermitage de l'Ange et le départ du chemin de San Isidro, nous montâmes par le versant de droite vers les jardins qui entouraient la résidence de repos de Sa Majesté catholique. D'un côté s'étendaient les pinèdes touffues et de l'autre, au-delà du Manzanares, Madrid s'étalait dans toute sa splendeur : les tours innombrables des églises et des couvents, le rempart élevé sur les fondations des anciennes fortifications arabes et, au-dessus, massives et imposantes, les murailles de l'Alcazar royal, avec la Tour dorée s'avançant comme la proue d'un galion sur la hauteur qui dominait le cours étroit du fleuve, dont les berges étaient semées des taches blanches du linge que les lavandières mettaient à sécher entre les arbustes. La vue était magnifique, et je l'admirai si fort que don Francisco eut un sourire compréhensif.

– L'ombilic du monde, dit-il. Pour le moment.

J'étais loin, alors, de comprendre le sens de la réserve lucide que contenait ce commentaire. À cet âge, ébloui par ce qui m'entourait, je ne pouvais imaginer que tout cela, la magnificence de la Cour, la domination qu'exerçaient les Espagnols sur le monde, l'empire qui – joint au riche héritage portugais que nous partagions en ce temps – s'étendait jusqu'aux Indes, au Brésil, aux Flandres, à l'Italie, aux possessions d'Afrique, aux îles Philippines et autres enclaves des lointaines Indes orientales, tout cela, dis-je, allait finir par tomber en morceaux le jour où les hommes de fer céderaient la place aux hommes d'argile, incapables de soutenir de leur ambition, de leur talent et de leurs épées une si vaste entreprise. Car telle était encore la grandeur – quoique déjà vacillante – de l'Espagne de ma jeunesse, forgée à force de gloire et de cruauté, de lumières et d'ombres. Un monde à jamais unique, que les vieux vers de Lorencio de Zamora pourraient, si la chose était possible, résumer :

> *Je chante les combats, je chante les conquêtes,*
> *les barbares exploits et les tristes défaites,*
> *et les hardis succès, les échecs essuyés,*
> *et le rire et la haine, et tant de cruautés.*

Bref, nous étions ce matin-là, don Francisco et moi, face à la capitale du monde, en descendant de notre voiture dans les jardins de la Casa de Campo, devant le double édifice rouge aux portiques et loggias à l'italienne, veillé par l'imposante statue équestre de feu Philippe III, père de notre monarque. Et ce fut dans le charmant bosquet de peupliers noirs et argentés, de saules et d'arbustes des Flandres qui se trouvait derrière la statue, autour de la belle fontaine à trois degrés, que la reine notre souveraine reçut don Francisco, assise sous un dais en damas, entourée de ses dames et de ses familiers les plus proches, le bouffon Gastoncillo compris. Isabelle de Bourbon accueillit le poète avec des démonstrations de royale affection, l'invita à réciter l'angélus avec elle – toutes les cloches de Madrid sonnaient midi –, et j'y assistai de loin, tête découverte. Puis la reine notre souveraine pria don Francisco de s'asseoir près d'elle, et ils parlèrent un long moment des progrès de *L'Épée et la Dague*, dont le poète lut à voix haute les derniers vers, improvisés, dit-il, la nuit précédente ; mais je savais, moi, qu'il les tenait écrits et corrigés depuis longtemps. Le seul détail qui gênait la reine – avoua-t-elle, mi-souriante, mi-sérieuse – était que la comédie quevédienne devait être représentée dans l'Escurial ; et le caractère austère et sombre de cette grande bâtisse royale répugnait à son tempérament enjoué de Française. Ce qui était cause qu'elle éviterait toujours, tant que cela serait en son pouvoir, de résider dans le palais édifié par l'aïeul de son illustre époux. Et pourtant, paradoxe du destin, dix-huit ans après les événements dont je fais ici le récit, notre pauvre souveraine devait finir – bien malgré elle, j'imagine – par occuper un caveau de la crypte.

Je ne vis pas Angélica d'Alquézar parmi les suivantes de la reine. Et tandis que Quevedo, débordant d'esprit et de vivacité, égayait les dames de sa bonne humeur courtisane, je fis quelques pas dans le jardin, admirant les uniformes de la garde bourguignonne qui était de faction ce jour-là. J'allais ainsi, plus satisfait qu'un roi jouissant de ses trésors, vers la balustrade qui donnait sur les vignes et le vieux chemin de Guadarrama, m'émerveillant de la vue sur les vergers de la Buitrera et de la Florida, très verts en cette saison. L'air était léger et, du bosquet situé derrière le petit palais, arrivaient affaiblis par la distance les aboiements des chiens scandés de coups de feu ; preuve que notre monarque, avec sa proverbiale adresse au tir – louée jusqu'à plus soif par tous les poètes de la Cour, y compris Lope et Quevedo –, avait raison de tous les lapins, perdrix, cailles et faisans que levaient ses rabatteurs. Et si, dans sa longue vie, l'Autriche quatrième du nom avait arquebusé autant d'hérétiques, de Turcs et de Français que de ces innocentes bestioles, le sort de l'Espagne en eût été changé.

– Tiens donc ! Voici le jeune homme qui abandonne une dame en pleine nuit pour rejoindre ses compères.

Je me retournai, l'âme et la respiration en émoi. Angélica d'Alquézar était près de moi. Dire qu'elle était très belle serait oiseux. La lumière du ciel madrilène donnait encore plus d'éclat à ses yeux fixés ironiquement sur ma personne. Ils étaient superbes et mortels.

– Je n'aurais jamais imaginé cela d'un hidalgo.

Ses cheveux étaient coiffés en longues boucles, et elle portait une ample basquine de rouge et un pourpoint court, fermé par un gracieux col de mousseline sur lequel brillaient une chaîne en or et une croix en émeraudes. Un peu de rose aux joues à la mode de la Cour soulignait légèrement l'exquise pâleur de son teint. Elle semblait plus âgée ainsi, pensai-je soudain. Plus femme.

— Je regrette de vous avoir quittée l'autre nuit, dis-je. Mais je ne pouvais pas...

Elle m'interrompit, indifférente, comme si tout cela relevait déjà du passé. Elle contemplait le paysage. Puis elle me jeta un regard en dessous.

— Tout s'est-il bien terminé ?

Le ton était frivole. On eût vraiment dit que la chose ne lui importait guère.

— Plus ou moins.

J'entendis le gazouillis des femmes qui entouraient la reine et don Francisco. Sans doute le poète avait-il fait un mot d'esprit, et elles en riaient.

— Ce capitaine Batiste, ou Triste, ou quel que soit son nom, ne semble pas être un sujet recommandable, n'est-ce pas ?... Il t'embarque toujours dans des difficultés.

Je me redressai, piqué. Et c'était Angélica d'Alquézar qui disait cela !

— Il est mon ami.

Elle rit doucement, les mains sur la balustrade. Elle répandait un suave parfum de rose et de miel. C'était agréable, mais je préférais l'odeur de l'autre nuit, quand nous nous embrassions. Ma peau se hérissa à ce souvenir. Une odeur de pain frais.

— Tu m'as abandonnée en pleine rue, répéta-t-elle.

— C'est vrai... Que puis-je faire pour me racheter ?

— M'accompagner de nouveau quand ce sera nécessaire.

— Et toujours de nuit ?

— Oui.

— Habillée en homme ?

Elle me regarda comme on regarde un imbécile.

— Tu ne prétends pas que je sorte vêtue comme je le suis maintenant ?

— Dieu m'en garde !

— Quel malappris ! Rappelle-toi que tu es en dette avec moi.

Elle s'était remise à m'observer avec l'acuité d'un poignard pointé sur les entrailles. Je dois dire que ma mise n'était pas non plus négligée, ce jour-là : cheveux bien peignés, habits de drap noir et dague dans le dos, passée dans la ceinture. Peut-être est-ce cela qui me donna assez de contenance pour soutenir son regard.

— Pas à ce point, répondis-je, serein.

— Tu es un rustre... — Elle semblait irritée comme une petite fille à qui l'on refuse un caprice. — Je vois que tu préfères t'occuper de ce capitaine Sotatriste.

— Je vous ai dit qu'il est mon ami.

Elle prit une expression méprisante.

— Naturellement. Je connais la ritournelle : les Flandres et le reste, épées, jurons, tavernes et filles. Toutes les grossièretés des hommes.

Son ton était sévère, mais je crus percevoir aussi une note discordante. Comme si, de quelque façon, elle regrettait de ne pouvoir approcher de tout cela.

— En tout cas, ajouta-t-elle, permets-moi de te dire qu'avec des amis comme les tiens, mieux vaudrait pour toi ne pas te faire d'ennemis.

Je l'observai, interloqué, admirant malgré moi son arrogance.

— Et vous, qu'êtes-vous ?

Elle plissa les lèvres comme si elle réfléchissait vraiment. Puis elle pencha un peu la tête, sans cesser de me regarder dans les yeux.

— Je t'ai déjà dit que je t'aime.

Je fus bouleversé en entendant ces mots, et elle s'en aperçut. Elle devait avoir le même sourire que Lucifer avant qu'il ne tombât du ciel.

— Cela devrait te suffire, conclut-elle, si tu es autre chose qu'un bravache, un idiot ou un présomptueux.

— J'ignore ce que je suis. Mais je sais que par votre faute je pourrais bien marcher au bûcher d'Alcalá ou au garrot du bourreau.

Elle rit de nouveau, les mains croisées presque modestement sur l'ample jupe à la ceinture d'où pendait un éventail en nacre. Je contemplai le dessin parfait de ses lèvres. Enfer et damnation ! pensai-je. Pain frais, rose et miel. La chair nue dessous. Je me serais jeté sur cette bouche si je ne m'étais pas trouvé là où je me trouvais.

— Tu n'as pas la prétention, dit-elle, de tout avoir et ne rien payer ?

Avant que les choses ne se compliquent dangereusement, nous eûmes le temps de connaître un épisode savoureux, tout à fait digne de figurer dans une comédie. Il prit naissance au cours d'un repas au cabaret du Lion, offert par le capitaine Alonso de Contreras, comme toujours disert, affable et légèrement fanfaron, qui présidait affalé contre un tonneau de vin sur lequel étaient posés nos capes, nos chapeaux et nos épées. Les convives étaient Francisco de Quevedo, Lopito de Vega, mon maître et moi-même, attablés devant une bonne soupe aux câpres et un épais miroton de bœuf au lard. L'amphitryon était Contreras qui fêtait l'arrivée fort tardive des doublons afférents à certain avantage qu'on lui devait, dit-il, depuis la bataille de Roncevaux. À la fin, on parla des amours du fils du Phénix avec Laura Moscatel et du barrage en granit qu'y opposait l'oncle – le fait que le boucher ait eu vent de l'amitié nouvelle entre Lopito et Diego Alatriste n'arrangeait rien –, et le jeune militaire nous conta, désolé, qu'il ne pouvait voir sa dame que furtivement, lorsqu'elle sortait avec sa duègne pour faire quelques emplettes ou se rendait à sa messe quotidienne en l'église de Las Maravillas, où il la contemplait de loin, agenouillé sur sa cape, et parvenait parfois à l'approcher pour échanger avec elle quelques mots tendres en lui offrant, bonheur suprême, l'eau bénite dans le creux de sa main. Le drame était que, Moscatel s'entêtant plus que jamais dans son dessein de marier sa nièce à l'infâme procureur Saturnino Apolo, la pauvre jeune fille n'avait d'autre choix que cette union ou le couvent, et que Lopito avait autant de chances d'aboutir que de se trouver une fiancée dans le harem de Constantinople. Vingt mille diables n'eussent pas fait changer d'idée l'oncle de la demoiselle. De plus, les temps étaient troublés : avec les allées et venues du Turc et de l'hérétique, Lopito était exposé d'un moment à l'autre à repartir servir le roi ; et cela signifiait perdre Laura pour toujours. Comme il nous le confessa ce jour-là, il en était venu à honnir toutes les intrigues que monsieur son père mettait dans ses comédies, car aucune ne lui était d'une aide quelconque pour résoudre ses difficultés.

Ces considérations soufflèrent une idée audacieuse au capitaine Contreras.

– La question est simple, dit-il en croisant ses bottes sur un tabouret. Enlèvement et noces, sacrebleu ! À la militaire.

– Ce n'est pas si facile, répliqua tristement

Lopito. Moscatel continue de payer plusieurs malandrins pour surveiller la maison.

– Combien sont-ils ?

– La dernière fois que j'ai tenté de me rendre sous ses fenêtres, ils étaient quatre.

– Expérimentés ?

– Cette nuit-là, je n'ai pas essayé de le vérifier.

Contreras se tordit la moustache avec suffisance et jeta un regard circulaire, en l'arrêtant sur le capitaine Alatriste et don Francisco.

– Plus nombreux sont les Maures, plus grand est le bénéfice… Qu'en pensez-vous, monsieur de Quevedo ?

Le poète ajusta ses lunettes et fronça les sourcils, car sa position à la Cour n'était guère compatible avec un scandale lié à un enlèvement et à des coups d'épée ; mais, avec Alonso de Contreras, Diego Alatriste et le fils de Lope dans l'affaire, il lui en coûtait fort de se dérober.

– Je crains, dit-il, d'un air ennuyé mais résigné, qu'il ne reste d'autre solution que de se battre.

– Cela vous sera aussi facile que de composer un sonnet, renchérit Contreras qui, aussitôt, s'imagina célébré par de nouveaux vers.

– Ou que d'être encore une fois exilé, parbleu !

Quant au capitaine Alatriste, les coudes sur la table devant son pot de vin, le regard qu'il échangea avec son vieux camarade Contreras était éloquent.

Chez des hommes comme eux, certaines choses allaient de soi.

— Et le garçon ? demanda Contreras en me regardant.

Je me sentis offensé. J'avais suffisamment fait mes preuves, aussi passai-je deux doigts, dans le style de mon maître, sur la moustache que je n'avais pas encore.

— Le garçon se bat aussi, dis-je.

Le ton me valut un sourire approbateur du *miles gloriosus* et un regard de Diego Alatriste.

— Quand mon père saura cela, gémit Lopito, il me tuera.

Le capitaine Contreras éclata de rire.

— En fait d'enlèvements, votre illustre père pourrait en remontrer à plus d'un... On peut dire qu'il a toujours été le Phénix des coureurs de jupons !

Il y eut un silence embarrassé, et chacun plongea son nez ou sa moustache dans son pot de couillotin. Y compris Contreras qui venait de se rendre compte que ce même Lopito était le fruit illégitime, bien que reconnu par la suite, d'un de ces exploits du Phénix des Esprits. Cependant le jeune homme n'en sembla pas offusqué. Il connaissait mieux que personne la renommée de son vieux géniteur. Après plusieurs rasades de vin et un diplomatique raclement de gorge, Contreras reprit le fil de son discours :

— Rien ne vaut le fait accompli... Et puis, nous

autres militaires, nous sommes ainsi, n'est-ce pas ? Directs, audacieux, implacables. Toujours droit au but. Je me souviens, une fois, à Chypre...

Et, pendant un moment, il nous gratifia du récit de ses prouesses. Après quoi il but une nouvelle rasade, poussa un soupir nostalgique et regarda Lopito.

– Donc, résumons, jeune homme... Êtes-vous réellement disposé à vous unir à cette dame en tout bien tout honneur et jusqu'à ce que la mort vous sépare ?

Lopito le regarda dans les yeux sans sourciller.

– Oui, tant que Dieu sera Dieu, et au-delà de la mort.

– On ne vous en demande pas tant, sacrebleu. Jusqu'à la mort suffit largement... Ces messieurs et moi, avons-nous votre parole de gentilhomme ?

– Oui, sur ma vie.

– Dans ces conditions, pas un mot de plus. – Contreras donna du plat de la main sur la table, satisfait... – Quelqu'un peut-il s'occuper de l'aspect ecclésiastique de l'affaire ?

– Ma tante Antonia est abbesse des Hiéronymites. Elle nous accueillera de bonne grâce. Et le père Francisco, son chapelain, est également le confesseur de Laura, et bien connu du sieur Moscatel.

– L'aumônier acceptera-t-il de s'en mêler, si on le lui demande ?

– Sans nul doute.

– Et la dame ?... Votre Laura est-elle prête à passer par cette épreuve ?

Lopito répondit affirmativement, de sorte qu'il n'y eut plus d'autres questions. Le concours de tous les présents assuré, nous bûmes à un heureux dénouement, après quoi Francisco de Quevedo, selon son habitude, conclut par ces quelques vers qui allaient comme un gant à l'affaire, bien que n'étant pas cette fois de lui, mais de Lope :

> *Quand mal d'amour la prend*
> *la plus peureuse des femmes*
> *(et plus encore, si demoiselle)*
> *de son honneur n'a souci*
> *ni de celui de ses parents.*

On but encore en l'honneur de ces vers. Et huit ou dix coups de vin plus tard, le capitaine Contreras, se servant de la table comme de carte et des pichets comme des protagonistes de son plan, la langue de plus en plus incertaine mais les intentions de plus en plus assurées, nous invita à rapprocher nos chaises et exposa à voix basse ce qu'il avait en tête. À savoir la tactique rigoureuse de l'assaut dont il prévoyait tous les détails avec autant de précision que si, au lieu d'investir une maison de la rue de la Madera, nous nous apprêtions à faire entrer un parti de soldats dans Oran.

Les maisons à deux issues sont difficiles à surveiller. Justement, celle de Gonzalo Moscatel en avait deux et, quelques nuits plus tard, les conjurés se tenaient face à la principale enveloppés de leurs capes, dans l'ombre d'un porche voisin : le capitaine Contreras, Francisco de Quevedo, Diego Alatriste et votre serviteur, observant les musiciens qui, éclairés par la lanterne que portait par l'un d'eux, prenaient position devant les fenêtres de la demeure en question, située au coin même des rues de la Madera et de la Lune. Le plan était audacieux et d'une simplicité parfaite : sérénade devant une porte, attaque surprise, coups d'épée, et fuite par celle de derrière. Nonobstant le procédé tout militaire, l'on n'avait pas pour autant négligé de respecter les formes. Comme Laura Moscatel n'était libre ni de choisir son époux ni de quitter sa maison, l'enlèvement et le mariage immédiat destiné à réparer celui-ci étaient la seule manière de faire plier la volonté de l'oncle obstiné. À la même heure, prévenus par Lopito, la tante abbesse et le chapelain ami de la famille – dont les scrupules pastoraux avaient été aplanis par une jolie bourse bien garnie en doublons de quatre – attendaient dans le couvent des Hiéronymites où serait conduite la fiancée pour y être placée sous bonne garde, tout se passant ainsi suivant les règles de la plus honorable bienséance.

– Jolie affaire, vive Dieu ! murmurait le capitaine Contreras, tout réjoui.

Cela devait lui rappeler sa jeunesse, où de telles choses avaient été fréquentes. Il était adossé au mur, masqué par sa cape et son chapeau, entre Diego Alatriste et Francisco de Quevedo, couverts comme lui de manière à ce que l'on ne voie d'eux que l'éclat de leurs yeux. Pour ma part, je surveillais la rue. Afin de rassurer un peu don Francisco et de sauver les apparences, toutes les dispositions avaient été prises pour que cela parût être le fruit du hasard, comme si nous étions une bande d'amis passant par là au moment des faits. Même les pauvres musiciens engagés par Lopito de Vega ignoraient tout du projet. Ils savaient seulement qu'on les avait payés pour donner une sérénade à certaine dame – veuve, leur avait-on dit – à onze heures du soir et sous sa fenêtre. Ils étaient trois, et le plus jeune avait passé les cinquante ans. En ce moment, ils commençaient à jouer de la guitare, du luth et du tambourin, ce dernier tenu par le chanteur, qui attaqua sans autre préambule la *tonadilla* célèbre :

> *En Italie je t'ai adorée,*
> *en Flandres j'ai langui d'amour.*
> *Et en Espagne t'aimant toujours,*
> *à Madrid je t'ai dit...*

Vers peu relevés à coup sûr, mais fort populaires à l'époque. De toute manière, le chanteur n'arriva pas au bout de ce qu'il se proposait de dire ; car, à peine terminé le premier couplet, la lumière se fit à l'intérieur, on entendit Gonzalo Moscatel jurer par tous les saints et les diables, la porte s'ouvrit, et nous le vîmes apparaître l'épée à la main, ivre de rage, menaçant les musiciens et tous leurs géniteurs de les embrocher comme des chapons. Ce n'était pas une heure, hurlait-il, pour troubler la paix des maisons honorables. Il était accompagné, car ils passaient la soirée ensemble, du procureur Saturnino Apolo, armé d'un estoc et d'un couvercle de jarre en guise de bouclier. Dans le même temps, par la porte de la remise, ils furent rejoints par quatre autres personnages – la lumière de la lanterne laissait deviner de bien tristes figures – qui, tout de suite, tombèrent à bras raccourcis sur les pauvres musiciens. Et ceux-ci, sans comprendre ce qui leur arrivait, furent pris sous une averse de horions et de coups de ceinturon.

– À nous ! dit le capitaine Contreras, en se pourléchant les babines.

Nous sortîmes ensemble du porche, comme si nous venions de passer le coin de la rue et découvrions la scène, tandis que Francisco de Quevedo, philosophe, chantonnait entre ses dents, sous sa cape :

*Pourquoi donc vous épuiser
à des précautions si terribles,
quand rien n'est plus impossible
que d'enchaîner femme au foyer.*

Les musiciens, leurs instruments réduits en miettes, étaient déjà acculés au mur, les pauvrets, encerclés par les lames des spadassins de louage ; et Gonzalo Moscatel, qui avait ramassé la lanterne par terre et la levait d'une main sans lâcher de l'autre son épée, les interrogeait à grands cris, dressé sur ses ergots : par qui, comment, quand, avaient-ils été recrutés pour faire ce vacarme ? Sur ces entrefaites, au moment où nous passions devant eux, chapeaux rabattus sur les yeux et emmitouflés jusqu'au nez, le capitaine Contreras dit à voix haute quelque chose comme : maudits soient les imbéciles qui encombrent les rues et avec eux Satan qui les éclaire, suffisamment fort pour que tout le monde l'entende. Et vu que celui qui éclairait la rue à cet instant était Moscatel – la maigre lumière nous permettait de voir les gueules patibulaires de ses quatre malandrins, la face porcine du procureur Apolo et les expressions terrifiées des quatre musiciens –, celui-ci, conforté par la présence de sa troupe, se crut en position de prendre les choses de très haut. D'une voix colérique, et sans naturellement nous reconnaître, il enjoignit à don Alonso de Contreras de passer son chemin et d'aller en enfer s'il ne voulait pas se voir couper les oreilles ici même, par saint Pierre et tous les saints du calendrier. Paroles qui, comme l'imagineront vos seigneuries, ne pouvaient mieux s'accorder à nos intentions. Contreras éclata de rire à la barbe de Moscatel et affirma, très digne, qu'il ne savait pas ce qui se passait ici, ni quelle était la querelle ; mais que, pour ce qui était de couper les oreilles, enfin ce qui s'appelait vraiment couper les oreilles, ce paltoquet pouvait aller s'y essayer sur sa putain de mère. Sur ces fortes paroles, il s'esclaffa de nouveau ; et il n'avait pas terminé de rire, tout en portant la main à sa flamberge sans défaire sa cape, que le capitaine Alatriste qui avait déjà dégainé la sienne en expédia un coup au bravache le plus proche, puis, presque du même mouvement, porta un revers au bras de Moscatel, qui lâcha la lanterne en faisant un bond, comme piqué par un scorpion. La lumière s'éteignit en tombant à terre, tout devint obscur, les ombres affolées des trois musiciens filèrent comme des lièvres, nous fondîmes allégrement sur l'ennemi, et ce fut la prise de Troie.

Par Dieu, quelle belle vendange ce fut là, et quel plaisir j'y pris ! Le plan était – en essayant, si possible d'éviter les morts, car nous ne voulions pas endeuiller le mariage – de donner le temps à Lopito de Vega de faire sortir Laura Moscatel par la porte de derrière, à la faveur de la confusion et avec le secours de la duègne dûment amadouée par des doublons de la même bourse que celle qui avait eu raison du chapelain, et de la mener, dans une voiture prévue à cet effet, au couvent des Hiéronymites. Et tandis qu'effectivement les choses se déroulaient ainsi à la porte de derrière, devant la principale les coups pleuvaient dans l'obscurité. Moscatel et les autres ferraillaient avec une fureur de Turcs, encouragés de loin par Saturnino Apolo bien à l'abri sous sa rondache ; mais il suffisait à des hommes aussi expérimentés qu'Alatriste, Quevedo et Contreras de parer et de frapper de revers, ce dont ils ne se privaient pas, et avec succès ; je ne me comportais pas mal non plus. J'affrontai un truand dont j'entendais les halètements dans le cliquètement des lames. Le ton n'était pas aux fioritures d'escrime, car nous nous battions tous de très près et au jugé ; aussi, recourant à une feinte que m'avait enseignée le capitaine Alatriste à bord du *Jesús Nazareno* quand nous revenions des Flandres, j'attaquai à la tête, fis comme si je rompais pour couvrir mon flanc, revins promptement à la garde contraire et, rapide comme un épervier, portai à mon adversaire un coup de revers en bas qui, au craquement que j'entendis, dut lui couper les tendons d'un jarret. Il s'enfuit en sautant à cloche-pied et en proférant d'horrifiques blasphèmes où défilèrent tous les saints du paradis, et je regardai autour de moi, très satisfait et plein d'ardeur, pour voir quels autres services je pourrais rendre à mes camarades ; car nous avions commencé à quatre contre six, en répétant à mi-voix « Yepes, Yepes » – à cause du vin –, signe de reconnaissance dont nous avions convenu afin de ne pas nous combattre mutuellement dans l'obscurité. Mais le compte s'était rééquilibré en notre faveur, car un coup d'épée dans les fesses avait envoyé le procureur Apolo mordre la poussière, et Francisco de Quevedo, qui se battait en se cachant le visage de sa cape remontée pour que personne ne l'identifiât, mettait en fuite le fier-à-bras que le hasard lui avait assigné.

– Yepes ! dit le poète en se retirant pour me rejoindre, comme s'il en avait fait assez pour cette nuit.

De son côté, Alonso de Contreras se battait encore contre le sien – un homme qui supportait mieux l'assaut que ses compères –, tous deux ferraillant durement en descendant la rue à mesure que le spadassin reculait sans tourner les talons. Le quatrième truand gisait à terre, forme indistincte ; ce fut le plus malchanceux car, en lui portant un coup de revers dans la confusion du premier moment, le capitaine n'y avait pas été de main morte ; et nous apprîmes ensuite que la blessure lui avait laissé trois jours pour recevoir les derniers sacrements et huit pour trépasser. Quant à mon maître, après avoir expédié son homme et touché Moscatel au bras, il accablait maintenant le boucher de coups de pointe, le chapeau bien enfoncé et la cape lui masquant sa figure de manière à ce qu'elle ne fût pas reconnue par le grotesque, qui ne fanfaronnait plus du tout mais reculait vers la porte de sa demeure – mon maître essayant de l'empêcher – et appelait à l'aide en criant qu'on l'assassinait. Finalement Moscatel tomba par terre, et le capitaine lui chatouilla les côtes à coups de pied jusqu'au moment où Contreras revint après avoir mis son adversaire en déroute.

– Yepes ! dit celui-ci prudemment, quand, au bruit de ses pas, mon maître se retourna, l'épée à la main.

Gonzalo Moscatel gémissait, et des voisins réveillés par le vacarme commençaient d'apparaître aux fenêtres. Une lumière brilla à l'autre bout de la rue, et quelqu'un cria qu'il fallait alerter le guet.

– Et si l'on s'en allait, foutredieu ? suggéra Francisco de Quevedo, dont l'humeur se ressentait de rester emmitouflé.

La proposition était raisonnable, et nous levâmes le camp aussi satisfaits que si nous avions en poche le brevet d'un régiment. Tout réjoui, Alonso de Contreras me donna une tape affectueuse sur la joue en m'appelant son fils, et le capitaine Alatriste, après un dernier coup de pied dans les côtes de Moscatel, nous suivit en rengainant son épée. Contreras continua de s'esclaffer tout au long de trois ou quatre rues, jusqu'à la halte bachique que nous fîmes rue Tudescos pour nous rafraîchir le gosier.

– Par les couilles de Mahomet! jura Contreras. Je n'avais pas pris autant de plaisir depuis le sac de l'Eubée, quand j'ai fait pendre des Anglais.

Lopito de Vega et Laura Moscatel se marièrent quatre semaines plus tard en l'église des Hiéronymites, sans que l'oncle de la demoiselle – qui se promenait dans Madrid avec quatorze points de suture au visage et un bras en écharpe, en accusant de l'agression un certain Yepes – assistât à la cérémonie. Lope de Vega père n'était pas non plus présent. Le mariage fut célébré avec beaucoup de discrétion, le capitaine Contreras, Quevedo, mon maître et moi-même faisant office de témoins et de parrains. Les jeunes époux s'installèrent dans une maison modeste louée place Antón Martín, dans l'attente que Lopito obtienne son brevet de lieutenant. À ma connaissance, ce furent trois mois heureux. Puis, du fait de l'infection de l'air et de la corruption de l'eau pendant les grandes chaleurs qui accablèrent Madrid cette année-là, Laura Moscatel mourut d'une fièvre maligne, saignée et purgée par des médecins incompétents ; et son jeune veuf, le cœur déchiré, retourna en Italie. Telle fut la fin de l'aventure romanesque de cette nuit dans la rue de la Madera, et ce triste épisode m'a au moins appris ceci : que le temps emporte tout, et que le bonheur éternel existe seulement dans l'imagination des poètes et sur les planches des théâtres.

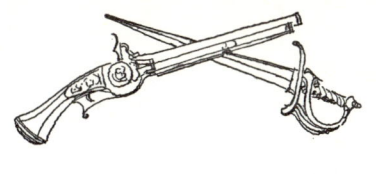

# VI

# LE ROI EST MORT, VIVE LE ROI

Angélica d'Alquézar m'avait de nouveau donné rendez-vous à la porte de la Priora. *J'ai encore besoin que l'on m'escorte,* disait son billet succinct. Dire que je m'y rendis sans appréhension serait faux ; mais l'idée ne me vint à aucun moment de ne pas y aller. Angélica s'était introduite dans mon sang comme la fièvre quarte. J'avais goûté à sa bouche, touché sa peau et entrevu trop de promesses dans ses yeux ; dès qu'il s'agissait d'elle, mon jugement s'obscurcissait. Cependant, on peut être amoureux et rester circonspect, de sorte que, cette fois, je pris mes précautions ; et quand la petite porte s'ouvrit et qu'une ombre agile se faufila près de moi dans le noir, j'étais dûment préparé à ce qui pouvait s'ensuivre : un justaucorps de cuir épais qui avait appartenu au capitaine et qu'un bourrelier de la rue de Tolède avait retaillé à mes mesures, l'épée au côté gauche, la dague sur les reins et, dissimulant le tout, une cape de serge brune et un chapeau à bord court, sans plume ni ruban. Je m'étais aussi soigneusement lavé à grande eau et au savon, et je portais une moustache naissante que je rasais souvent dans l'espoir qu'elle s'épaississe et atteigne des dimensions alatristiennes ; chose que je n'ai jamais obtenue, car j'ai toujours eu le poil peu fourni. Bref, avant de sortir, je m'étais inspecté dans le miroir de la Lebrijana, et l'image qu'il me renvoyait n'était pas déplaisante ; et ensuite, sur le chemin de la porte de la Priora, j'avais observé l'effet que faisait mon ombre sur le sol en passant devant les lumières des flambeaux et des quinquets. Pardieu ! Aujourd'hui, en m'en souvenant, je souris. Mais que vos seigneuries se mettent à ma place.

— Où me mènerez-vous, cette nuit ? demandai-je.

— Je veux te montrer quelque chose, répondit Angélica. Qui sera utile pour ton éducation.

Voilà qui ne me rassura guère. J'étais un garçon averti, et je savais que toute éducation utile se fait à ses propres dépens ou au prix de saignées qui ne doivent rien au barbier. Encore une fois, j'étais donc prêt au pire. Résigné, c'est le mot. Une résignation où se mêlaient, peut-être, effroi et tendresse. Je l'ai expliqué : j'étais jeune, et j'étais amoureux du diable.

– Décidément, vous aimez vous habiller en homme, dis-je.

Cela continuait à me choquer et à me fasciner en même temps. Inspirée, au début, des vieilles comédies italiennes et de l'Arioste, la femme vêtue en homme par appétit de gloire virile ou désespoir d'amour était, je l'ai déjà dit, fréquente au théâtre ; mais, comédies et légendes mises à part, un tel personnage n'existait pas dans la vie réelle, ou du moins je n'en avais pas connaissance. Quoi qu'il en fût, après mon commentaire, Angélica, plus Marfisa que Bradamante – je devais bientôt apprendre pour mon malheur à quels extrêmes la guerre, bien plus que l'amour, pouvait la porter –, rit doucement, comme pour elle-même.

– Tu ne voudrais pas, dit-elle d'un ton espiègle, que je me divertisse la nuit dans les rues de Madrid en basquine et en vertugadin.

Et comme pour faire écho à ces mots, elle s'approcha de mon oreille et, la frôlant de ses lèvres – ce qui me donna, par le Christ, la chair de poule –, elle chuchota ces étranges vers de Lope :

*Ainsi que doit m'aimer qui aujourd'hui m'a vue,*
*toute teinte de sang, abattre une muraille...*

Et moi, malheureux, je n'osai l'embrasser, teinte de sang ou pas, car, au même instant, elle se détourna et se mit en route. Cette fois, le trajet fut court. En suivant les murs du couvent de Marie d'Aragon, nous gagnâmes par des lieux obscurs et presque inhabités les vergers de Leganitos, où je sentis le froid et l'humidité du ruisseau imprégner l'étoffe de ma cape. Bien qu'elle ne fût guère couverte, avec son costume masculin noir ceint d'un poignard, Angélica ne semblait pas souffrir du froid : elle avançait avec résolution dans la nuit, décidée et sûre d'elle. Lorsque je m'arrêtais pour m'orienter, elle continuait sans un regard à gauche ou à droite. Elle portait à la ceinture un bonnet de page afin de cacher ses cheveux en cas de nécessité ; mais, en attendant, ils étaient librement déployés, et leur blondeur, tache claire dans le noir, me guidait vers l'abîme.

Pas une lumière ne brillait à cinq cents pas à la ronde. Seul dans l'obscurité, Diego Alatriste s'arrêta et regarda autour de lui avec la prudence d'un homme de métier. Pas une âme en vue. Une fois de plus, il toucha le papier plié qu'il portait dans son gousset.

*Vous méritez une explication et un adieu. À onze heures, sur le chemin de Las Minillas. La première maison.*

*M. de C.*

Il avait hésité jusqu'au bout. Finalement, l'heure avançant, il avait avalé une chopine d'eau-de-vie pour adoucir la nuit. Puis, après s'être équipé en conscience de pied en cap – y compris, cette fois, le justaucorps en cuir de buffle –, il avait pris le chemin de la Plaza Mayor, puis de Santo Domingo, où il avait emprunté la rue de Leganitos en direction des faubourgs. Et c'était là qu'il se tenait maintenant, devant le pont et les murs des vergers, observant le chemin qui se perdait dans les ténèbres. La première maison était obscure, comme toutes les autres que l'on distinguait en bordure de la route. C'étaient des habitations de jardiniers, chacune avec ses arbres et ses potagers derrière, qui, du fait de la fraîcheur du lieu, servaient de séjours pour le repos dans les mois d'été. Celle qui intéressait Alatriste s'élevait contre le mur d'un couvent en ruine, dont le cloître sans toit faisait office de jardin, ses colonnes encore debout ne soutenant que la voûte étoilée du ciel.

Un chien aboya au loin, un autre lui répondit. Puis les aboiements cessèrent, et le silence revint. Alatriste passa deux doigts sur sa moustache, inspecta de nouveau les alentours et poursuivit son chemin. En arrivant près de la maison, il écarta le pan gauche de sa cape et la rejeta sur son épaule pour laisser libre la garde de son épée. Il savait ce qu'il jouait. Il avait réfléchi toute l'après-midi, assis sur sa couche en contemplant les armes accrochées à un clou du mur, avant de prendre sa décision. Le plus étrange était qu'il ne s'agissait pas de désir. Ou plutôt, sincère avec lui-même, il continuait de désirer María de Castro ; mais ce n'était pas cela qui, en ce moment, expliquait sa présence en ces lieux, la main près de son épée, flairant les dangers possibles comme un sanglier pressent le chasseur et sa meute. Il s'agissait d'autre chose. « Terres royales », avaient dit Guadalmedina et Martín Saldaña. Pourtant, il avait le droit d'être là, si tel était son bon plaisir. Les terres royales, il avait passé sa vie à les défendre, et les cicatrices qui couvraient son corps en témoignaient. Cent fois il avait fait son devoir, comme les meilleurs. Mais nus dans le lit d'une femme, roi et pion se valaient.

La porte n'était pas fermée. Il la poussa lentement et, de l'autre côté, il trouva un passage obscur. C'est peut-être ici que tu vas mourir, se dit-il. Cette nuit. Il tira sa dague et eut un mince sourire dans l'ombre, comme un loup dangereux, en avançant prudemment, la lame en avant. Il chemina ainsi dans un couloir, tâtant les murs de sa main libre. Au bout, une chandelle éclairait le rectangle d'une porte qui donnait sur le cloître. Méchant endroit pour se battre, pensa-t-il. Étroit et sans échappatoire. Mais il continua. Mettre sa tête dans la gueule du lion n'était pas sans le fasciner ; une sombre jouissance, quasi diabolique. Même dans cette malheureuse Espagne qu'il avait chérie et qu'il méprisait maintenant avec la lucidité et l'expérience acquises au fil des ans, cette Espagne où les indulgences plénières étaient aussi monnayables que les honneurs et la beauté, il restait des choses qui ne s'achetaient pas. Et il savait lesquelles. Passé un certain point, une chaîne en or donnée avec désinvolture dans un Alcazar sévillan ne suffisait pas pour attacher un Diego Alatriste y Tenorio, vieux soldat et épée de fortune. Et en fin de compte, conclut-il, la plus mauvaise des cartes ne peut rien m'ôter d'autre que la vie.

– Nous sommes arrivés, dit Angélica.

Nous avions traversé les vergers par un chemin étroit qui serpentait parmi les arbres, et devant nous s'étendait un petit jardin cerné par le cloître en ruine du couvent. De l'autre côté brillait une chandelle, parmi les colonnes de pierre et les chapiteaux effondrés. Cela n'avait pas bon aspect, et je m'arrêtai, prudent.

– Arrivés où ?

Angélica ne répondit pas. Elle restait immobile

près de moi, regardant en direction de la lumière. Je perçus sa respiration agitée. Après un moment d'hésitation, je voulus avancer, mais elle me retint par le bras. Je me retournai pour l'observer. Son visage était une tache d'ombre découpée par la faible clarté de la lune.

– Attends, dit-elle.

Le ton n'était plus désinvolte. Au bout d'un moment, elle avança sans lâcher mon bras, me guidant à travers le jardin abandonné, parsemé de broussailles qui craquaient sous nos pas.

– Ne fais pas tant de bruit, conseilla-t-elle.

Parvenus aux premières colonnes du cloître, nous fîmes de nouveau halte, à l'abri de l'une d'elles. La lueur était proche, et je pus mieux voir le visage de mon guide : impassible, les yeux scrutant les alentours. Sa poitrine montait et descendait, oppressée sous le pourpoint.

– Tu m'aimes toujours ? questionna-t-elle.

Je la regardai, déconcerté. Bouche bée.

– Naturellement, répondis-je.

Maintenant, Angélica me contemplait avec une telle intensité que j'en frissonnai. La lumière de la chandelle se reflétait dans ses yeux bleus, et je jure par Dieu que c'était bien la Beauté même qui me tenait cloué au sol, incapable de raisonnement.

– Quoi qu'il puisse se passer, souviens-toi que moi aussi je t'aime.

Et elle me donna un baiser. Pas un baiser léger ni fugace, mais en posant lentement et fermement ses lèvres sur les miennes. Puis elle s'écarta sans hâte, ses yeux ne quittant pas les miens, et désigna la lumière du cloître.

– Que Dieu t'accompagne, dit-elle.

Je la regardai sans comprendre.

– Dieu ?

– Ou Satan, si tu préfères.

Elle reculait, en se fondant dans l'ombre. Et sur ce, à la lueur de la chandelle, je vis apparaître le capitaine Alatriste.

J'eus peur, je l'avoue. Plus peur que Sardanapale. J'ignorais la nature du guet-apens, mais je savais en toute certitude que j'avais donné dedans la tête la première. Et mon maître aussi. Je marchai vers le capitaine, plein d'angoisse, l'esprit dans la plus grande confusion.

– Capitaine, criai-je pour le prévenir, sans savoir de quoi. C'est un piège.

Il s'était arrêté près de la chandelle posée par terre et me regardait avec stupéfaction, la dague à la main. Je le rejoignis, dégainai et scrutai les environs, cherchant des ennemis cachés.

– Que diable ?..., commença-t-il.

À ce moment, comme un fait concerté et de même que dans les comédies, une porte s'ouvrit, et un gentilhomme jeune et bien vêtu apparut dans le cloître, surpris par le bruit de nos voix. Sous le chapeau, on devinait des cheveux blonds ; il portait sa cape pliée sur son bras, l'épée au fourreau, et son pourpoint jaune m'était familier. Mais le plus remarquable était que je connaissais ce visage, et mon maître aussi. Nous l'avions vu dans les cérémonies publiques, dans les défilés de la Calle Mayor et du Prado, et de plus près encore, quelque temps auparavant, à Séville. Son profil autrichien était frappé sur les pièces d'argent et d'or.

– Le roi ! m'exclamai-je.

Je me découvris pour m'agenouiller, atterré, sans savoir que faire de mon épée nue. Notre souverain don Philippe semblait aussi troublé que nous, mais il reprit aussitôt ses esprits. Droit, hiératique comme toujours, il nous contemplait sans mot dire. Le capitaine avait ôté son chapeau et rengainé sa dague, et son expression était celle d'un homme qui vient d'être atteint par la foudre.

J'allais rengainer quand j'entendis un petit air sifflé dans l'ombre. Tiruli-ta-ta. Je le reconnus, et mon sang se figea dans mes veines.

– Quel plaisir ! dit Gualterio Malatesta.

Il était sorti de la nuit tel un morceau de celle-ci : noir de la tête aux pieds, les yeux durs et luisants comme du jais. Je remarquai que ses traits avaient changé depuis la rencontre sur le *Niklaasbergen* : il avait maintenant une vilaine cicatrice au-dessus de la paupière gauche, qui déviait un peu le regard de cet œil.

– Trois pigeons, ajouta-t-il avec satisfaction, dans le même filet.

J'entendis près de moi un sifflement métallique. Le capitaine Alatriste avait tiré sa tolédane et la pointait vers la poitrine de l'Italien. Déconcerté, je levai aussi la mienne. Malatesta avait dit trois pigeons, et non deux. Philippe IV s'était tourné pour le regarder ; malgré son air auguste et imperturbable, je compris que le nouveau venu n'était pas de son côté.

– C'est le roi, dit lentement mon maître.

– Bien entendu, c'est le roi, répondit l'Italien, très calme. Et à cette heure-ci, les monarques ne devraient pas courir la gueuse.

À l'honneur de notre jeune monarque, je dois dire qu'il faisait face à la situation avec toute la majesté voulue. Il gardait son épée au fourreau et maîtrisait ses sentiments, quels qu'ils fussent, en nous regardant comme de loin, inexpressif, impavide, le visage planant au-dessus de la terre et du danger, au point qu'on eût cru que rien de tout cela ne concernait sa personne. Je me demandai où diable, dans quels enfers, pouvait bien être le comte de Guadalmedina, son camarade de débauche, dont le devoir était justement de l'assister en de tels mauvais pas ; mais, au lieu de celui-ci, d'autres ombres commencèrent à émerger de l'obscurité. Elles arrivaient par le cloître pour nous cerner et, à la lueur de la chandelle, je vis des personnages peu élégants, dont la mine s'accordait fort bien à celle de Gualterio Malatesta. Je comptai six hommes drapés dans leurs capes ou portant des loups de taffetas : chapeaux à large bord enfoncés jusqu'aux sourcils, démarche tortueuse, dans un grand bruit de ferraille. Des tueurs à gages, sans aucun doute. Des gages exorbitants, supposai-je, pour qu'ils aient pris un tel risque. Dans les mains de chacun luisait une lame.

Alors le capitaine Alatriste parut enfin comprendre. Il fit quelques pas vers le roi qui, en le voyant approcher, perdit une goutte de son sang-froid, portant la main à la garde de son épée. Sans prêter attention au geste royal, mon maître se tourna vers Gualterio Malatesta et les autres en décrivant un demi-cercle avec la lame de sa tolédane, comme s'il traçait en l'air une ligne infranchissable.

— Iñigo ! appela-t-il.

J'allai près de lui et fis de même avec mon épée de Juanes. Un instant, mes yeux rencontrèrent ceux du souverain de deux mondes, et je crus y deviner une lueur de reconnaissance. Il pourrait au moins, décidai-je, ouvrir la bouche et nous dire merci. Maintenant les sept hommes rétrécissaient le cercle autour de nous. Le capitaine et moi, nous sommes dans de sales draps, pensai-je. Et si cela se termine comme je le crains, notre souverain don Philippe aussi.

— Voyons donc ce qu'a appris le marmouset, ricana Malatesta.

De la main gauche, je tirai également ma dague et me mis en garde. La face piquetée de petite vérole de l'Italien était un masque sarcastique, et la cicatrice à l'œil accentuait son air sinistre.

— Nous allons régler nos vieux comptes, lâcha-t-il de sa voix grinçante, dans un rire rauque.

Et ils s'élancèrent sur nous. Tous à la fois. Au même instant, je sentis mon courage exploser. Désespéré, assurément. Mais, par le sang du Christ, nous ne nous laisserions pas égorger comme des moutons. Je me plantai donc fermement, luttant pour ma fierté et pour ma vie. Les ans et le siècle m'y avaient bien préparé, et autant finir ici que n'importe où ailleurs : à mon âge, ce serait seulement devancer un peu le terme. Question de chance. Et j'espère, pensai-je fugacement pendant que je ferraillais, que le grand Philippe va lui aussi dégainer et jeter un roi d'épée sur la table car, après tout, c'est sa peau qui est en jeu. Mais je n'eus pas le temps de m'en assurer. Les coups pleuvaient dru sur mon épée, ma dague et mon justaucorps de cuir, et, du coin de l'œil, je vis le capitaine Alatriste essuyer le même déluge sans céder un pouce de terrain. Un de ses adversaires fit un bond en arrière en vociférant des blasphèmes, la rapière à terre et les mains sur ses tripes. Au même moment, une lame d'acier entailla mon justaucorps et, sans la protection de celui-ci, elle m'eût tranché l'épaule. Alarmé, je rompis, esquivai comme je le pus revers et pointes qui cherchaient mon corps, et, ce faisant, je trébuchai. En tombant sur le dos, j'allai heurter de la nuque le chapiteau écroulé d'une colonne, et la nuit se fit aussitôt dans ma tête.

La voix qui prononçait mon nom pénétrait peu à peu dans ma conscience. Je préférai ne plus l'entendre. On était bien là où j'étais, dans cette quiétude paisible dépourvue de souvenirs et de futur. Soudain la voix résonna beaucoup plus près, presque dans mon oreille, et la douleur devint présente comme un coup de fouet, de la nuque au creux des reins.

– Iñigo ! répéta le capitaine Alatriste.

Je sursautai, en me rappelant les lames luisantes, la chute en arrière, l'obscurité s'emparant de tout. Je gémis en me redressant – je sentais ma nuque raide et mon crâne sur le point d'éclater – et, lorsque j'ouvris les yeux, je vis le visage de mon maître à quelques pouces du mien. Il paraissait très fatigué. La lueur de la chandelle éclairait la moustache et le nez aquilin, en mettant des reflets d'inquiétude dans ses yeux glauques.

— Peux-tu bouger ?

J'acquiesçai d'un mouvement de la tête qui accentua la douleur, et le capitaine m'aida à me mettre debout. Ses mains laissèrent des traces sanglantes sur mon justaucorps. Je me tâtai le torse, effrayé, mais n'y trouvai aucune blessure. Puis je découvris l'entaille à sa cuisse droite.

— Ce sang n'est pas seulement le mien, dit-il.

Il indiquait le corps inanimé du roi, gisant au pied d'une colonne. Son pourpoint jaune était criblé de coups d'épée, et la chandelle faisait luire un ruisseau noir qui se répandait sur le dallage du cloître.

— Est-il… ?

Je laissai ma question en suspens, incapable de prononcer le mot terrifiant.

— Il l'est.

J'étais trop étourdi pour saisir toute l'ampleur de la tragédie. Je jetai des coups d'œil autour de nous sans voir personne. Même l'homme que j'avais vu recevoir un coup d'estoc du capitaine n'était pas là. Il s'était évanoui dans la nuit avec Gualterio Malatesta et les autres.

— Il nous faut partir, me pressa mon maître.

Je ramassai par terre mon épée et ma biscayenne.

Le roi était étendu sur le dos, les yeux ouverts sous les cheveux blonds ensanglantés, collés à son visage. Je me dis que son aspect manquait de dignité. Comme celui de tous les morts.

— Il s'est bien battu, résuma le capitaine, impartial.

Il me poussait vers le jardin et l'ombre. Je vacillais encore, désorienté.

— Et nous ? Pourquoi sommes-nous restés en vie ?

Mon maître observa les alentours. Je remarquai qu'il gardait son épée à la main.

— Ils ont besoin de nous. Celui qu'ils voulaient mort, c'était lui... Toi et moi, nous sommes seulement des têtes de Turc.

Il s'arrêta un instant, réfléchissant.

— Ils auraient pu nous tuer, ajouta-t-il, mais ils n'étaient pas venus pour cela... – Il regarda le cadavre d'un air sombre. – Ils se sont enfuis dès qu'il est tombé.

— Que faisait ici Malatesta ?

— Que je sois transformé en nègre si je le sais.

De l'autre côté de la maison, dans la rue, nous entendîmes des voix. Sa main se crispa sur mon épaule, y plantant des doigts d'acier.

— Ils sont déjà là, dit le capitaine.

— Ils reviennent ?

— Non. C'en sont sûrement d'autres. Et c'est pire.

Il continuait de m'entraîner loin de la lumière, hors du cloître.

— Cours, Iñigo !

Je m'arrêtai, indécis. Nous étions presque dans l'obscurité du jardin, et je ne pouvais voir son visage.

— Cours, et ne t'arrête pas. Et quoi qu'il arrive, tu n'étais pas ici cette nuit. As-tu compris ?... Tu n'as jamais été ici.

Je résistai un moment. Et vous, seigneur capitaine, qu'allez-vous faire ? allais-je demander. Mais je n'en eus pas le temps. En voyant que je n'obéissais pas sur-le-champ, il me donna une violente poussée qui m'expédia à quatre ou cinq pas de là dans les buissons.

— Va-t'en, sacrebleu ! ordonna-t-il de nouveau.

L'ouverture du couloir qui donnait sur le cloître s'éclairait de torches enflammées, un brouhaha d'armes et de voix s'approchait. « Au nom du roi ! » dit une voix lointaine. « Place à la justice ! » Et, et à ce cri, lancé au nom d'un roi mort, mes cheveux se dressèrent sur ma tête.

— Cours !

Sur ma vie, c'est ce que je fis. Ce n'est pas même chose que courir pour le plaisir et fuir par nécessité. Si un précipice s'était ouvert devant moi, je jure devant Dieu que j'aurais sauté dedans sans hésiter. Aveuglé par la panique, je détalai dans les buissons, les arbres et les champs, sautant ronces et murets, pataugeant dans le ruisseau, pour atteindre enfin la ville. Et ce fut seulement quand je me sentis à l'abri, loin de ce cloître maudit, et me laissai tomber à terre, le cœur bondissant dans ma poitrine pour remonter jusqu'à ma bouche, les poumons embrasés et des milliers de pointes de fer clouées dans ma nuque et mes tempes, décomposé par l'horreur et la peur, que je pensai au sort du capitaine Alatriste.

Il alla en boitant jusqu'au mur, en quête du meilleur chemin à suivre. Se battre contre tant d'hommes à la fois l'avait fatigué, l'entaille à la cuisse n'était pas profonde mais continuait à saigner, et le rang du cadavre qui gisait dans le cloître eût troublé l'âme et désarmé le courage le mieux trempé. S'il avait ressenti de la peur, peut-être eût-elle pu lui donner des ailes malgré sa blessure. Mais il n'éprouvait rien de pareil, seulement une désolation lugubre devant le mauvais tour que lui jouait le destin. Une mélancolie noire. Désespérée. La certitude d'une épouvantable malchance.

Les torches éclairaient maintenant le cloître. Il les vit à travers les arbres et les buissons. Des appels, des ombres de tous côtés. Demain, pensa-t-il, toute l'Europe, le monde entier en retentiront. Dès que cela se saura.

Il prit son élan pour sauter le mur, haut de cinq coudées, et essaya deux fois, sans y parvenir. Par le sang du Christ ! Sa jambe le faisait trop souffrir.

– Il est là ! cria une voix dans son dos.

Il se retourna lentement, tenant fermement sa tolédane. Quatre hommes s'approchaient par le jardin et l'éclairaient. Il reconnut sans difficulté le comte de Guadalmedina qui portait un bras en écharpe. Les autres étaient Martín Saldaña et deux alguazils qui brandissaient des torches. Au loin, il distingua d'autres argousins qui s'agitaient dans le cloître.

– Rends-toi, au nom du roi !

À ces mots, la moustache d'Alatriste frémit. Au nom de quel roi ? faillit-il demander. Il regarda Guadalmedina qui conservait l'épée au fourreau, une main sur la hanche, et l'observait avec un mépris qu'il ne lui avait jamais connu auparavant. Le bras bandé était, à coup sûr, un souvenir de leur rencontre dans la rue des Dangers. Un autre compte non réglé.

– J'ai peu à voir avec cette affaire, dit Alatriste.

Nul ne parut lui accorder le moindre crédit. Martín Saldaña était très sérieux. La verge de lieutenant d'alguazils passée dans sa ceinture, il tenait son épée dans une main et un pistolet dans l'autre.

– Rends-toi, ordonna-t-il de nouveau, ou je te tue.

Le capitaine délibéra un instant. Il connaissait le sort réservé aux régicides : torturés à mort, et ensuite écartelés. Ce n'était pas un avenir souriant.

— Je préfère que tu me tues.

Il regardait la face barbue de celui qui, jusqu'à cette nuit, avait été son ami – il perdait des amis avec trop de rapidité – et surprit sur celle-ci une ombre d'hésitation. Tous deux se connaissaient assez pour savoir qu'Alatriste ne se souciait guère de s'en sortir vivant et prisonnier. Le lieutenant d'alguazils échangea un regard rapide avec Guadalmedina, et celui-ci eut un léger mouvement de la tête. Il nous le faut vivant, disait le geste. Pour tenter de lui délier la langue.

— Désarmez-le, commanda Álvaro de la Marca.

Les deux alguazils portant les torches avancèrent d'un pas, et Alatriste pointa son épée. Le pistolet milanais de Martín Saldaña visait directement le ventre. Je peux l'obliger, se dit Alatriste. Si je marche droit sur le canon du pistolet, il me suffira d'un peu de chance, c'est tout. Touché au ventre, on souffre plus qu'à la tête, et c'est plus long. Mais je ne vois rien d'autre à tenter. Et peut-être Martín ne me refusera-t-il pas ce service.

De son côté, Saldaña semblait réfléchir profondément.

— Diego..., dit-il soudain.

Alatriste le regarda, surpris. Cela sonnait comme une prière, et son vieux camarade des Flandres n'était pas homme à se lancer dans des discours. Encore moins en des circonstances telles que celle-là.

— Cela n'en vaut pas la peine, ajouta Saldaña après un silence.

— Qu'est-ce qui n'en vaut pas la peine ?

Saldaña continuait de réfléchir. Il leva la main qui tenait son épée pour fourrager dans sa barbe avec les quillons de la garde.

— De te faire abattre comme un idiot, dit-il enfin.

— Gardons les explications pour plus tard, l'interrompit brutalement Guadalmedina.

Alatriste s'adossa au mur, interdit. Quelque chose sonnait faux. Sans cesser de le viser de son pistolet, fronçant les sourcils, le lieutenant d'alguazils regardait maintenant Guadalmedina.

— Plus tard, ce sera trop tard, répondit-il dans un grognement.

Álvaro de la Marca baissa la tête, l'air pensif. Puis il les observa tous deux fixement. Enfin, il parut convaincu. Ses yeux s'arrêtèrent sur le pistolet de Saldaña, et il soupira.

— Ce n'était pas le roi, dit-il.


Par la fenêtre gauche du carrosse, sur les hauteurs qui dominaient les jardins et le Manzanares, on distinguait les murailles noires de l'Alcazar royal. Ils roulaient vers le pont du Parque, éclairés par les ﬂ beaux d'une demi-douzaine d'alguazils et d'a à pied. Deux gardes étaient montés sur le siège de l'avant, dont l'un portait une arquebuse avec la mèche allumée. À l'intérieur, Guadalmedina et Saldaña étaient assis en face d'Alatriste. Et celui-ci avait peine à croire l'histoire qu'ils achevaient de lui conter.

– Cela fait onze mois que nous nous en servions comme sosie de Sa Majesté, du fait de sa stupéfiante ressemblance, conclut Guadalmedina. Même âge, mêmes yeux bleus, même bouche... Il s'appelait Ginés Garciamillán et c'était un comédien peu connu de Puerto Lumbreras. Il a remplacé le roi pendant quelques jours au cours du récent voyage en Aragon... Lorsque la nouvelle nous est parvenue que quelque chose se préparait pour cette nuit, nous avons décidé qu'il tiendrait son rôle une fois de plus. Il connaissait les risques, mais il s'est prêté au jeu... C'était un sujet loyal et courageux.

Alatriste fit une grimace.

– Le voilà bien récompensé de sa loyauté.

Álvaro de la Marca le dévisagea en silence, l'air irrité. Les torches éclairaient du dehors son profil de grand seigneur : barbiche, moustache frisée. Un autre monde, une autre caste. Il soutenait de la main son bras bandé pour le soulager des cahots du carrosse.

– Il en a pris lui-même la décision, naturellement... – Le ton était badin : en comparaison d'un monarque, feu Ginés Garciamillán ne pesait pas grand-chose à ses yeux. – Ses instructions étaient de ne pas se montrer avant que nous puissions le protéger ; mais il a joué son rôle jusqu'au bout et n'a pas attendu. – Le comte hocha la tête d'un air désapprobateur. – J'imagine que faire le roi en un moment pareil a été le couronnement de sa carrière.

– Il l'a bien fait…, dit le capitaine. Il n'a pas perdu sa dignité et s'est battu sans desserrer les dents… Je doute qu'un roi eût agi de même.

Martín Saldaña écoutait, impassible, le pistolet armé posé sur ses genoux, sans perdre de vue le prisonnier. Guadalmedina avait ôté un gant et s'en servait pour chasser à coups légers la poussière de ses culottes de drap fin.

– Je ne crois pas à ton histoire, Alatriste, dit La Marca. En tout cas, pas entièrement. Il est vrai que, comme tu l'as dit, on a trouvé des traces de bataille et que les assassins étaient plusieurs… Mais qu'est-ce qui m'assure que tu n'étais pas de connivence avec eux ?

– Ma parole.

– Et quoi d'autre ?

– Votre Excellence me connaît suffisamment.

Guadalmedina rit en sourdine, le gant levé.

– Oui-da !… Dans les derniers temps, il était difficile de te faire confiance.

Alatriste regarda fixement le comte. Jusqu'à cette nuit, quiconque lui eût dit « tu mens » n'eût pas vécu assez longtemps pour pouvoir le répéter. Puis il se tourna vers Saldaña.

– Toi non plus, tu ne crois pas à ma parole ?

Le lieutenant d'alguazils resta bouche close. Cela sautait aux yeux que, pour lui, la question n'était pas de croire ou de ne pas croire. Il faisait son métier. Le comédien était mort, le roi était vivant, et ses ordres étaient de surveiller le prisonnier. Le reste, ce qu'il avait dans la tête, il le gardait pour lui. Il laissait les discussions aux inquisiteurs, aux juges et aux théologiens.

– Tout s'expliquera en temps voulu, affirma Guadalmedina en remettant son gant. Dans tous les cas, tu avais reçu des instructions pour te tenir à l'écart.

Le capitaine regarda par la fenêtre. Ils avaient passé le pont du Parque et le carrosse montait vers les murailles par le chemin de terre qui menait à la partie sud de l'Alcazar.

– Où me conduisez-vous ?
– À Caballerizas, dit Guadalmedina.

Alatriste observa le regard inexpressif de Martín Saldaña, voyant qu'il avait empoigné fermement le pistolet, en le pointant sur sa poitrine. Ce vieux renard me connaît bien, pensa-t-il. Il sait que c'est une erreur de me donner cette information. Caballerizas, plus connue sous le nom de « L'Écorcherie », était une petite prison jouxtant les bâtiments de l'Alcazar où l'on torturait les coupables de lèse-majesté. Un endroit sinistre dont étaient bannies toute justice et toute espérance. Ni juges ni avocats : rien que des bourreaux, des chevalets et des cordes, et des greffiers prenant note de chaque cri. Deux interrogatoires laissaient un homme estropié pour la vie.

– Et donc je suis perdu.

– Oui, convint Guadalmedina. Tu es perdu. Et tu vas avoir le temps de tout expliquer.

Perdu pour perdu, pensa Alatriste, autant se jeter à l'eau tout de suite. Au pied de la lettre. Et là-dessus, profitant d'un mouvement brusque du carrosse, il se jeta sur Saldaña dont le pistolet avait fait un léger écart. Son élan lui permit de porter un violent coup de tête à la face du lieutenant d'alguazils, et il sentit le nez de celui-ci craquer sous son front, en faisant « cloc ! ». Le sang jaillit immédiatement, rouge et épais, ruisselant sur la barbe et la poitrine de Saldaña. Mais déjà Alatriste s'était emparé du pistolet et le pointait devant les yeux de Guadalmedina.

– Votre épée, exigea-t-il.

Tandis que, déconcerté, Guadalmedina ouvrait la bouche pour appeler l'escorte à l'aide, Alatriste lui asséna un coup de crosse à la figure et lui ôta son épée. Les tuer ne m'avancerait à rien, décida-t-il en même temps. D'un coup d'œil, il constata que Saldaña ne bougeait presque plus, tel un bœuf assommé d'un coup de masse. Il frappa de nouveau sans pitié

Álvaro de la Marca, que son bras en écharpe empêchait de se défendre et qui tomba entre les banquettes. Qu'ils mènent leur putain de mère à L'Écorcherie ! pensa le capitaine. À travers le sang qui l'inondait, Saldaña le regardait, les yeux vagues.

– Nous nous reverrons, Martín ! lança Alatriste.

Il le soulagea de son second pistolet, qu'il se passa à la ceinture. Puis il ouvrit la portière d'un coup de pied et sauta du carrosse, un pistolet dans la main droite et l'épée dans la main gauche. Pourvu que ma jambe blessée ne me trahisse pas, pensa-t-il. Un argousin l'avait vu et criait à ses compagnons que le prisonnier tentait de s'évader. Une torche allumée à la main, il essayait de dégainer ; de sorte que, sans y réfléchir à deux fois, Alatriste tira sur lui à bout portant un coup de pistolet dont l'éclair illumina son visage épouvanté tout en le projetant en arrière, dans l'obscurité. Son instinct militaire lui indiqua la mèche allumée de l'arquebuse que tenait l'homme perché à l'avant ; il n'y avait pas de temps à perdre. Il jeta le pistolet désarmé et sortit le second, tirant le chien en arrière, tout en se retournant pour viser le garde sur son siège ; mais, à ce moment, un autre argousin se précipita, l'épée pointée. Il devait choisir entre les deux. Il arrêta net d'un coup de pistolet celui qui était en bas. L'argousin n'avait pas fini de s'écrouler, encore cramponné à une roue du carrosse, qu'Alatriste courait déjà vers le bord du chemin, où il roula le long de la pente qui descendait vers le ruisseau et le fleuve. Deux hommes le prirent en chasse et, sur le carrosse, jaillit l'éclair d'un coup d'arquebuse : la balle passa tout près et se perdit dans la nuit. Il se releva dans les broussailles, main et visage égratignés, prêt à courir de nouveau malgré sa jambe douloureuse, mais les chasseurs étaient déjà sur lui. Deux formes noires haletaient en glissant et en trébuchant entre les arbustes, et criaient : « Halte ! Halte ! Au nom du roi ! » Deux hommes sur ses talons, et si proches, c'était trop, de sorte qu'il se retourna pour faire front, l'épée prête à frapper ; et lorsque le premier arriva à sa hauteur, il lui porta sans plus attendre un coup de pointe qui lui traversa la poitrine. Le sbire tomba avec un hurlement et l'autre, prudent, s'arrêta derrière. Alatriste reprit sa course dans le noir pour chercher la protection des arbres, toujours vers le bas, se guidant au bruit du fleuve proche. Il finit par atteindre les roseaux et, bientôt, sentit de la boue sous ses bottes. Par chance le courant avait été grossi par les pluies récentes. Il mit l'épée à sa ceinture, fit quelques pas et, s'enfonçant jusqu'aux épaules, se laissa emporter par le fleuve.

Il nagea dans le sens du courant jusqu'aux îlots, puis, de là, revint à la berge. Il se fraya un chemin à travers la roselière, pataugeant dans la vase, jusqu'aux abords du pont de Ségovie. Il se reposa un instant pour reprendre son souffle, noua un mouchoir autour de sa cuisse blessée, puis, grelottant de froid dans ses vêtements trempés – il avait perdu sa cape et son chapeau dans l'échauffourée –, fit un détour pour passer sous les arches de pierre en évitant le poste de garde de la porte de Ségovie. De là, il monta lentement vers les hauteurs de San Francisco, où un petit ruisseau utilisé pour l'écoulement des eaux lui permettrait d'entrer dans la ville sans être vu. En ce moment, se dit-il, une nuée d'alguazils devait être à sa recherche. La taverne du Turc était exclue, de même que le tripot de Juan Vicuña. Chercher asile dans une église ne servirait non plus à rien, pas même chez les Jésuites du magister Pérez. Avec un roi dans l'affaire, la juridiction de Saint-Pierre ne pesait guère au regard de celle de l'Alcazar. Son unique possibilité était les quartiers de la basse ville, où la justice royale n'osait pas s'aventurer à cette heure de la nuit et n'entrait le jour qu'en formations serrées. Aussi, s'efforçant toujours de rester dans l'ombre, alla-t-il avec les plus grandes précautions jusqu'à la place de la Cebada, et, de là, par les voies les plus étroites, et en se hâtant au passage des rues de Los Embajadores et du Mesón de Paredes, vers la fontaine de Lavapiés où se trouvaient les auberges, les tavernes et les bordels les plus mal famés de Madrid. Il avait besoin d'un endroit où se cacher et réfléchir – l'intervention de Gualterio Malatesta dans cette affaire de Las Minillas le déconcertait à l'extrême – mais il n'avait pas sur lui le moindre misérable doublon pour payer de quoi se loger. Il passa en revue les amis qu'il se connaissait dans les parages pour déterminer les plus fidèles, ceux qui ne le vendraient pas pour trente deniers dès le lendemain, quand sa tête serait mise à prix. Agitant ces noires pensées, il revint sur ses pas, dans la rue de la Comadre où une demi-douzaine de filles de joie exerçaient leur triste métier, postées sur le seuil des bouges éclairés par des torches et des petites lanternes. Et, se dit-il soudain, peut-être que finalement Dieu existait et ne se contentait pas de contempler de loin le hasard ou le diable jouer à la balle avec les hommes. Car devant une taverne, en train de corriger gaillardement une demoiselle de petite vertu, le bonnet retroussé sur son épais et unique sourcil, se tenait Bartolo Chie-le-Feu.

# VII

# L'AUBERGE DU FAISAN

Contrarié, Francisco de Quevedo jeta sa cape et son chapeau sur un tabouret et défit son col. Les nouvelles étaient très mauvaises.

– Rien à faire, dit-il, tout en se défaisant de son épée. Guadalmedina ne veut rien entendre.

Je regardai par la fenêtre. Par-dessus les toits de la rue du Niño, les nuages gris, menaçants, qui s'amoncelaient dans le ciel de Madrid, rendaient tout plus sinistre. Don Francisco avait passé deux heures au palais Guadalmedina pour tenter de convaincre le confident de notre souverain de l'innocence du capitaine Alatriste, sans résultat. Car, avait dit Álvaro de la Marca, quand bien même celui-ci serait victime d'une conspiration, sa fuite devant la justice aggravait encore son cas. De plus, il avait occis deux argousins et estropié un troisième, sans compter le nez cassé du lieutenant d'alguazils. Ni les coups que lui-même avait reçus.

– En résumé, conclut don Francisco : il jure qu'il veut le voir pendu.

– Ils étaient amis, protestai-je.

– Aucune amitié ne résiste à cela. Surtout quand il s'agit d'une histoire à ce point singulière et insensée.

– J'espère au moins que votre seigneurie la croit véridique.

Le poète s'assit dans un fauteuil en noyer – celui qu'occupait feu le duc d'Osuna quand il lui rendait visite –, placé devant la table couverte de papiers et de plumes d'oie, avec un sablier et un encrier en cuivre. Il y avait aussi un petit coffret de tabac fin et des livres, dont un Sénèque et un Plutarque.

– Si je ne croyais pas le capitaine, dit-il, je ne serais pas allé chez Guadalmedina.

Il allongea ses jambes croisées sur le vieux tapis à points noués qui recouvrait le sol. Il regardait distraitement une feuille à demi remplie de son écriture claire et nerveuse. J'y avais lu les quatre premières lignes d'un sonnet :

> *Me refuser ce que je n'ai point mérité*
> *ne fait que m'avertir au lieu de me priver ;*
> *car par une ambition sans mérite avéré,*
> *bien loin de m'enrichir, je suis déshonoré.*

J'allai au meuble où don Francisco rangeait le vin – un buffet vitré à petits carreaux verts, sous un tableau représentant l'incendie de Troie – et, saisissant une carafe, je remplis un verre à ras bord. Le poète avait ouvert le coffret et prisait un peu en portant le tabac à ses narines. Il n'était pas grand fumeur, mais il aimait cette poussière des feuilles qui venaient des Indes.

– Je connais ton maître depuis longtemps, mon garçon, poursuivit-il. Je sais qu'il est entêté et extrême en toutes choses, mais je sais également que jamais il ne lèverait la main contre son roi.

– Le comte aussi le connaît, me désolai-je en lui tendant le verre.

Il acquiesça, après avoir éternué trois fois.

– Certes. Et je parie mes éperons d'or qu'il sait parfaitement que le capitaine n'était pour rien dans l'affaire. Mais ce sont là trop d'affronts pour l'orgueil d'un noble : l'insolence d'Alatriste, la piqûre de la rue des Dangers, la frottée de l'autre nuit... Guadalmedina garde sur sa gracieuse figure les marques qu'y a laissées ton maître avant de prendre le large. Quand on est grand d'Espagne, il est des choses que l'on supporte mal. Ce qui le chagrine, ce n'est pas tant d'avoir reçu le coup que de ne pouvoir clamer comment.

Il but un peu et resta à me regarder, tout en jouant avec le coffret à tabac.

— Encore une chance que le capitaine t'ait sorti de là à temps.

Il continua de m'observer d'un air pensif. Puis il reposa le coffret et fit un emprunt à son verre.

— Comment l'idée t'est-elle venue de le suivre ?

Je répondis par des phrases évasives qui évoquaient la curiosité d'un garçon, le goût de l'intrigue, etc. Je savais déjà qu'à trop vouloir se justifier l'on parle plus qu'il ne faut, et qu'un excès d'arguments est pire qu'un silence prudent. D'un côté, j'avais honte de reconnaître que je m'étais laissé conduire dans un guet-apens par la jeune personne vénéneuse dont, envers et contre tout, je restais épris jusqu'au bout des ongles. De l'autre, je considérais que tout ce qui concernait Angélica d'Alquézar ne regardait que moi. Je voulais résoudre cette affaire moi-même ; mais tant que mon maître resterait caché et libre – nous avions reçu de lui un discret message par un canal sûr – les explications pouvaient attendre. L'important, pour l'heure, était de le maintenir hors de portée du bourreau.

— Je vais tout lui raconter, dis-je.

J'ajustai mon pourpoint et ramassai mon chapeau. Comme la pluie commençait à frapper les carreaux de la fenêtre, je pris aussi ma cape de serge. Don Francisco me regarda glisser ma dague dans mes vêtements.

— Fais attention à ne pas être suivi.

La chose n'était pas impossible. Les alguazils m'avaient interrogé à la taverne du Turc jusqu'à ce que je parvienne à les convaincre, en mentant comme un arracheur de dents, que j'ignorais tout de ce qui s'était passé à Las Minillas. La Lebrijana ne leur avait été non plus d'aucune utilité, quoiqu'ils l'eussent menacée et rudoyée d'importance mais seulement en paroles. Personne cependant – et moi encore moins que quiconque – n'avait osé raconter à la tavernière la véritable raison de la fuite du capitaine. Elle l'attribuait à une affaire d'épée suivie de morts, sans autres détails.

– Que votre seigneurie n'ait crainte. La pluie m'aidera à passer inaperçu.

En réalité, la justice m'inquiétait moins que ceux qui avaient organisé la conspiration, car je les imaginais à l'affût. J'allais prendre congé du poète, quand celui-ci leva un doigt, comme s'il venait de se rappeler un détail. Il leva, alla à un petit écritoire situé près de la fenêtre et en sortit une cassette de sûreté.

– Dis au capitaine que je ferai tout ce qui est possible... Dommage qu'Andrés Pacheco vienne de mourir, que Medinaceli soit en exil et que l'amiral de Castille soit tombé en disgrâce. Les trois me portaient de l'amitié, et leur médiation nous eût été précieuse.

J'en fus attristé. Son Excellence Monseigneur

Pacheco avait été l'autorité suprême du Saint-Office en Espagne ; au-dessus, même, du tribunal de l'Inquisition présidé par un de nos vieux ennemis : le redoutable dominicain, dom Emilio Bocanegra. Antonio de la Cerda, duc de Medinaceli – qui, avec le temps, devait devenir l'ami intime du poète et mon protecteur –, fougueux jeune homme au sang trop vif, avait été éloigné de la Cour après avoir prétendu tirer de prison, par la force, un de ses domestiques. Quant à l'amiral de Castille, sa chute était publique : son arrogance avait déplu en Catalogne quand, au retour d'Aragon, il avait disputé au duc de Cardona un siège auprès du roi pour sa réception à Barcelone. Ville d'où, assurément, Sa Majesté était revenue sans tirer un doublon des Catalans ; car, à sa demande de subsides pour les Flandres, ceux-ci avaient répondu au roi qu'ils étaient toujours disposés à donner leur vie et leur honneur sans rechigner, à la seule condition que cela ne leur coûte pas d'argent ; les biens terrestres sont le patrimoine de l'âme, et l'âme n'appartient qu'à Dieu. La disgrâce de l'amiral de Castille s'était vue aggravée lors du lavement des pieds public du Jeudi saint, quand Philippe IV avait réclamé une serviette pour s'essuyer au marquis de Liche et non à l'amiral qui jouissait de ce privilège. Humilié, celui-ci avait protesté auprès du roi en demandant la permission de se retirer. « Je suis le premier gentilhomme du royaume », avait-il dit, oubliant qu'il s'adressait au premier monarque du monde. Le roi, courroucé, lui avait accordé l'autorisation sur l'heure, et largement. Loin de la Cour et jusqu'à nouvel ordre.

– Nous reste-t-il quelqu'un ?

Don Francisco accepta ce « nous » avec naturel.

– Pas qui soit du rang d'un inquisiteur général, d'un grand d'Espagne ou d'un ami du roi... Mais j'ai demandé audience au comte et duc. Celui-là, au moins, ne se laisse pas abuser par les apparences. Il est intelligent et pratique.

Nous nous regardâmes sans trop d'espoir. Puis le poète ouvrit la cassette et en sortit une bourse. Il compta huit doublons de quatre – j'observai que cela faisait plus ou moins la moitié de ce qui s'y trouvait – et me les remit.

– Il peut avoir besoin, dit-il, de ce puissant seigneur.

Ah ! que mon maître est fortuné, pensai-je, puisqu'un homme comme Francisco de Quevedo professe à son égard une telle fidélité ! Car dans notre misérable Espagne, même entre amis très chers, il a toujours été plus fréquent de prêter son verbe ou son épée qu'autre chose. Et ces cinq cent vingt-cinq réaux étaient frappés en bel or blond : les uns portant la croix de la religion véritable, d'autres le profil de Sa Majesté catholique, d'autres encore celui de feu son père, Philippe troisième du nom. Tous fort bien venus – et quand bien même eussent-ils porté le croissant du Turc, ils l'eussent encore été – pour épaissir un peu plus le bandeau de la Justice borgne et se ménager des protecteurs.

— Dis-lui que je regrette de ne pas arriver au double, ajouta le poète en remettant la cassette à sa place, mais je continue d'être criblé de dettes, la rente que je dois payer pour cette maison d'où je n'aurais jamais dû chasser ce jean-foutre de Cordouan me suce quarante ducats et le sang, et même le papier sur lequel j'écris vient d'être frappé de nouveaux impôts... Enfin. Recommande-lui d'être prudent et de ne pas se montrer dans la rue. Madrid est devenue pour lui une ville très dangereuse... Bien qu'il puisse, s'il préfère, se consoler en se souvenant qu'il est le seul auteur de son malheur :

> *Car c'est le fait d'un avare et d'un sot*
> *que vouloir acheter sans payer son écot.*

Cela me fit sourire à demi. Madrid était dangereuse pour le capitaine et pour d'autres, pensai-je avec hauteur. Le tout était de savoir qui serait le plus rapide à tirer le fer : traquer un loup n'est pas même chose que chasser le lièvre. Je vis d'ailleurs que don Francisco souriait aussi.

— Bien que le plus grand danger soit encore Alatriste lui-même, ironisa-t-il, comme s'il devinait ma pensée. Tu ne crois pas ?... Guadalmedina et Saldaña rossés, deux argousins occis, un autre qui ne vaut guère mieux, et tout cela en moins de temps qu'il n'en faut pour réciter un Pater Noster... – Il prit le verre de vin et jeta un coup d'œil à la pluie qui tombait dehors. – Tête Dieu ! Voilà qui s'appelle tuer !

Puis il resta à contempler son verre d'un air soucieux. Finalement, il le leva en direction de la fenêtre, comme s'il voyait le capitaine de l'autre côté et buvait à sa santé.

– Ce n'est pas une épée que porte ton maître, conclut-il, c'est une faux.


Il pleuvait des cordes sur chaque empan de terre tandis que je descendais vers Lavapiés par la rue de la Compagnie, la cape serrée et le chapeau ruisselant, cherchant l'abri des arcades et des porches des maisons pour me protéger de l'eau qui tombait comme si les Hollandais avaient ouvert leurs digues sur ma tête. Transpercé jusqu'aux os et la boue me montant à mi-grègues, j'allais néanmoins sans me hâter dans le rideau de pluie et à travers les gouttes qui criblaient les flaques comme des décharges de mousqueterie, me retournant régulièrement pour m'assurer que personne ne me suivait. J'arrivai dans la rue de la Compagnie en sautant par-dessus les ruisseaux et la fange, et, après un dernier coup d'œil prudent, j'entrai dans l'auberge en m'ébrouant comme un chien mouillé.

Cela sentait le couillotin aigre, la sciure humide et la saleté. Le Faisan était un des pires antres de la truanderie de Madrid. Son tenancier, dont le surnom servait d'enseigne à l'établissement, avait été un coquin fieffé, fort expert en cartes biseautées – on le disait aussi maquereau et voleur, habile comme pas un à manier la pince-monseigneur –, avant que, sentant venir la vieillesse et fatigué d'une vie de dur labeur, il n'ouvre cette auberge en la transformant en repaire pour la revente d'objets volés. Il y faisait part égale avec les malandrins, et c'était de là que venait le surnom. L'endroit était un très ancien bâtiment, grand, obscur, entouré de masures misérables, possédant plusieurs portes, avec une vingtaine de chambres sordides et une salle aux murs graisseux et noircis où l'on pouvait bâfrer ou boire pour pas cher ; un coin rêvé pour malfaiteurs et ruffians qui appréciaient fort sa discrétion. La confrérie entrait et sortait à toute heure pour y traiter ses affaires à l'abri des regards, faisant sonner sa ferraille ou chargée de ballots suspects. Proxénètes, barons, coupeurs de bourses, vide-goussets aux doigts agiles, gaupes bachelières ès grugeries, enfin tout ce qui a fait serment de déshonorer les deux Castilles, s'y pavanait aussi à l'aise que craves dans un champ de blé ou greffiers dans un tribunal. Et la justice restait au large, en partie par simple prudence, en partie parce que le Faisan, qui n'était pas né de la dernière pluie et connaissait son monde, savait se montrer généreux quand il s'agissait de graisser la patte aux alguazils et se ménager les faveurs de la police ; ajoutons que le maître des lieux avait un gendre qui servait chez le marquis de Carpio, de sorte que chercher refuge dans cette auberge équivalait à demander asile dans une église. Quant aux clients de passage qui n'appartenaient pas à la fleur de la truanderie, ils étaient muets, sourds et aveugles. Ici, l'on ne connaissait ni noms ni prénoms, personne ne voyait personne, et le seul fait de dire bonjour pouvait constituer une raison suffisante pour que l'on vous fît passer le goût du pain, prestement et pour toujours.

Bartolo Chie-le-Feu était assis près de l'âtre de la cuisine, à demi enfumée par les tisons qui rougeoyaient sous les marmites. Le truand chassait ses soucis devant un pichet en compagnie d'un compère, bavardant à mi-voix tout en surveillant sa ribaude du coin de l'œil ; laquelle, à une autre table, demi-mante sur les épaules, marchandait le prix de ses services avec un client. Chie-le-Feu fit mine de ne pas me reconnaître quand j'allai à la cheminée et exposai à sa chaleur mes habits trempés dont monta un nuage de vapeur. Il poursuivit la conversation comme si de rien n'était, et je pus comprendre ainsi qu'ils parlaient d'une rencontre récente avec certain alguazil, réglée sans effusion de sang ni chaînes mais en espèces sonnantes et trébuchantes.

— Si bien, racontait Chie-le-Feu avec son accent des bas-fonds, que je m'en vais voir le chef des pourceaux, je ferme la lourde, je lui fourre sous le groin deux pièces grosses comme des soleils, et je dis au gaffre en riboulant les yeux : « Par ces vingt-deux commandements, je jure à votre seigneurie que je ne suis pas celui que vous cherchez. »

— Et qui était le gaffre ?

— Berreguete, le borgne.

— Un fils de pute diablement malin, foutredieu ! Et accommodant.

— Je ne vous le fais pas dire, mon cher monsieur... Il s'est enfourné l'aubert et n'a plus pipé mot.

— Et le pigeon ?

— Il s'arrachait les cheveux, en beuglant que c'était moi qui l'avais plumé et qu'il fallait me fouiller... Mais le brave Berreguete s'est comporté en digne hidalgo et s'est bouché les clapets. Ça doit faire un an.

Ils poursuivirent ainsi un moment cette conversation gaillarde et peu gongorienne. Puis Bartolo Chie-le-Feu regarda négligemment dans ma direction, posa son pot, se leva comme si de rien n'était, s'étira démesurément en bâillant très fort – exhibant l'intérieur d'une bouche où manquaient une demi-douzaine de dents – et marcha en se dandinant vers la porte, terrifiant d'allure comme à son habitude, dans un grand tintement de fers, le justaucorps de daim et les culottes déboutonnées, plus matamore que jamais. J'allai le rejoindre dans la galerie du bâtiment où nos voix étaient couvertes par le crépitement de la pluie.

– Personne à tes basques ? questionna le fier-à-bras.

– Personne.

– Sûr ?

– Aussi sûr que Dieu existe.

Il hocha la tête, approbateur, en se grattant les épais sourcils qui barraient d'un seul trait son visage couvert de marques et de cicatrices. Après quoi, sans rien ajouter, il poursuivit son chemin dans la galerie, et je lui emboîtai le pas. Nous ne nous étions pas vus depuis l'épisode de l'or des Indes : à l'époque et grâce au capitaine Alatriste, Chie-le-Feu avait été exempté de galères et, ayant obtenu des lettres de rémission pour sa participation à l'abordage du *Niklaasbergen*, la somme rondelette qu'il avait empochée lui avait permis de revenir à Madrid et d'y reprendre son digne office de truand et plus précisément de maquereau, ou ruffian, en d'autres termes de protecteur de putes. Malgré sa taille d'hercule et ses airs féroces, et bien qu'à dire vrai, sur la barre de Sanlúcar, il se fût comporté très décemment en étripant force ennemis, exposer sa gorge n'était pas son affaire. La ferraille qu'il arborait était plus pour la galerie que pour autre chose, destinée à terrifier les naïfs ; son affaire était de vivre des filles et non de se mesurer réellement à des hommes ayant du cœur au ventre. Bien qu'ignare à tel point que, des cinq voyelles, trois seulement fussent venues à sa connaissance – ou peut-être pour cette raison même –, il possédait maintenant une bonne besogneuse rue de la Comadre et s'était associé au tenancier d'un lupanar où il se chargeait de maintenir l'ordre, et cela, ma foi, avec beaucoup d'autorité. Ainsi, ses affaires étaient florissantes. À mes yeux, avec de telles lettres patentes, un fier-à-bras semblablement embourgeoisé avait plus de mérite encore à risquer sa peau pour aider le capitaine Alatriste ; car il n'avait rien à gagner et tout à perdre si quelqu'un allait babiller auprès de la justice. Mais depuis qu'ils s'étaient rencontrés, des années plus tôt, dans un cachot de la prison de Madrid, Bartolo Chie-le-Feu professait pour le capitaine cette solide et inexplicable fidélité que j'ai souvent observée chez ceux qui connaissaient mon maître, qu'ils fussent camarades de régiment, gens de qualité ou malandrins endurcis, parmi lesquels j'inclus quelques ennemis. De temps en temps surgissent ainsi des hommes rares, qui sont différents de leurs contemporains ou, s'ils ne sont pas réellement différents, résument, justifient et immortalisent d'une certaine façon leur époque ; certains de ceux qui les fréquentent s'en rendent compte ou en ont l'intuition et les prennent pour modèles de conduite. Il se peut que Diego Alatriste ait été l'un de ceux-là. Dans tous les cas, je témoigne que tous les hommes qui ont combattu à ses côtés, ont partagé ses silences et lu quelque approbation dans le regard de ses prunelles glauques, lui sont restés attachés à jamais par des liens singuliers. On eût dit que gagner son respect les aidait à mieux se respecter eux-mêmes.

– Il n'y a rien à faire, résumai-je. Rien d'autre qu'attendre la fin de l'averse.

Le capitaine avait écouté attentivement, sans ouvrir la bouche. Nous étions assis devant une table boiteuse maculée de coulées de chandelle, sur laquelle était posée une écuelle avec des restes de tripes, un pot de couillotin et un quignon de pain. Bartolo Chie-le-Feu se tenait un peu en retrait, debout, bras croisés. Nous entendions la pluie sur le toit.

– Quand Quevedo verra-t-il le comte et duc ?
– Il l'ignore, répondis-je. De toute manière, *L'Épée et la Dague* sera jouée dans quelques jours à l'Escurial. Don Francisco a promis de m'y emmener.

Le capitaine se passa la main sur un visage qui avait bien besoin d'un rasoir. Je le trouvai plus maigre et émacié. Il portait des culottes de méchante peau de chamois, rapiécées avec des carreaux de laine, une chemise sans col sous le pourpoint ouvert. Il ne payait guère de mine ; mais ses bottes de soldat étaient posées dans un coin, fraîchement graissées, de même que le ceinturon neuf, jeté sur la table, qui avait été passé au suif de cheval. Chie-le-Feu lui avait trouvé un chapeau et une cape chez un fripier, et aussi une dague dentelée rouillée qui reposait maintenant, aiguisée et luisante, sur l'édredon déchiré.

– T'ont-ils beaucoup molesté ? s'enquit le capitaine.

– Ce qu'il fallait, dis-je en haussant les épaules. Personne n'a fait le lien.

– Et la Lebrijana ?

– Pareil.

– Comment va-t-elle ?

Je regardai l'eau qui formait des flaques sur le sol, sous mes brodequins.

– Vous la connaissez : beaucoup de cris et de larmes. Elle jure par tous les saints qu'elle sera au premier rang quand on vous pendra. Mais cela lui passera. – Je souris. – Elle a le fond plus tendre qu'une guimauve.

Chie-le-Feu hocha gravement la tête d'un air entendu. On le sentait désireux de livrer son opinion sur les ires et les tendresses des femmes, mais il se retint. Il respectait trop mon maître pour mêler son grain de sel à la conversation.

– Et quelles nouvelles de Malatesta ? demanda le capitaine.

– Disparu sans laisser de traces.

Songeur, le capitaine se caressait la moustache. De temps en temps, il me regardait avec attention, comme s'il espérait lire sur ma figure des informations que ne lui donnaient pas mes paroles.

– Il se peut que je sache où le trouver, dit-il.

Cela me parut une folie.

– Vous ne devriez rien risquer.

– Nous verrons.

– Propos d'aveugle…, osai-je rétorquer.

Il me regarda encore de la même façon, tandis que je me reprochais mon insolence. Du coin de l'œil, je constatai que Bartolo Chie-le-Feu m'observait d'un air réprobateur. Pourtant, à l'évidence, ce n'était nullement le moment pour le capitaine de se promener par la ville. Avant de faire le moindre pas qui le compromettrait davantage, il devait attendre le résultat des démarches de Francisco de Quevedo. Et pour ma part, j'avais besoin d'avoir d'urgence une conversation avec certaine jeune suivante de la reine que, depuis des jours, je cherchais à rencontrer sans y parvenir. Quant à ce que je cachais à mon maître, je tempérais mes remords en me souvenant qu'Angélica d'Alquézar m'avait, certes, fait tomber dans un piège ; mais que ce piège n'eût jamais été possible sans la collaboration obstinée, ou suicidaire, du capitaine lui-même. J'avais assez de jugement pour deviner ce genre de choses ; et quand on va sur ses dix-sept ans, on commence à ne plus connaître qu'un seul héros : soi-même.

— Cet endroit est-il sûr ? interrogeai-je Chie-le-Feu pour changer de conversation.

Le ruffian ouvrit sa bouche édentée en un sourire féroce.

— Et comment. Ici, la justice ne met pas les pieds, et l'aubert fait le reste... Et si quelqu'un moucharde, les fenêtres sont près des toits... Le seigneur capitaine n'est pas le seul à s'être fait la belle... Si les pourceaux s'amènent, il y a assez de camarades en bas pour donner l'alarme. Et dans ce cas, suffit de s'esbigner en vitesse, et le tour est joué.

Mon maître n'avait pas cessé de me regarder.

— Nous avons à parler, dit-il.

Chie-le-Feu porta une de ses grosses pattes à ses sourcils pour dire adieu.

— Alors je vous laisse causer, puisque votre seigneurie n'a plus besoin de moi. Monsieur le capitaine, je retourne à mes affaires pour voir ce qu'a ramassé ma Maripérez. Vu que c'est l'œil du maître qui fait grossir la pouliche.

Il ouvrit la porte en se découpant sur la clarté grise de la galerie ; mais il s'arrêta encore un moment.

— Quand même, ajouta-t-il, et sans vouloir vous offenser, au jour d'aujourd'hui personne ne sait s'il n'aura pas à rendre compte aux sbires du roi... Et avec l'attirail qu'ils ont et tout ce qu'on peut endurer à l'heure où ils vous jouent de la guitare, il est plus facile de taire ce qu'on ignore que de taire ce qu'on sait.

– Bonne philosophie, Bartolo, admit le capitaine en souriant. Aristote ne se fût pas mieux exprimé.

Le ruffian se gratta la nuque.

– Je ne sais pas ce que ce monsieur Aristote a dans le ventre, ni s'il peut encaisser trois tours de corde sur le chevalet en ne faisant que chanter des psaumes, ni quel greffier vous a dit comment s'est comporté ce lion... Mais vous et moi, nous connaissons des bourreaux qui sont capables de faire pousser la chansonnette à une pierre.

Il s'en alla en refermant la porte. Alors je sortis la bourse que m'avait confiée Francisco de Quevedo et la posai sur la table. D'un air absent, mon maître empila les pièces d'or.

– Maintenant, raconte-moi, dit-il.

– Que voulez-vous que je vous raconte ?

– Ce que tu faisais l'autre nuit à Las Minillas.

J'avalai ma salive. Je regardai la flaque à mes pieds. Puis de nouveau ses yeux. Je me sentais aussi troublé que, dans une comédie, une femme qui trouve son mari dans l'obscurité avec une autre.

– Vous le savez bien, capitaine. Je vous suivais.

– Pourquoi ?

— J'étais inquiet à cause de...

Je me tus. L'expression de mon maître était devenue si sombre que les mots s'étranglèrent dans ma gorge. Ses pupilles, jusque-là dilatées par le peu de lumière de la fenêtre, se firent si petites et si acérées qu'elles semblaient me transpercer comme des lames de couteau. J'avais déjà vu ce regard, et cela se terminait souvent par un homme gisant dans son sang. Par Dieu, j'eus peur.

Alors je poussai un profond soupir et racontai tout. Du début à la fin.

— Je l'aime, dis-je en conclusion.

Je le dis comme si cela me justifiait. Le capitaine s'était levé et se tenait près de la fenêtre, regardant tomber la pluie.

— Beaucoup ? demanda-t-il d'un air pensif.

— Tellement que je ne trouve pas les mots pour le dire.

— Son oncle est secrétaire royal.

Je compris la portée de ces paroles, qui contenaient plus un avertissement qu'un reproche. Car cela situait l'affaire sur un terrain glissant : la question n'était pas seulement de savoir si Luis d'Alquézar était ou non au courant — Malatesta avait travaillé pour lui en d'autres temps —, mais si Angélica faisait partie de la conspiration, ou si son oncle ou d'autres, sans être directement impliqués, avaient l'intention de tirer parti des circonstances. De monter dans un carrosse en marche.

— Et en plus, ajouta le capitaine, elle est menine de la reine.

Ce qui n'était pas non plus un simple détail. D'un coup, j'entrevis le sens profond de ce qu'il disait, et j'en restai glacé. L'idée que notre souveraine doña Isabelle de Bourbon avait quelque chose à voir dans l'intrigue n'était pas insensée. Même une reine est une femme, pensai-je. Elle peut connaître la jalousie comme la plus humble des souillons.

— Mais pourquoi t'y mêler, toi ? s'interrogea le capitaine. Avec moi, cela suffisait.

Je réfléchis.

— Je ne sais pas. Une tête de plus pour le bourreau... Mais vous avez raison : si la reine est impliquée, il est normal qu'une de ses dames figure dans l'affaire.

— Ou peut-être quelqu'un cherche-t-il à l'y faire figurer.

Je le regardai, déconcerté. Il était allé vers la table et contemplait le petit tas de pièces d'or.

— L'idée ne t'est pas venue que quelqu'un peut vouloir mettre l'affaire sur le dos de la reine ?

Je restai bouche bée. Je voyais les possibilités sinistres que contenait son raisonnement.

— En fin de compte, poursuivit le capitaine, la reine n'est pas seulement une épouse trompée, elle est française... Imagine la situation : le roi meurt, Angélica disparaît, tu es arrêté avec moi et, le chevalet aidant, on découvre que c'est une menine de la reine qui t'a embarqué dans la conspiration...

Offensé, je portai la main à mon cœur.

— Jamais je ne dénoncerais Angélica.

Il souriait à demi, en me regardant. Un sourire très vieux et très fatigué.

— Imagine que tu le fasses.

— Impossible. Rappelez-vous que je ne vous ai pas vendu au Saint-Office.

— C'est vrai.

Il continua de me dévisager mais ne dit plus rien ; cependant je sus ce qu'il pensait. Les frères dominicains étaient autre chose que la justice royale. Comme l'avait dit Chie-le-Feu, il existait des bourreaux qui étaient capables d'arracher l'âme au plus brave. Je considérai cette variante de l'intrigue et trouvai qu'elle ne manquait pas de raison. Par mes promenades sur les places où l'on causait et par les discussions des amis du capitaine, j'étais au courant des dernières nouvelles : la lutte entre Richelieu, le ministre de la France, et notre comte et duc d'Olivares faisait retentir en Europe les tambours de guerres proches. Personne ne doutait que, dès que les *gabachos*, comme nous nommions nos maudits voisins, auraient réglé la question des huguenots à La Rochelle, Français et Espagnols allaient de nouveau s'entre-tuer sur les champs de bataille. Que ce soit vrai ou faux, faire croire que la main de la reine avait trempé dans le complot semblerait vraisemblable. Et, de plus, utile à certains. À commencer par Olivares, son épouse et leur camarilla, assez de gens, en Espagne et à l'extérieur, y compris en Angleterre, à Venise, chez le Grand Turc et même chez le pape à Rome, haïssaient Isabelle de Bourbon et désiraient la guerre avec la France. Une intrigue contre l'Espagne qui impliquerait la sœur du roi de France serait crédible. Mais cette explication pouvait aussi en cacher d'autres.

– Je crois, dit le capitaine en regardant son épée, qu'il est temps que je fasse une visite.

C'était un coup en aveugle. Presque trois ans s'étaient écoulés, mais cela ne coûtait rien d'essayer. La cape trempée et le bord du chapeau ruisselant, Diego Alatriste se livra à un examen détaillé de la maison. Par un curieux hasard, elle n'était qu'à deux rues de son refuge. Encore que ce pût fort bien ne pas être un hasard. Ce quartier était le plus mal famé de Madrid, recélant les tavernes, cabarets et maisons de mauvaise vie les plus abjectes. Et ce qui était bon pour lui servir de refuge, conclut-il, l'était aussi pour d'autres.

Il regarda aux alentours. Derrière lui, la pluie voilait la place de Lavapiés, voilant de sa nappe grise et translucide la fontaine en pierre. Rue du Printemps, se dit-il ironiquement. Aucun nom n'était aussi inadapté au lieu et au moment, avec la boue de la rue sans pavés et le ruisseau charriant des immondices. La maison, ancien hôtel du Lansquenet, était en face, ses tuiles déversant d'épaisses rigoles le long de la façade où du linge blanc et rapiécé, mis à sécher avant l'arrivée de la pluie, pendait des fenêtres comme des suaires.

Depuis une bonne heure il faisait le guet, et il se décida enfin. Il traversa la rue et gagna la cour par un porche qui sentait le crottin de cheval. Il ne vit personne. Des poules trempées picoraient la terre sous les galeries et, tandis qu'il gravissait l'escalier en bois qui grinçait sous ses pas, un gros chat qui dévorait un rat mort lui adressa un regard impassible. Le capitaine défit l'agrafe de sa cape : le drap imbibé d'eau était trop lourd. Il ôta également son chapeau, dont l'humidité rabattait le bord sur son visage. Une trentaine de marches le conduisirent au dernier étage, où il s'arrêta pour rassembler ses souvenirs. Si ceux-ci ne le trompaient pas, la porte était la dernière à droite, dans l'angle du couloir. Il y alla et y colla une oreille. Rien. Seulement le roucoulement des pigeons réfugiés sous le toit dégoulinant de la galerie. Il posa cape et chapeau par terre et tira de son ceinturon l'arme que, cette même après-midi, il avait payée dix écus à Bartolo Chie-le-Feu : un pistolet à pierre presque neuf, avec un canon damasquiné long de deux empans et sur la crosse duquel on lisait les initiales d'un propriétaire inconnu. Il vérifia qu'il était toujours bien graissé malgré l'humidité et arma le chien. Celui-ci fit « clac ! ». Il l'empoigna fermement de la main droite et, de l'autre, ouvrit la porte.

C'était la même femme, et elle était assise à la lumière de la fenêtre, en train de repriser avec fil et aiguille le tissu d'une corbeille. À la vue de l'intrus, elle se leva en laissant tomber son ouvrage par terre et ouvrit la bouche pour crier ; mais elle n'en eut pas le loisir, car une gifle d'Alatriste la jeta contre le mur. Mieux valait un coup tout de suite, se dit le capitaine en la frappant, que plusieurs plus tard, s'il lui donnait le temps de reprendre ses esprits et de se défendre. Rien n'était plus efficace qu'effrayer et décontenancer dès le départ. Après l'avoir giflée, il l'attrapa violemment par le cou et, lui fermant la bouche de la main gauche, il appliqua le pistolet contre sa tempe.

– Pas un mot, chuchota-t-il, ou je t'arrache la tête.

Il sentait sur sa paume le souffle humide de la femme qui suffoquait, son corps effrayé pesant sur le sien, tandis qu'il la tenait en regardant autour de lui.

La chambre avait à peine changé : les mêmes meubles misérables, la vaisselle ébréchée sur la table recouverte d'une serpillière en guise de nappe. Tout était en ordre, cependant. Il y avait une natte de jonc sur le sol et un brasero en cuivre. Le lit, dans l'alcôve séparée par un rideau, était bien fait et propre, et une marmite bouillait sous le manteau de la cheminée.

— Où est-il ? demanda-t-il à la femme, en écartant un peu les doigts de sa bouche.

C'était encore un coup de dé à la grâce de Dieu. Peut-être n'avait-elle rien à voir avec l'homme qu'il cherchait ; mais elle était la seule trace. Dans ses souvenirs, et en se fiant à son instinct de chasseur, cette femme n'était pas une pièce négligeable dans le jeu. Il ne l'avait vue que bien longtemps auparavant, et seulement quelques instants ; mais il se rappelait parfaitement son expression, son inquiétude. Son angoisse pour son homme en ce moment sans défense et traqué. Car même les serpents cherchent une compagnie, se souvint-il avec une grimace sardonique. Et s'accouplent.

Elle ne dit rien. Épouvantée, elle guettait le pistolet du coin de l'œil. Elle était jeune et vulgaire, convenablement tournée, noiraude, maigre, les cheveux rassemblés sur la nuque, dont des mèches pendaient sur son visage. Ni jolie ni laide. Elle portait une chemise qui laissait ses bras nus, une basquine de mauvais tissu, et le fichu de laine était tombé par terre dans la mêlée. Elle sentait un peu le ragoût qui fumait dans la marmite et un peu la sueur.

– Où ? insista le capitaine.

Les yeux affolés se reportèrent sur lui, mais la bouche restait silencieuse, respirant fortement. Sous le bras qui la tenait, Alatriste sentit monter et descendre la poitrine agitée. Il jeta encore un coup d'œil aux alentours, cherchant les indices d'une présence masculine : une cape noire pendue à un crochet, des chemises d'homme dans la corbeille tombée par terre, deux cols propres et récemment repassés. Mais peut-être ne s'agit-il pas du même, se dit-il. La vie continue, les femmes sont les femmes, les hommes vont et viennent. Ces choses-là passent.

– Quand revient-il ? demanda-t-il.

Elle restait muette en le regardant, les yeux pleins de peur. Mais il y lut soudain une lueur de compréhension. Peut-être m'a-t-elle reconnu, pensa-t-il. Ou tout au moins se rend-elle compte que ce n'est pas à elle que je veux faire du mal.

– Je vais te lâcher, dit-il, en remettant le pistolet dans son ceinturon et en tirant sa dague. Mais si tu cries ou si tu tentes de t'enfuir, je t'égorge comme une truie.

Joueurs, tricheurs, lorgneurs en quête de miettes distribuées par les gagnants, et ambiance épaisse. À cette heure-là, le tripot de la cave de San Miguel était en pleine activité. À peine avais-je passé le seuil que Juan Vicuña, le patron, vint à ma rencontre.

— Tu l'as vu ? me demanda-t-il à voix basse.

— La blessure à la jambe s'est refermée. Il est en bonne santé et vous envoie ses salutations.

L'ancien sergent à cheval, mutilé dans les dunes de Nieuport, eut un hochement de tête satisfait. Son amitié avec mon maître était solide et remontait loin. Comme les autres habitués de la taverne du Turc, il se faisait du souci pour le sort du capitaine Alatriste.

— Et Quevedo ?... Il se démène au palais ?

— Il fait ce qu'il peut. Mais ce n'est pas beaucoup.

Il soupira profondément, sans faire de commentaires. Tout comme Francisco de Quevedo, le magister Pérez et maître Calzas, Vicuña ne croyait pas un mot des rumeurs qui circulaient sur le capitaine ; mais mon maître ne voulait pas faire appel à eux, par crainte de les impliquer. Le crime de lèse-majesté était trop grave pour y mêler les amis : il menait droit à l'échafaud.

— Guadalmedina est à l'intérieur, confirma-t-il.

— Seul ?

— Avec le duc de Cea et un gentilhomme portugais que je ne connais pas.

Je lui remis ma dague, comme tout le monde le faisait, et Vicuña la confia au gardien de la porte.

Dans cette Madrid de gens arrogants et d'épées faciles, les ordonnances interdisaient d'entrer armé dans les cabarets et les bordels, à toutes fins utiles. Même avec une telle précaution, il n'était pas rare que cartes et dés se tachent de sang.

— De quelle humeur est-il ?

— Il a gagné cent écus, donc je suppose qu'elle est bonne… Mais dépêche-toi, car ils parlent de s'en aller chez la vieille de Las Soleras, où les attendent souper et filles.

Il me serra affectueusement l'épaule et me laissa seul. Vicuña s'était comporté comme un loyal camarade en m'avisant de la présence d'Álvaro de la Marca dans sa maison de jeu. Après mon entrevue avec le capitaine Alatriste, j'avais passé beaucoup de temps à ruminer un plan qui était peut-être désespéré, mais je n'en voyais pas d'autre ; puis j'avais pataugé dans la ville sous la pluie, allant voir les amis et tissant ma toile dans tous les sens. Pour l'heure, j'étais trempé et épuisé, mais ma chasse m'avait mené en un lieu propice, chose impossible dans la résidence de Guadalmedina ou au palais. Après y avoir longuement pensé et repensé, j'étais décidé à aller jusqu'au bout, même si cela devait me coûter la liberté ou la vie.

Je traversai la salle sous la lumière jaunâtre des grosses chandelles de suif accrochées à la voûte. Il régnait, je l'ai dit, une ambiance aussi lourde que les dés dont on se servait dans certaines parties : argent, cartes et dés allaient et venaient sur la demi-douzaine de tables autour desquelles se pressaient les joueurs. À l'une on distribuait les cartes, à une autre on faisait rouler les dés, à une autre encore retentissaient jurons, malédictions et cris de colère ; et à toutes, pipeurs et goliards, habiles à subtiliser un as ou à remplacer une carte trop maigre, tentaient de dépouiller leur prochain, soit par une lente saignée, mise après mise, soit par une estocade foudroyante, de celles qui laissent le pigeon plumé et flambé, vidant d'un coup tout le galion de son or :

> *Maudite soit ta male carte,*
> *hideux excommunié, complice de Satan,*
> *toi dont la farouche rigueur*
> *me laisse avec mon jeu et me prend mon argent.*

Álvaro de la Marca était de ceux qui ne s'en laissent pas conter. Il avait un coup d'œil infaillible et des mains meilleures encore, et lui-même était docteur ès escamotages, cartes marquées et biseautées. Il était assez bon tricheur, si le caprice lui en venait, pour rendre à un aigrefin la monnaie de sa pièce et ne lui laisser que sa chemise. Il se tenait debout à une table et continuait de gagner. Comme à son habitude, il était fort bien mis : pourpoint sombre bordé de cannetille d'argent, culottes et bottes à revers, gants couleur ambre passés dans la ceinture.

Outre le gentilhomme portugais mentionné par Vicuña – je sus après qu'il s'agissait du jeune marquis de Pontal –, il était accompagné du duc de Cea, petit-fils du duc de Lerma et beau-frère de l'amiral de Castille ; un jeune homme du meilleur sang, assurément, qui, un peu plus tard, devait se tailler une renommée de brillant soldat dans les guerres d'Italie et de Flandres avant de mourir avec beaucoup de dignité sur les rives du Rhin. Bref, je me mêlai aux lorgneurs, quémandeurs de miettes et filous aux aguets, fort discrètement, jusqu'au moment où Guadalmedina leva les yeux de la table où il venait de contrer deux Albanais aux dés avec un double six. En me découvrant, il eut une expression surprise et fâchée. Il revint au jeu les sourcils froncés, mais je restai au même endroit, décidé à ne pas bouger avant qu'il n'eût reconnu ma présence. Quand il me regarda de nouveau, je lui fis un signe d'intelligence et m'écartai un peu, en espérant que, même s'il n'avait pas la décence de me saluer, il éprouverait au moins quelque curiosité pour ce que je pourrais lui dire. À contrecœur, il finit par céder. Je le vis ramasser ses gains sur la table, verser leur dîme à quelques lorgneurs et glisser le reste dans sa bourse de cuir. Puis il vint vers moi. Chemin faisant, il fit signe à un garçon de salle, et celui-ci lui apporta en grande diligence un pichet de vin. Les riches ne manquent jamais de Cyrénéens pour leur venir en aide.

– Eh bien ? dit-il avec froideur en buvant quelques gorgées, que fais-tu ici ?

Nous passâmes dans un réduit que Juan Vicuña mettait à notre disposition. Sans fenêtres, avec juste une table, deux chaises et un chandelier allumé. Je fermai la porte et m'adossai à elle.

– Sois bref, dit Guadalmedina.

Son regard était méfiant, et son attitude et ses paroles me causèrent une profonde tristesse. Bien grande devait être l'offense que lui avait faite le capitaine, pensai-je, pour qu'il oubliât ainsi qu'il lui avait dû la vie aux Querquenes, que nous étions montés à l'abordage du *Niklaasbergen* par amitié pour lui et pour le service du roi, et que, certaine nuit, à Séville, nous avions étrillé ensemble une ronde d'argousins devant le Rendez-Vous de la Lagune. Mais, ensuite, j'observai les marques violacées encore visibles sur son visage, la maladresse avec laquelle il se servait de son bras blessé rue des Dangers, et je compris que nous avons tous nos raisons pour faire ce que nous faisons ou ne faisons pas. Et Álvaro de la Marca ne manquait pas de raisons pour garder rancune au capitaine Alatriste.

– Il y a une chose que Votre Excellence doit savoir et qu'elle ignore, dis-je.

– Une chose ?... Trop de choses, veux-tu dire. Mais patience !

Il laissa ces derniers mots flotter dans le vin qu'il

porta à ses lèvres, comme une prédiction sinistre ou une menace. Il ne s'était pas assis, pour marquer son intention d'en finir au plus vite, et il gardait son attitude distante, une main tenant le pot et l'autre nonchalamment posée sur sa hanche. Je contemplai ses traits de grand seigneur, ses cheveux ondulés, la moustache frisée et la barbiche blonde. Ses mains blanches et élégantes, avec une bague qui, à elle seule, eût payé le rachat d'un esclave en Alger. Pour moi, cette Espagne-là était un autre monde : pouvoir et argent, du berceau à la tombe. Dans la position d'Álvaro de la Marca, considérer certaines choses avec équanimité était à jamais impossible. Mais il me fallait quand même tenter ma chance. C'était ma dernière cartouche.

– J'étais présent cette nuit-là, dis-je.


La nuit était venue. Dehors, la pluie continuait à tomber dru. Diego Alatriste restait immobile, assis près de la table, observant la femme qui se tenait tranquille sur l'autre chaise, les mains attachées dans le dos et la bouche bâillonnée. Il n'était guère content de lui, mais il avait ses raisons. Si l'homme qu'il attendait était bien celui qu'il soupçonnait, le danger était trop grand pour laisser la femme libre de se mouvoir ou de crier.

– Où y a-t-il un moyen de s'éclairer ? demanda-t-il.

Elle ne bougea pas. Elle le regardait toujours, la bouche bâillonnée. Alatriste se leva, fouilla dans l'armoire et trouva une allumette et des copeaux qu'il joignit aux tisons de l'âtre, devant lequel séchaient sa cape et son chapeau. Il en profita pour éloigner du feu le ragoût, qui avait tant mijoté qu'il s'était réduit de moitié. Il alluma une chandelle qui était posée sur la table. Puis il se versa un peu du contenu de la marmite dans une écuelle : le mouton et les pois chiches avaient un goût très fort, ils étaient trop cuits et encore brûlants, mais le capitaine avala le tout avec du pain trempé dans la graisse et un gobelet d'eau. Puis il reporta son regard sur la femme. Il était là depuis trois heures, et pendant tout ce temps elle n'avait pas fait mine de vouloir prononcer un mot.

– Rassure-toi, mentit-il. Je veux juste lui parler.

Alatriste avait profité de cette attente pour tenter d'obtenir la confirmation qu'il était dans le vrai. Outre la cape noire, les chemises, les cols et d'autres vêtements qu'il avait trouvés dans le logis, il avait découvert dans un coffre deux bons pistolets, une poire à poudre et un petit sac de balles, un poignard aiguisé comme un rasoir, une cotte dite « à onze mille mailles », et des cartes et documents où figuraient des lieux et des itinéraires chiffrés. Il y avait également deux livres qu'il feuilletait maintenant avec curiosité à la lueur de la chandelle, après avoir chargé les pistolets et se les être passés dans le ceinturon, laissant celui de Chie-le-Feu sur la table ; l'un était une surprenante *Histoire naturelle* de Pline en italien, imprimée à Venise, ce qui fit douter un moment le capitaine : l'homme qu'il attendait et son propriétaire étaient-ils bien la même personne ? L'autre livre était en espagnol, et le titre lui arracha un sourire : *Politique de Dieu, gouvernement du Christ,* par Francisco de Quevedo y Villegas.

Un bruit au-dehors. Un éclair de peur dans les yeux de la femme. Diego Alatriste saisit le pistolet sur la table et, en s'efforçant de ne pas faire grincer le plancher, alla se poster d'un côté de la porte. La suite fut d'une extraordinaire simplicité : la porte s'ouvrit, et Gualterio Malatesta entra en secouant sa cape et son chapeau mouillés. Alors, très doucement, le capitaine lui mit le canon du pistolet sur la tempe.

# VIII

# DES ASSASSINS ET DES LIVRES

– Elle n'a rien à voir dans cette histoire, dit Malatesta.

Il avait posé épée et dague par terre en les éloignant du pied, comme le lui avait indiqué Alatriste. Il regardait la femme bâillonnée et ligotée sur la chaise.

– Peu importe, répliqua le capitaine, sans cesser de le viser à la tête. Elle est ma seule carte.

– Bien jouée, assurément... Vous tuez aussi les femmes ?

– Si les circonstances m'y obligent. Comme vous, je suppose.

L'Italien hocha la tête comme s'il acquiesçait, songeur. Son visage piqueté de petite vérole, avec la balafre qui déviait le regard de l'œil droit, demeurait impassible. Puis il se tourna pour faire face au capitaine. La lumière de la chandelle posée sur la table l'éclairait à demi : noir dans ses vêtements noirs, air sinistre, yeux sombres et cruels. Sous la moustache finement taillée se glissait maintenant un sourire.

– C'est la deuxième fois que vous me rendez visite ici.

– Et la dernière.

Malatesta observa un court silence.

– Vous aviez aussi un pistolet à la main, dit-il enfin.

Alatriste se souvenait fort bien : le lit, la même pièce misérable, l'homme blessé, le regard de serpent dangereux. « Avec un peu de chance, avait dit alors l'Italien, j'arriverai en enfer à temps pour le souper. »

– J'ai souvent regretté de ne pas m'en être servi, soupira Alatriste.

Le sourire cruel s'accentua. Sur ce point, semblait dire l'autre, nous sommes d'accord : il y a des coups de feu qui sont des points finals, et des hésitations qui sont de dangereux points de suspension. Il observa, en les reconnaissant, les deux pistolets que le capitaine avait trouvés dans le coffre et portait maintenant passés dans son ceinturon.

– Vous ne devriez pas vous promener dans Madrid, fit remarquer l'Italien avec une lugubre sollicitude. On dit que votre peau ne vaut pas une pistole de Ceuta.

— Qui le dit ?

— Je ne sais pas. C'est un bruit qui court.

— Inquiétez-vous plutôt de la vôtre.

Malatesta hocha de nouveau la tête, toujours pensif, comme s'il soupesait le conseil. Après quoi il regarda la femme dont les yeux épouvantés allaient de l'un à l'autre.

— Il y a dans tout cela quelque chose d'un peu outrageant, capitaine... Si vous ne m'avez pas expédié dans l'autre monde dès que j'ai franchi cette porte, c'est que vous vous sentiez assuré de me délier la langue.

Alatriste ne répondit pas. Certaines choses allaient de soi.

— Je comprends votre curiosité, ajouta l'Italien après avoir réfléchi. Mais je puis peut-être vous en dire un peu sans trop me déconsidérer.

— Pourquoi moi ? voulut savoir Alatriste.

Malatesta leva légèrement les mains, comme pour rétorquer : et pourquoi pas vous, puis il fit un geste vers le pichet d'eau qui était sur la table, demandant la permission de s'éclaircir la gorge. Mais le capitaine fit non de la tête.

— Pour plusieurs raisons, poursuivit l'autre, résigné à rester assoiffé. Nombreux sont ceux qui ont des comptes à régler avec vous : je ne suis pas le seul...

De plus, votre affaire avec la Castro était pour nous comme un cadeau du ciel. – Ici, il eut un sourire méchant. – Impossible de laisser passer cette chance de pouvoir tout attribuer à une crise de jalousie, surtout avec un sujet aussi vindicatif que vous... Dommage que l'on nous ait dupés.

– Savez-vous qui était l'homme ?

Malatesta émit un claquement de langue, découragé. Un homme du métier désolé de sa maladresse.

– Je croyais le savoir, soupira-t-il. Et maintenant, il s'avère que je ne le savais pas.

– Tuer pour tuer, c'était viser très haut.

L'Italien dévisagea Alatriste d'un air presque surpris. Ironique.

– Haut ou bas, tête couronnée ou fou, je m'en moque, dit-il. Le seul roi que je respecte est celui des cartes, et le seul Dieu que je connaisse est celui dont je me sers pour blasphémer. Quand la vie et les ans vous dépouillent de certaines choses, vous vous sentez beaucoup plus léger... Plus expéditif. Vous n'êtes pas de mon avis ?... Ah, bien sûr ! J'oubliais que vous êtes soldat. Ou du moins vous vous en donnez l'air à tout-venant pour faire le faraud ; et les gens comme vous ont besoin de mots comme « roi, religion véritable, patrie » et *tutti quanti*. Incroyable, non ?... Avec votre passé, et dans la situation où vous vous trouvez !

Sur ce, il regarda le capitaine comme s'il attendait une réponse.

— De toute manière, reprit-il, votre loyauté de sujet exemplaire de Sa Majesté catholique ne vous a pas empêché de lui disputer ses maîtresses. Ce qui montre finalement qu'un poil de conin assure plus sûrement la pendaison qu'une corde de chanvre... *Puttana Eva!*

Il se tut, moqueur, puis sifflota entre ses dents sa vieille ritournelle. Sans tenir compte du pistolet toujours pointé sur lui, il promena son regard sur la pièce, d'un air distrait. Faussement distrait, naturellement : Alatriste vit bien que les yeux perspicaces de l'Italien ne perdaient pas un détail. Si je baisse un instant la garde, conclut-il, ce scélérat me saute dessus.

— Qui vous paye ?

Le rire grinçant, rauque, emplit la pièce.

— Ne me chatouillez pas les génitoires, capitaine. Cette question est indécente entre gens tels que nous.

— Luis d'Alquézar est-il mêlé à cette affaire ?

L'autre garda le silence, impassible. Il regarda les livres qu'Alatriste avait feuilletés.

— Je vois que vous vous intéressez à mes lectures, dit-il enfin.

— Elles me surprennent, admit le capitaine. Je ne savais pas que vous étiez une canaille lettrée.

— C'est compatible.

Malatesta observa la femme, toujours immobile sur la chaise. Puis, l'air de rien, il toucha sa cicatrice à l'œil gauche.

— Les livres aident à comprendre, n'est-ce pas ?...
On peut même y trouver une justification quand on
ment, quand on trahit... quand on tue.

En parlant, il avait posé une main sur la table.
Alatriste s'écarta, sur le qui-vive, et, d'un mouvement
du pistolet, indiqua à l'Italien de faire de même.

— Vous parlez trop. Mais pas de ce qui m'intéresse.

— Que voulez-vous ? Chez nous, à Palerme, nous
avons nos règles.

Obéissant, il s'était éloigné de quelques pouces
de la table et observait le canon de l'arme qui luisait à
la lumière de la chandelle.

— Comment va le marmouset ?
— Bien. Il est libre.

Le sourire du sicaire s'élargit en une grimace
complice.

— Je vois que vous avez réussi à le laisser en
dehors... Je vous félicite. Il a du cœur au ventre, ce
garçon. Et adroit, avec ça. Mais j'ai peur que vous ne
le meniez dans le mauvais chemin. Il finira comme
nous deux... Encore que, je suppose, mon chemin à
moi s'arrête ici, et maintenant.

Ce n'était pas une plainte, ni une protestation.
Rien qu'une conclusion logique. Malatesta lança un
autre coup d'œil à la femme, cette fois plus prolongé,
avant de revenir à Alatriste.

— Dommage, dit-il, serein. J'aurais préféré tenir

cette conversation ailleurs, épée en main, sans être pressé. Mais je ne crois pas que vous me donnerez cette chance.

Il continuait de le regarder, mi-interrogateur, mi-sarcastique.

– Parce que vous ne me la donnerez pas... n'est-ce pas ?

Il continuait à sourire avec un grand sang-froid, les yeux rivés sur ceux du capitaine.

– Ne vous est-il jamais venu à l'esprit, dit-il soudain, que vous et moi nous ressemblions beaucoup ?

Mon soi-disant semblable, pensa Alatriste, n'en a plus que pour quelques instants. Et, suivant cette idée, il affermit sa main, orienta bien le canon du pistolet et se disposa à appuyer sur la détente. Malatesta lut la sentence comme s'il avait un écriteau devant lui : ses traits se tendirent et le sourire se figea sur ses lèvres.

– Je vous retrouverai en enfer, dit-il.

À ce moment, la femme, les mains attachées dans le dos et les yeux exorbités, le bâillon étouffant un cri de farouche désespoir, se leva de la chaise et se précipita la tête la première sur Alatriste. Celui-ci se jeta de côté, juste ce qu'il fallait pour l'esquiver, et cessa un bref instant de viser son ennemi. Mais pour Gualterio Malatesta un instant équivalait à la très mince distance qui sépare la vie de la mort. Pendant qu'Alatriste évitait l'assaut de la femme, qui tomba à ses pieds, et tentait de pointer de nouveau son pistolet sur l'Italien, ce dernier porta un coup à la chandelle qui brûlait sur la table, plongeant la pièce dans l'obscurité, et se laissa choir sur le sol, à la recherche de ses armes. La balle passa au-dessus de sa tête et alla briser les carreaux de la fenêtre ; l'éclair fit luire le reflet de la lame qu'il empoignait déjà. Par le sang du Christ, jura Alatriste. Il va s'enfuir. Ou alors c'est lui qui va me tuer.

La femme rugissait à terre en se tordant comme un fauve. Alatriste sauta par-dessus son corps et laissa tomber le pistolet déchargé, tout en tirant son épée. Il lui fallait frapper Malatesta avant qu'il ne se relève, mais, pour cela, il devait d'abord le distinguer dans l'obscurité. Il lança plusieurs coups de pointe, mais tous rencontrèrent le vide. Le capitaine reculait en traçant un demi-cercle, quand une estocade venue de derrière, bien ferme et vigoureuse, perça son justaucorps ; elle eût atteint la chair s'il n'avait pas été en train de se déplacer. Le bruit d'une chaise remuée lui permit de mieux s'orienter ; de sorte qu'il se dirigea vers lui l'épée pointée, et sa lame toucha enfin l'ennemi. Tu es là, pensa-t-il en portant la main gauche à l'un des pistolets. Mais Malatesta avait eu le temps de repérer les pistolets, et il n'était pas disposé à le laisser tirer. Il tomba sur Alatriste avec une violence extrême, le frappant de revers et avec la garde de son épée, et s'agrippa à lui. Il n'y eut ni mots, ni insultes, ni défis : les deux hommes économisaient leur souffle pour le combat, et l'on entendait seulement des grognements et des halètements. S'il a eu le temps de prendre sa dague, se dit soudain le capitaine, je suis fait. Il oublia donc le pistolet et tâtonna dans son dos pour chercher sa biscayenne. L'autre devina le geste, car il renforça son étreinte en tentant de le paralyser, et ils roulèrent sur le sol dans un grand fracas de meubles et de vaisselle brisée. À cette distance, les épées ne pouvaient servir. Finalement, Alatriste parvint à libérer sa main gauche et empoigna la dague ; il prit son élan et en porta deux coups sauvages. Le premier déchira le vêtement de son adversaire et le second se perdit en l'air. Il n'eut pas l'occasion d'en donner un troisième. Il entendit la porte s'ouvrir violemment, et un rectangle de clarté encadra la silhouette de l'Italien qui s'enfuyait de la maison.

Je me sentais heureux. La pluie avait cessé, la journée s'annonçait radieuse, avec beaucoup de soleil, un ciel très pur au-dessus des toits de la ville, et je franchissais la porte du palais en compagnie de Francisco de Quevedo. Nous avions traversé la place en nous frayant un chemin parmi les badauds rassemblés dès avant l'aube, contenus par les uniformes et les lances de la garde. Curieux, volubile, naïvement fidèle à ses monarques, toujours prêt à oublier ses épreuves en applaudissant avec un plaisir inexplicable le luxe de ses gouvernants, le peuple de Madrid s'était donné joyeusement rendez-vous sur l'esplanade pour voir sortir les rois, dont les carrosses attendaient devant la façade méridionale de l'Alcazar. Outre cette agitation populaire, le déplacement royal avait levé une légion de courtisans, gentilshommes de maison et de bouche, suivantes, serviteurs et voitures. Devait également partir pour l'Escurial, si ce n'était déjà fait, la compagnie théâtrale de Rafael de Cózar, María de Castro comprise ; car *L'Épée et la Dague* allait être représentée dans les jardins du palais-monastère au début de la prochaine semaine. Quant au cortège royal, comme d'habitude, tous ceux qui en faisaient partie rivalisaient d'ostentation et de magnificence, malgré les ordonnances en vigueur. Les pavés du palais étaient le lieu d'un spectacle coloré de carrosses portant blasons aux portières, de bonnes mules et meilleurs chevaux encore, de livrées, de tapis, brocarts et parures ; qu'ils en aient les moyens ou pas, tous dépensaient jusqu'à leur dernier maravédis pour faire bonne figure. Car toujours, sur cette scène dont les décors n'étaient que faux-semblants et trompe-l'œil, nobles et plébéiens ont mis en gage jusqu'à leur cercueil pour affirmer l'ancienneté de leur noblesse et paraître plus que leur voisin. Comme l'a dit Lope, en Espagne :

*Je serais bien pauvre pendard
si je n'amassais un magot
en tirant de chaque hidalgo
un intérêt de quelques liards.*

– Je suis encore tout ébaubi, dit don Francisco, que tu aies convaincu Guadalmedina.

– Ce n'est pas moi, répondis-je avec simplicité. Il s'est convaincu tout seul. Je me suis borné à lui narrer les faits tels qu'ils se sont passés. Et il m'a cru.

– Peut-être voulait-il te croire. Il connaît Alatriste et sait ce dont il est capable ou pas. L'idée d'une conspiration extérieure donne plus de consistance à l'affaire... S'entêter pour une femme est une chose, assassiner un roi en est une autre.

Nous marchions entre les colonnes en pierre de granit vers le grand escalier. Au-dessus de nos têtes, le soleil commençait à illuminer les chapiteaux à l'ancienne et le cintre des arcades, tandis que la lumière dorée se déversait sur la cour de la Reine, où un groupe nombreux de courtisans attendait la descente des monarques. Don Francisco salua quelques connaissances en se découvrant avec beaucoup de politique. Le poète portait une collerette noire avec un flot de rubans au chapeau, la croix sur la poitrine et l'épée de cour à pommeau d'or ; et je n'étais pas non plus en reste, avec mon habit de drap et mon bonnet, ma dague dans le dos, passée dans la ceinture. Un domestique avait mis mon bissac de voyage, contenant mon habit ordinaire et du linge de rechange brodé par la Lebrijana, dans la voiture des gens du marquis de Liche, avec qui don Francisco s'était entendu pour le transport. Il avait un siège dans le carrosse du marquis ; privilège qu'il justifiait, comme toujours, à sa manière :

> *Entre nobles ne suis gêné ;*
> *car selon ce que dit la loi,*
> *si de bon sang naquit le roi,*
> *de même sang son pou est né.*

– Le comte sait que le capitaine est innocent, dis-je, quand nous fûmes de nouveau seuls.
– Il le sait, à coup sûr, répondit le poète. Mais l'insolence du capitaine et cette piqûre au bras sont difficiles à pardonner, et plus encore avec le roi dans l'affaire… Maintenant, il est en position de tout régler honorablement.
– Mais il ne s'engage pas plus que de raison, objectai-je. Il promet seulement de ménager une entrevue entre le capitaine et le comte et duc.

Don Francisco jeta un coup d'œil à la ronde et baissa la voix.

– Eh bien, ce n'est pas peu, affirma-t-il. Même

si le bon courtisan qu'il reste toujours voudra en tirer bénéfice... L'affaire va plus loin qu'une simple histoire de jupons. C'est donc fort avisé de sa part de le remettre ainsi aux mains du favori. Alatriste est un témoin des plus utiles pour mettre au jour la conspiration. Ils savent qu'il ne parlera jamais sous la torture ; ou, tout au moins, ils ont quelques raisons d'en douter... De son plein gré, c'est différent.

Je sentis revenir les morsures du remords. Je n'avais pas parlé d'Angélica d'Alquézar à Guadalmedina ni à don Francisco ; seulement au capitaine. Quant à mon maître, dénoncer ou non Angélica relevait de sa décision. Mais ce ne serait pas moi qui prononcerais devant d'autres le nom de la demoiselle qu'envers et contre tout, et pour la damnation de mon âme, je continuais d'aimer à la folie.

– Le problème, poursuivit le poète, est qu'après tout le bruit qu'il a fait avec sa fuite Alatriste ne peut pas se déplacer comme si de rien n'était... Du moins, tant qu'il n'aura pas rencontré Olivares et Guadalmedina à l'Escurial. Mais c'est encore loin.

J'acquiesçai, inquiet. J'avais loué moi-même aux frais de don Francisco un bon cheval pour que le capitaine pût se rendre le lendemain matin à la résidence royale, où il devait se présenter dans la soirée. La bête, confiée aux soins de Bartolo Chie-le-Feu, attendrait sellée avant l'aube près de l'ermitage de l'Ange, de l'autre côté du pont de Ségovie.

— Peut-être votre seigneurie devrait-elle parler au comte, au cas où se produirait quelque imprévu.

Don Francisco posa la main sur l'épée flamboyante de l'ordre de Saint-Jacques qu'il portait brodée à la poitrine.

— Moi ?... N'y pense pas, jeune drôle. J'ai réussi à rester au-dehors sans faillir à mon amitié avec le capitaine. Pourquoi tout gâcher au dernier moment ?... Tu fais cela très bien.

Il salua d'une inclinaison de la tête d'autres connaissances, tordit sa moustache et porta la main gauche au pommeau de son épée.

— Je dois dire que tu t'es comporté en homme, conclut-il affectueusement. Affronter Guadalmedina était mettre ta tête dans la gueule du lion... Tu as fait preuve de beaucoup de sang-froid.

Je ne répondis pas. Je regardais autour de nous, car j'avais mon propre rendez-vous avant le départ pour l'Escurial. Nous étions arrivés près de l'escalier aux larges marches qui s'élevait entre la cour de la Reine et celle du Roi, sous la grande tapisserie allégorique dominée par le palier du premier étage où se tenaient immobiles, avec leurs hallebardes, quatre gardes allemands. La fine fleur de la Cour, comte et duc avec son épouse en tête, attendait en cet endroit la descente des rois pour leur faire compliment : un spectacle de linge raffiné, de joyaux, de dames parfumées et de gentilshommes aux moustaches cirées et aux cheveux frisés. En les contemplant, j'entendis don Francisco murmurer :

*Les voyez-vous tous dans la pourpre drapés,*
*leurs mains de diamants et de pierres parées ?*
*Dessous ne sont que fange où pullulent les vers.*

Je me tournai vers lui. Je n'étais pas ignorant du monde et de la Cour. Je me souvenais aussi du quatrain sur le roi et son pou.

— Et pourtant, seigneur poète, dis-je en souriant, vous voyagez dans le carrosse du marquis de Liche.

Imperturbable, don Francisco me rendit mon regard, jeta un coup d'œil à droite et à gauche, puis, à la dérobée, me gratifia d'un léger soufflet.

— Veux-tu bien te taire, mauvaise langue ! Chaque chose en son temps. Et ne donne pas raison à ce vers magnifique, de moi assurément, qui dit : *La vérité ne sied à trop jeunes oreilles.*

Et toujours à voix basse, il récita :

*Je ne me mêle pas du mal et des méchants.*
*Vivons donc en témoins mais sans être complices.*
*Et que le monde ancien prévienne ses enfants.*

Mais les enfants du monde ancien, moi en l'occurrence, avaient cessé de lui prêter attention. Le bouffon Gastoncillo venait de montrer sa tête dans la foule et, par signes, il m'indiquait l'escalier du fond, utilisé par les domestiques du palais. Et en levant les yeux vers la galerie de l'étage, je vis, derrière la balustrade en granit sculpté, les boucles blondes d'Angélica d'Alquézar. Une lettre que j'avais écrite dans l'après-midi précédente était arrivée à destination.

— Vous avez quelque chose à me dire, lançai-je. Du moins, je le suppose.

— C'est vrai. Et je ne dispose guère de temps, car la reine ma maîtresse s'apprête à descendre.

Elle se tenait au bord de la balustrade et contemplait l'agitation dans la cour. Ses yeux, ce matin, étaient aussi froids que ses paroles. Rien à voir avec la douce jeune fille habillée en homme que j'avais serrée dans les bras.

— Cette fois, vous êtes allée trop loin, dis-je. Vous, votre oncle, et tous ceux qui sont mêlés à cela.

Elle glissa les doigts, l'air distrait, dans les rubans qui ornaient le corsage de sa robe de velours à fleurs aux moirures violettes.

— Je ne sais de quoi vous parlez, monsieur. Ni ce que mon oncle vient faire dans vos divagations.

— Je parle de l'embuscade de Las Minillas, répliquai-je, irrité. De l'homme au pourpoint jaune. De la tentative d'assassiner le…

Elle posa une main sur mes lèvres, exactement de la même manière que, quelques nuits plus tôt, elle y avait posé un baiser. Je frissonnai, et elle s'en aperçut. Elle sourit.

— Ne dites pas de sottises.

— Si tout est découvert, insistai-je, vous serez en danger.

Elle m'observa avec intérêt. Comme si mon inquiétude piquait sa curiosité.

— Je ne vous imagine pas prononçant le nom d'une dame devant des indiscrets.

Il y avait une intention dans ces paroles. Comme si elle devinait ce qui me passait à l'esprit. Je me redressai, mal à l'aise.

— Moi, peut-être pas, dis-je. Mais d'autres sont au courant.

— Vous avez parlé de moi à votre ami Batatriste ?

Je me tus, détournant les yeux. Elle lut ma réponse sur mon visage.

— Je vous croyais un hidalgo, lança-t-elle avec dédain.

— Je le suis, protestai-je.

— Je croyais aussi que vous m'aimiez.

— Je vous aime.

Elle se mordit la lèvre inférieure d'un air pensif. Ses yeux étaient deux pierres bleues, dures et polies.

— Vous m'avez encore dénoncée à d'autres ? s'enquit-elle enfin d'un ton abrupt.

Il y avait un tel mépris dans ce mot « dénoncée » que j'en restai muet de vergogne. Puis je réussis à me ressaisir, et j'ouvris la bouche pour protester à nouveau. Vous ne prétendiez pas, allai-je dire, que je cache tout cela au capitaine ? Mais les trompettes qui sonnèrent dans la cour étouffèrent mes paroles : Leurs Majestés royales étaient apparues à l'autre bout de la balustrade, en haut du grand escalier. Angélica regarda autour d'elle et remit de l'ordre dans l'arrondi de sa robe.

– Je dois partir. – Elle semblait réfléchir très vite. – Je vous verrai encore, probablement.

– Où ?

Elle hésita, en m'adressant un étrange coup d'œil : si pénétrant que je me sentis nu devant elle.

– Vous vous rendez à l'Escurial avec don Francisco de Quevedo ?

– Oui.

– Dans ce cas, là-bas.

– Comment vous trouverai-je ?

– Quel sot vous faites ! C'est moi qui vous trouverai.

Cela sonna moins comme une promesse que comme une menace. Ou les deux choses en même temps. Je restai à la regarder s'éloigner, et elle se retourna pour m'adresser un sourire. Par Dieu, pensai-je une fois encore, qu'elle était belle ! Et redoutable. Puis elle passa derrière les colonnes et descendit à la suite des rois, qui étaient maintenant au pied de l'escalier, recevant les compliments du comte et duc d'Olivares et des courtisans. Après quoi, tout le monde se dirigea vers l'extérieur. Je marchai derrière, perdu dans de noires pensées. Je me rappelais, plein de trouble, d'autres vers que m'avait fait copier un jour le magister Pérez :

> *Éviter un visage aux tristes déceptions,*
> *comme exquise liqueur avaler du poison,*
> *oublier le désir, aimer ce qui fait mal ;*
>
> *Voir le ciel devenir un séjour infernal,*
> *se vouer corps et âme à la désillusion,*
> *tel est l'amour : le sait qui souffrit sa passion.*

Dehors le soleil brillait et, vive Dieu !, le spectacle était splendide ! Le roi faisait des grâces à son épouse en lui donnant le bras, tous deux portaient de somptueux habits de voyage, notre Philippe IV en tenue de cheval cousue de fils d'argent, écharpe de taffetas cramoisi, épée et éperons : signe que, jeune et fougueux cavalier comme il l'était, il ferait une partie du trajet sur sa monture, escortant le carrosse de la reine qui était tiré par six magnifiques chevaux blancs et suivi de quatre voitures transportant ses vingt-quatre suivantes et menines. Sur la place, au milieu des courtisans et de la foule, les monarques reçurent les compliments du cardinal Barberini, légat du pape, qui devait voyager en compagnie des ducs de Sessa et de Maqueda ; puis salutations et félicitations se succédèrent. Près des personnes royales se tenaient la petite infante María Eugenia – de quelques mois seulement et dans les bras de sa nourrice –, le frère du roi, don Carlos, et sa sœur, doña María – l'amour impossible du prince de Galles – ainsi que l'infant cardinal don Fernando, archevêque de Tolède depuis son enfance, futur général et gouverneur des Flandres, sous le commandement duquel, peu d'années plus tard, le capitaine Alatriste et moi devions battre à plate couture les Suédois et les protestants à Nordlingen. Parmi les courtisans proches du roi, je distinguai le comte de Guadalmedina portant cape de cour, bottes et culottes à la française ; et un peu plus loin Francisco de Quevedo, près du beau-frère du comte et duc, le marquis de Liche, qui avait la réputation d'être l'homme le plus laid d'Espagne et était marié à l'une des plus belles femmes de la Cour. Et ainsi, à mesure que les monarques, le cardinal et les nobles occupaient leurs carrosses respectifs, les cochers faisaient claquer les fouets, le cortège s'ébranlait en direction de Santa María la Mayor et de la porte de la Vega, et le peuple applaudissait à tout rompre, ravi du spectacle. On poussa même des vivats au passage de la voiture où je m'étais fait une place parmi les domestiques du marquis de

Liche. Car dans notre malheureuse Espagne, le peuple n'a jamais rechigné à crier « vivat! » à n'importe quoi.

La cloche de l'hôpital vieux des Aragonais sonna matines. Diego Alatriste, qui était réveillé et allongé sur son grabat de l'auberge du Faisan, se leva, alluma une chandelle et enfila ses bottes. Il avait du temps devant lui pour être à l'ermitage de l'Ange avant la naissance du jour; mais, dans sa situation, traverser Madrid et passer le Manzanares était une aventure risquée. Mieux vaut avoir une heure d'avance, se dit-il, qu'une minute de retard. Aussi, une fois chaussé, il versa de l'eau dans une cuvette, se lava la figure, mordit dans un quignon de pain pour se caler l'estomac et acheva de se vêtir : justaucorps en peau de buffle, la dague dentelée et la tolédane au côté – la dague enveloppée dans un chiffon pour qu'elle ne fasse pas de bruit en cognant contre la coquille de l'épée; et, pour les mêmes raisons, au lieu de mettre les éperons de fer qui l'attendaient sur la table, il les glissa dans sa poche. Derrière, masqués par la cape qu'il jeta sur ses épaules, il disposa les deux pistolets de Gualterio Malatesta – butin de sa visite mouvementée rue du Printemps – qu'il avait graissés et chargés la veille au soir. Puis il enfonça son chapeau, regarda autour de lui pour voir s'il n'oubliait rien, éteignit la chandelle et sortit.

Il faisait froid, et le capitaine se drapa étroitement dans sa cape. S'orientant dans l'obscurité, il laissa derrière lui la rue de la Comadre et arriva au coin formé par le Mesón de Paredes et la fontaine de Cabestreros. Là, il resta un moment immobile, car il avait cru entendre quelque chose bouger dans l'ombre, puis il poursuivit vers San Pedro en coupant par la rue de Los Embajadores. Au bout de celle-ci, passant devant les tanneries fermées à cette heure, il déboucha sur la butte du Rastro où, de l'autre côté de la croix et de la fontaine, dessiné par la clarté d'une lanterne allumée du côté de la place de la Cebada, se dressait le mur sombre de l'abattoir neuf : même dans les ténèbres les plus complètes, il lui eût été facile de le reconnaître à sa puanteur de charnier. Il contournait l'abattoir quand il perçut, cette fois sans doute possible, des pas dans son dos. Ou bien quelqu'un suivait tout bonnement le même chemin que lui, décida-t-il, ou bien il s'agissait d'un acte délibéré. En prévision de cette dernière éventualité, il chercha un abri dans une anfractuosité de la muraille, fit passer un pistolet sur l'avant de son ceinturon et tira son épée. Il demeura ainsi un moment, silencieux, contenant sa respiration pour écouter et vérifier que les pas venaient bien dans sa direction. Il ôta son chapeau pour se faire plus discret, sortit la tête et parvint à voir une silhouette qui s'approchait lentement. Ce pouvait encore être une coïncidence, pensa-t-il ; mais l'heure était trop mal choisie pour se fier au hasard. Il remit donc son couvre-chef, assujettit l'épée dans sa main droite et, quand les pas furent à sa hauteur, avança à découvert, rapière pointée.

— Maudit soit ton sang, Diego !

S'il était quelqu'un qu'Alatriste ne s'attendait pas à rencontrer en ce lieu et à cette heure, c'était bien Martín Saldaña. Le lieutenant d'alguazils – ou plutôt l'ombre épaisse à qui appartenait cette voix – avait fait un bond en arrière, effrayé, tout en portant la main à son épée en moins de temps qu'il n'en faut pour l'écrire : un sifflement métallique et un léger éclair d'acier oscillant d'un côté à l'autre pour se couvrir avec une prudence de vétéran. Alatriste s'assura de la nature du sol sous ses pieds : il était plat et sans cailloux qui auraient pu le faire chuter. Puis il s'appuya de l'épaule gauche contre la muraille, pour protéger cette partie de son corps. Cela lui laissait la main droite libre pour manier l'épée et gênait Saldaña, dont la sienne, s'il attaquait, serait entravée par le mur.

— Dis-moi, demanda Alatriste, ce que tu fais céans, foutredieu !

L'autre ne répondit pas tout de suite. Il continuait d'agiter sa rapière. Sans doute craignait-il que son vieux camarade n'employât avec lui la vieille ruse dont ils s'étaient si souvent servis tous deux : fondre sur l'adversaire pendant qu'il parle. Entre des hommes de cette trempe, un instant de distraction suffisait pour que l'un d'eux se retrouve avec deux empans d'acier dans la poitrine.

— Tu ne comptais pourtant pas, dit enfin Saldaña, que je te laisserais déguerpir sans tambour ni trompette ?

— Tu me surveilles depuis longtemps ?

— Depuis hier.

Alatriste réfléchit. Si c'était vrai, le lieutenant d'alguazils avait eu plus de temps qu'il n'en fallait pour cerner l'auberge avec une douzaine de gens d'armes.

— Et comment se fait-il que tu viennes seul ?

L'autre observa une longue pause. Il n'était pas fait pour les discours. Il semblait chercher ses mots.

— C'est une affaire personnelle, dit-il enfin. Entre nous deux.

Le capitaine étudia avec précaution l'ombre trapue qui se dressait devant lui.

— Tu portes des pistolets ?

— Au diable ce que je porte ou ce que tu portes ! Nous devons régler cela à l'épée.

Sa voix était nasillarde. Son nez devait encore souffrir du coup de tête reçu dans la voiture. Il était logique, conclut Alatriste, que Saldaña considère comme une affaire personnelle l'incident de la fuite et des argousins tués. C'était bien dans le tempérament d'un camarade des Flandres que de l'affronter d'homme à homme.

— Ce n'est pas le moment, dit-il.

La voix de son interlocuteur resta calme : un tranquille reproche.

— Il me semble, Diego, que tu oublies à qui tu parles.

Les reflets de la lame luisaient toujours dans l'ombre. Le capitaine leva un peu sa rapière, indécis, puis la rabaissa.

— Je n'ai pas envie de me battre avec toi. Ta verge d'alguazil ne vaut pas ça.

— Cette nuit, je ne la porte pas.

Alatriste se mordit les lèvres en voyant confirmées ses craintes. Saldaña n'avait nulle intention de le laisser passer sans lui opposer son épée.

— Écoute, dit-il, en faisant un ultime effort. Tout est sur le point de s'arranger. J'ai rendez-vous avec quelqu'un...

— Je me moque de tes rendez-vous. Le dernier que nous avons eu est resté sans conclusion.

— Oublie-moi juste pour cette nuit. Je te promets de revenir et de t'expliquer.

— Et qui te demande de m'expliquer quoi que ce soit ?

Alatriste soupira en passant deux doigts sur sa moustache. Tous deux se connaissaient trop bien.

Rien à faire, conclut-il. Il se mit en garde et l'autre rompit d'un pas pour s'affermir. La lumière était faible, mais suffisante pour distinguer les lames. Aussi faible, se souvint le capitaine avec mélancolie, que celle de cette aube où Martín Saldaña, Sebastián Copons, Lope Baldoa et lui, avec cinq cents autres soldats espagnols, avaient crié « En avant l'Espagne, en avant ! » et, après s'être signés, avaient quitté les tranchées pour se jeter sur les glacis, à l'assaut du réduit du Cheval, à Ostende : la moitié seulement en étaient revenus.

– Allons ! dit-il.

Les lames cliquetèrent en se cherchant et, tout de suite, le lieutenant d'alguazils s'écarta du mur en suivant un demi-cercle afin d'obtenir une plus grande liberté de mouvement. Alatriste savait qui il avait devant lui ; ils avaient guerroyé ensemble, et ils avaient ferraillé l'un contre l'autre à fleurets mouchetés : son adversaire était froid et habile. Le capitaine lui porta un brutal coup de pointe, cherchant à le blesser en le prenant de vitesse, sans protocole ; mais l'autre rompit pour prendre du champ, s'arrêta et revint ensuite droit sur lui. Ce fut au tour d'Alatriste de rompre, mais c'était lui, maintenant, qui était gêné par la muraille ; et dans ce mouvement il perdit de vue le reflet de l'épée ennemie. Il se tourna, se couvrant du mieux qu'il pouvait par un violent moulinet, cherchant l'autre lame pour s'orienter.

Soudain il la vit venir, haute, en écharpe. Il la para d'un coup de revers et recula en jurant tout bas. Même si l'obscurité laissait peu de place à l'adresse et en donnait beaucoup au hasard, il était meilleur bretteur que Saldaña, et il lui suffisait de le fatiguer un peu. Toute la question était de savoir combien de temps s'écoulerait avant que, malgré le désir du lieutenant d'alguazils d'œuvrer seul, une ronde entende le bruit du combat et vole au secours de son chef.

– Et à qui, tout à l'heure, ta veuve ira-t-elle remettre ta verge d'alguazil ?

Il lança sa question tout en rompant de deux pas pour retrouver l'avantage et reprendre son souffle. Il savait que Saldaña était placide comme un bœuf, sauf quand il s'agissait de sa femme. Dans ce cas, la passion l'aveuglait. Plaisanter en laissant entendre que celle-ci pouvait lui avoir procuré son office en échange de faveurs prodiguées à des tiers, comme l'affirmaient les mauvaises langues, lui brouillait le pouls et la vue. Et j'espère, pensa Alatriste, que son trouble sera tel que je pourrai en finir très vite. Il affermit ses doigts dans la coquille, para une botte, recula d'un pas pour inspirer confiance à son adversaire, et, lorsque leurs épées se croisèrent de nouveau, il sentit celui-ci moins assuré. Il devait insister.

– Je suppose qu'elle sera inconsolable, ajouta-t-il en rompant encore, tous les sens en éveil. Et qu'elle prendra le deuil.

Saldaña ne répondit pas ; mais sa respiration était entrecoupée, très rapide, et il jura entre ses dents quand le furieux coup de revers qu'il venait de porter, glissant sur la lame du capitaine, se perdit dans le vide.

– Cocu ! lança calmement Alatriste.

Et il attendit.

Maintenant ou jamais. Il le sentit venir dans l'obscurité, ou plutôt il le devina au reflet de l'épée et au bruit de ses pas : il comprit qu'il ne se maîtrisait plus et, à son rugissement vengeur, que la colère l'aveuglait. Alors il para fermement, laissa l'autre tenter un furieux coup de revers, et, à mi-mouvement, lorsqu'il estima que le lieutenant d'alguazils gardait encore avancé le pied contraire, opéra un demi-tour du poignet, se fendit à fond, la main en sixte, et lui transperça la poitrine d'un coup de pointe.

Il retira son épée et, tout en l'essuyant sur un pan de sa cape, contempla le corps de Saldaña gisant à terre. Puis il rengaina et s'agenouilla près de celui qui avait été son ami. Pour quelque étrange raison, il n'éprouvait ni remords ni douleur. Juste une profonde fatigue et le désir de hurler des blasphèmes. Merde de Dieu ! Il approcha son oreille. Il entendait la respiration irrégulière et faible de l'autre, et un bruit qui ne lui plut pas : le gargouillis du sang et le sifflement de l'air entrant dans la blessure et en ressortant. Cette stupide tête de mule était gravement atteinte.

— Maudit sois-tu ! dit-il.

Il tira un linge propre de la manche de son pourpoint et chercha la plaie à tâtons. Il constata qu'il pouvait passer deux doigts dedans. Il y introduisit le mouchoir comme il put, pour freiner l'hémorragie. Puis il poussa Saldaña pour le tourner à demi et, sans faire cas de ses gémissements, lui palpa le dos. Il n'y rencontra pas de trou de sortie, ni d'autre sang que celui qui coulait de la poitrine.

— Peux-tu m'entendre, Martín ?

L'autre répondit dans un filet de voix que oui, il l'entendait.

— Essaye de ne pas tousser et ne bouge pas.

Il releva la tête du blessé et la posa sur la cape pliée en manière de coussin, pour éviter que le sang ne remonte des poumons à la gorge et ne l'étouffe. « Qu'est-ce que j'ai ? » l'entendit-il demander. Le dernier mot se perdit dans une méchante toux. Liquide.

— Tu es touché. Si tu tousses, tu perds ton sang.

L'autre acquiesça faiblement de la tête et resta immobile, le visage dans l'ombre, ses poumons perforés émettant un ronflement. Il acquiesça encore quelques instants plus tard, quand Alatriste, scrutant l'obscurité de tous côtés avec impatience, dit qu'il devait partir.

— Je vais voir à te trouver du secours, dit-il. Veux-tu aussi un prêtre ?

— Ne dis pas... de sottises.

Alatriste se leva.

– Tu t'en sortiras.

– Oui.

Le capitaine s'éloigna de quelques pas ; mais la voix du blessé qui l'appelait lui parvint. Il fit demi-tour et s'agenouilla de nouveau.

– Parle, Martín.

– Ce que tu as dit... Tu ne le pensais pas vraiment ?...

Alatriste eu du mal à desserrer les lèvres. Il les sentait sèches, collées. Quand il parla, elles lui firent mal comme si elles se déchiraient.

– Bien sûr que non.

– Fils... fils de pute.

– Tu me connais. Je suis allé au plus facile.

Une main de Saldaña avait agrippé son bras. On eût dit que toute la force de son corps malmené s'était concentrée là.

– Tu voulais me mettre en colère... C'est ça ?

– Oui.

– C'était seulement... une ruse.

– Naturellement. Une ruse.

– Jure-le.

– Devant Dieu !

La poitrine trouée du lieutenant d'alguazils s'agita douloureusement dans une quinte de toux. Ou un rire.

– Je le savais... Fils de pute... Je le savais...

Alatriste se redressa en serrant sa cape sur son corps. Depuis la fin du combat, son sang se calmant, il sentait le froid de la nuit. Ou peut-être n'était-ce pas la nuit.

– Bonne chance, Martín.
– Toi aussi..., capitaine... Alatriste.

Des chiens aboyaient au loin, sur le chemin de San Isidro. Le reste du paysage nocturne était silencieux, sans même un souffle de brise pour agiter le feuillage des arbres. Diego Alatriste passa la dernière partie du pont de Ségovie et s'arrêta un moment près des auvents des lavoirs. Le Manzanares bruissait le long de la berge, gonflé par les dernières pluies. Derrière, sur les hauteurs dominant le fleuve, Madrid était une masse obscure, les flèches sombres de ses clochers et la tour de l'Alcazar royal se profilant entre ciel et terre : obscurité cloutée d'étoiles en haut et de quelques lumières mourantes en bas, au-delà des murs de la ville.

L'humidité imprégnait sa cape quand, après avoir vérifié que tout était en ordre, il se dirigea vers l'ermitage de l'Ange. Il y arriva sans autres incidents, après avoir frappé à la porte d'une maison, présenté un doublon de quatre en dissimulant son visage et demandé que l'on aille quérir un chirurgien pour soigner un blessé qui gisait près de l'abattoir. Parvenu tout près de l'ermitage et résolu à ne pas courir davantage de risques, le capitaine tira un pistolet de son ceinturon, arma le chien et le pointa vers l'homme qui attendait là. Au bruit du claquement de l'arme, un cheval hennit, inquiet, et la voix de Bartolo Chie-le-Feu demanda à Alatriste si c'était lui.

— C'est moi.

Chie-le-Feu rengaina sa rapière avec un soupir de soulagement. Il était content, dit-il, que tout se fût bien passé et que le capitaine fût là, sain et sauf. Il lui passa la bride du cheval : un moreau, expliqua-t-il, docile et bonne bouche, quoique tirant un peu sur le côté droit. Néanmoins digne d'un marquis, ou d'un empereur de Chine, ou de tout autre personnage de haut rang.

— Bon marcheur, pas de croûtes aux flancs ni de plaies aux épaules. J'ai curé les sabots, et il ne manque pas un clou aux fers. J'ai aussi vérifié la selle et les sangles... Il vous plaira.

Alatriste flattait le col du cheval : chaud, charnu, fort. Il le sentit encenser au contact de sa main, content. Le souffle chaud des naseaux humecta ses paumes.

— L'animal, poursuivait Chie-le-Feu, peut vous faire gentiment ses huit ou dix lieues, si on ne l'éreinte pas. J'ai vécu un bout de temps avec des gitans en Andalousie, et, carnes ou étalons, je m'y connais un peu. Avec les hommes, il y a toujours des mauvaises surprises, mais pas avec les pauvres bêtes... Et si vous voulez mener un train d'enfer, vous pourrez toujours relayer à la poste de Galapagar et monter la côte avec une monture fraîche.

– Tu as mis des vivres ?

– J'ai pris cette liberté : une sacoche avec un pain de munition, du fromage et une outre de deux pintes de vin pour les arroser.

– Du bon, j'espère, plaisanta Alatriste.

– De la taverne de Lepre : je ne vous en dis pas plus. Moins baptisé que le Grand Turc.

À tâtons, Alatriste reconnut la gourmette, les rênes, la selle, les sangles et les étriers. La sacoche contenant les vivres et le vin était attachée à l'arçon. Il mit la main à son gousset et tendit deux pièces d'or à Chie-le-Feu.

– Tu t'es conduit comme l'homme que tu es, l'ami : la crème des honnêtes gens.

Le rire réjoui et féroce du truand éclata dans la nuit.

– Par les os de mes aïeux, je n'ai rien fait, seigneur capitaine ! C'était un jeu d'enfant. Je n'ai même pas eu besoin de tirer le fer ni d'expédier personne dans l'autre monde, comme à Sanlúcar... Et, par le roi de pique, je le regrette bien : un tigre comme moi, qui en a dans les tripes, finit par se rouiller le braquemart en le gardant toujours au fourreau. Parce que vivre avec l'aubert que vous ramasse votre gaupe, ce n'est quand même pas tout !

— Salue-la de ma part. Et qu'elle ne t'attrape pas le mal français, comme l'autre : cette pauvre Blasa Pizorra, puisse-t-elle reposer en paix.

Alatriste devina que le ruffian se signait dans l'obscurité.

— Celui qui tient toutes les cartes ne le permettra pas.

— Et quant à ton valeureux braquemart, ajouta Alatriste, ce n'est que partie remise. L'art est long et la vie est courte.

— Pour ce qui est de l'art, un gueux comme moi n'y entend pas grand-chose, seigneur capitaine ; mais pour le reste, vive Dieu !, j'en suis ! La famille, c'est sacré, et vous me trouverez toujours là où il faut : sérieux comme un Espagnol de bonne race et plus ponctuel que la fièvre quarte. Je n'en dis pas plus.

Alatriste s'était agenouillé pour mettre ses éperons.

— Inutile de préciser que nous ne nous sommes pas vus et que nous ne nous connaissons pas…, dit-il en les assujettissant. Quoi qu'il puisse arriver, tu peux être tranquille.

Chie-le-Feu émit un autre éclat de rire.

— Ça va de soi… Tout le monde sait que, même si les gaffres vous cueillent, ni la corde ni le chevalet qui n'est pas en cuir de Cordoue ne feront desserrer les dents au fils de votre père.

— Qui peut en être sûr ?

— Ne faites pas le modeste, seigneur capitaine. J'aimerais être aussi sûr de ma ribaude que je le suis de votre langue... Tout Madrid vous connaît pour être un hidalgo, de ceux qui restent muets jusqu'au gibet.

— Tu me permettras au moins de crier « aïe ! ».

— Pas besoin de simagrées, s'agissant de vous, seigneur capitaine. Mais, au pire, je vous l'accorde : vous pouvez crier « aïe ! », chanter none et dire « je n'ai rien à dire ».

Ils se séparèrent en se serrant la main. Puis Alatriste enfila ses gants, enfourcha son cheval et lui fit remonter la rive, sur le sentier qui courait le long des murs de la Casa de Campo, les rênes longues pour laisser l'animal se guider dans l'obscurité. Passé le petit pont du Meaque, où les sabots du cheval résonnèrent trop fort à son goût, il gagna l'abri des arbres de la berge pour échapper aux gardes de la porte Royale ; et après avoir continué un moment ainsi, tête baissée, une main sur le bord de son chapeau afin d'éviter les branches basses, il sortit sur la côte d'Aravaca, sous les étoiles, laissant dans son dos le bruissement du fleuve derrière les bosquets sombres qui s'épaississaient sur la rive. Là, la terre plus claire lui permettait de mieux distinguer le chemin ; de sorte qu'il glissa l'un des pistolets qu'il portait au ceinturon dans l'arçon de devant, resserra sa cape et mit le cheval au petit trot pour s'éloigner le plus vite possible de ces parages.

Bartolo Chie-le-Feu avait raison : le moreau tirait un peu plus sur la rêne droite que sur celle de gauche, mais il était noble et sa bouche raisonnablement bonne. Une chance : car Alatriste n'était pas un cavalier hors pair. Il s'y connaissait en montures comme tout un chacun, tenait bien en selle, y compris au galop, savait évoluer sur le dos d'un cheval ou d'une mule et connaissait même diverses figures propres au combat et à la guerre. Mais de là à être un maître écuyer, il y avait de la distance. Toute sa vie, il avait arpenté l'Europe à pied avec les régiments de l'infanterie espagnole et sillonné la Méditerranée sur les galères du roi ; et en fait de chevaux, il connaissait moins le sien propre que ceux qui arrivaient sur lui à la charge, dans les sonneries des trompettes ennemies, les roulements des tambours, lances pointées et ensanglantées, sur les plaines flamandes ou sur les plages de Berbérie. En réalité, il savait mieux étriper les chevaux que les monter.

Après la vieille auberge du Cerero, qui était close et sans lumières, il gravit la côte d'Aravaca au trot puis relâcha la pression des éperons pour que la bête aille au pas sur le chemin, plat et presque sans arbres qui courait entre les taches noires, semblables à de grandes étendues d'eau, des champs de blé et d'orge. Comme on pouvait s'y attendre, le froid se fit plus vif avant que le ciel s'éclaircisse, et le capitaine se félicita d'avoir mis son justaucorps de cuir sous sa cape. Quand cheval et cavalier passèrent près de Las Rozas sans y entrer, les premières lueurs de l'aube pointèrent à l'horizon, les ombres devinrent grises. Alatriste avait décidé de ne pas emprunter le grand chemin d'Avila, plus long et plus fréquenté ; aussi, arrivé au carrefour, prit-il à droite par le sentier muletier. À partir de là, il rencontra des montées et des descentes en pente douce, et les champs laissèrent la place aux pinèdes et aux arbustes parmi lesquels il fit halte un moment, descendant de cheval pour fouiller dans la sacoche de Chie-le-Feu. Il vit le jour se lever, assis sur sa cape, absorbé dans ses pensées, en avalant un peu de fromage avec quelques gorgées de vin, pendant que le cheval se reposait. Puis il mit le pied à l'étrier, s'installa de nouveau sur la selle et repartit en suivant l'ombre de sa monture que les premiers rayons rougissants du soleil allongeaient sur le sol. Plus loin, à quelque trois lieues de Madrid, tandis que le soleil lui réchauffait le dos, le chemin se fit plus accidenté, et aux petits bois de pins succédèrent des chênes verts touffus entre lesquels folâtraient des lapins et apparaissaient parfois, fugacement, les andouillers d'un cerf. Ces terres étaient inhabitées et sans cultures, réservées au roi ; le braconnage s'y payait du fouet et des galères.

Peu à peu, il se mit à croiser des gens : quelques muletiers avec leurs bêtes, en route pour Madrid, et une autre file, transportant des outres, qu'il dépassa près du Guadarrama. À midi, il passa le pont du Retamar, où le garde somnolent perçut le péage des voyageurs à cheval sans poser de question et sans presque le dévisager. À partir de là, le paysage devint plus vallonné et plus boisé, et le chemin serpenta entre des genêts blancs, des ravins et des rochers qui répercutaient l'écho des sabots, en faisant de nombreux tours et détours sur un terrain qui eût été parfait, pensa Alatriste en regardant les environs d'un œil plein d'expérience, pour des ermites de grands chemins, autrement dit des bandits, si ceux-ci n'eussent pas risqué leur tête à brigander en terre du roi. Ils préféraient exercer leur talent à peu de lieues de là, en détroussant les voyageurs sur le chemin royal qui, par la tour Lodones et le Guadarrama, menait en Vieille Castille. Même ainsi, et bien que, dans sa situation, ce ne fussent pas les bandits qui le préoccupaient le plus, il vérifia que la mèche de son pistolet qu'il gardait prêt dans l'arçon, à portée de la main tenant les rênes, était bien sèche.

# IX

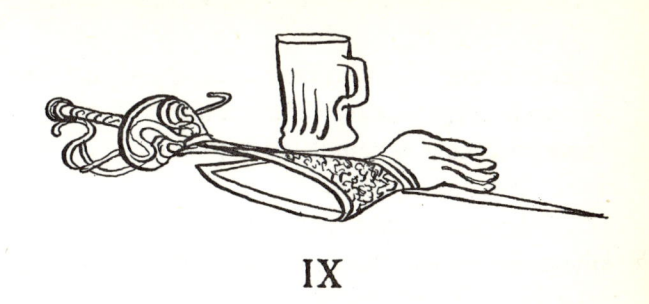

# L'ÉPÉE
# ET LA DAGUE

Je dois avouer que j'étais atterré. Et il y avait de quoi. Le comte de Guadalmedina en personne était venu me chercher, et nous marchions maintenant d'un bon pas sous les arcades de la cour d'honneur de l'Escurial. Il était apparu sur le seuil du cabinet où j'aidais Francisco de Quevedo à mettre au propre des vers de sa comédie, et ce dernier avait tout juste eu le temps de m'adresser un coup d'œil plein de gravité pour me conseiller la prudence. Le comte m'avait ordonné de le suivre, et je le voyais maintenant devant moi, la mine dure, son élégante cape courte rejetée sur l'épaule gauche, la main sur le pommeau de son épée, faisant résonner de ses pas impatients la galerie orientale de la cour. Nous passâmes ainsi devant le corps de garde et montâmes à l'étage par le petit escalier jouxtant le jeu de paume.

– Attends ici, dit-il.

J'obéis, et Álvaro de la Marca disparut derrière une porte. Je me trouvais dans un vestibule sombre en granit gris, sans tapis, tableaux ni ornements, et toute cette pierre glaciale autour de moi me fit frissonner. Mais je frissonnai encore plus quand La Marca revint pour me dire sèchement d'entrer, et que, quatre pas plus loin, je débouchai dans une longue galerie dont les plafonds étaient peints et les murs décorés de fresques représentant des scènes militaires, sans autre meuble qu'une chaise et un bureau portant de quoi écrire. Je comptai neuf fenêtres ouvrant sur une cour intérieure dont la lumière éclairait la grande peinture courant sur le mur opposé, qui représentait, sans omettre les moindres détails de l'armée et du combat, d'antiques chevaliers chrétiens luttant contre des Maures. C'était la première fois que j'entrais dans la galerie des Batailles, et j'étais loin de supposer à quel point, avec le temps, devenu lieutenant puis capitaine de la garde vieille de notre souverain Philippe IV, ces tableaux commémorant la victoire de la Higueruela, la geste de Saint-Quentin et la journée des Terceras me deviendraient aussi familiers que le reste de l'édifice royal. Mais, à ce moment-là, l'Iñigo Balboa qui marchait aux côtés du comte de Guadalmedina n'était qu'un jeune garçon apeuré, incapable d'apprécier la majesté des scènes qui ornaient la galerie. Mes cinq sens étaient concentrés sur le personnage qui nous attendait à l'autre bout, près de la dernière fenêtre : un homme de forte stature, la barbe fournie taillée au menton et la moustache s'épaississant aux pointes. Son costume était en tissu lamé couleur noisette, avec la croix verte d'Alcántara ; et sa tête, grosse, puissante, était posée sur un cou difficilement contenu par une golille amidonnée. En me voyant approcher, il fixa sur moi des yeux intelligents et menaçants comme de noires arquebuses. Aux jours que j'évoque, ces yeux faisaient trembler toute l'Europe.

– Voici le garçon, annonça Guadalmedina.

Le comte et duc d'Olivares, favori de Sa Majesté catholique, eut un signe d'assentiment presque imperceptible, sans cesser de m'observer. Il tenait dans une main une feuille écrite et dans l'autre une tasse de chocolat.

– Quand cet Alatriste arrive-t-il ? questionna-t-il.

– Au coucher du soleil, je présume. Il a des instructions pour se présenter sur-le-champ.

Olivares se pencha légèrement vers moi. Je l'avais entendu avec stupéfaction prononcer le nom de mon maître.

– Tu es Iñigo Balboa ?

Je fis un geste affirmatif, incapable d'articuler une parole, tout en tentant de mettre de l'ordre dans mon esprit confus. Le comte et duc lisait la feuille en buvant son chocolat et en murmurant quelques passages : né à Oñate, Guipúzcoa, fils d'un soldat tombé dans les Flandres, au service de Diego Alatriste y Tenorio plus connu sous le nom de capitaine Alatriste, etc. Valet dans le régiment vieux de Carthagène. Prise d'Oudkerk, bataille du moulin Ruyter, combat de Terheyden, siège de Breda – à chaque nom flamand il levait les yeux comme pour rapporter ce qu'il lisait à mon évidente jeunesse. Et avant les Flandres, un autodafé Plaza Mayor à Madrid, en l'an mil six cent vingt-trois.

— Je me souviens..., dit-il en m'observant avec une attention renouvelée, tout en posant la tasse sur le bureau. Cette affaire avec le Saint-Office.

Cela n'a rien de rassurant de savoir que votre vie se trouve ainsi consignée sur le papier ; et le rappel de mes démêlés avec l'Inquisition ne fut pas pour calmer mon inquiétude. Mais la question qui suivit changea mon émoi en panique.

— Que s'est-il passé à Las Minillas ?

Je regardai Álvaro de la Marca, qui m'adressa un hochement de tête rassurant.

— Tu peux parler devant Sa Grandeur. Elle est au courant de tout.

Je continuai de le regarder, méfiant. Je lui avais

raconté, dans le tripot de Juan Vicuña, les événements de cette triste nuit, à condition qu'il n'en parlât à personne jusqu'au moment où il rencontrerait le capitaine Alatriste. Mais le capitaine n'était pas encore là. Guadalmedina, courtisan avant tout, n'avait pas joué franc-jeu. Ou il couvrait ses arrières.

– Je ne sais rien du capitaine, balbutiai-je.

– Pardieu, ne dis pas de sottises, me pressa Guadalmedina. Tu étais avec lui et l'homme qui est mort. Explique à Sa Grandeur comment cela s'est passé.

Je me tournai vers le comte et duc. Son regard féroce m'épouvantait. Cet homme portait sur ses épaules le poids de la monarchie la plus puissante de la terre, et d'un seul haussement de sourcils il déplaçait des armées à travers mers et montagnes. Et moi j'étais là, tremblant comme une feuille. Et m'apprêtant à lui dire non.

– Non, dis-je.

Le favori battit un instant des paupières.

– Es-tu devenu fou ? s'exclama Guadalmedina.

Le comte et duc ne me quittait pas des yeux. Mais son regard semblait maintenant plus curieux que furieux.

– Sur ma vie, je vais…, commença Guadalmedina, menaçant, en faisant un pas vers moi.

Olivares l'arrêta d'un geste : un mouvement bref, tout juste esquissé de la main gauche. Puis il donna un autre coup d'œil à la feuille et la plia en quatre avant de la glisser sous son habit.

— Pourquoi non ? me demanda-t-il.

Il s'exprima presque avec douceur. Je regardai les fenêtres et les cheminées de l'autre côté de la cour, les toits d'ardoises bleues éclairés par le soleil qui commençait à décliner. Puis il haussa les épaules et ne dit rien.

— Par le Christ, s'exclama Guadalmedina, je vais te délier la langue !

Le comte et duc le retint d'un nouveau geste de la main. Il semblait scruter chaque recoin de ma cervelle.

— C'est ton ami, naturellement, dit-il enfin.

J'acquiesçai. Au bout d'un moment, le favori acquiesça aussi :

— Je comprends.

Il fit quelques pas dans la galerie, en s'arrêtant devant une des fresques peintes entre les fenêtres : des carrés de l'armée espagnole hérissés de lances autour de la croix de Saint-André, en train de marcher sur l'ennemi. J'avais été dans ces carrés, pensai-je avec amertume. Lame à la main, noir de poudre, la voix rauque à force de crier le nom de l'Espagne. Le capitaine Alatriste aussi. Et pourtant, voilà où nous en étions. Je vis que le favori suivait mon regard vers les peintures et y lisait mes souvenirs. Un soupçon de sourire adoucit ses traits.

– Je crois que ton maître est innocent, dit-il. Tu as ma parole.

Je contemplai intensément la figure imposante que j'avais devant moi. Je ne me faisais pas d'illusions. J'avais assez vécu pour savoir que la tolérance dont l'homme le plus puissant d'Espagne – ce qui voulait dire du monde – me gratifiait en ce moment n'était rien d'autre qu'un calcul intelligent, de la part d'un personnage capable d'appliquer toutes les ressources de son talent à la vaste entreprise dont il était habité : rendre sa nation grande, catholique et puissante sur terre et sur mer, face aux Anglais, aux Français, aux Hollandais, aux Turcs et au monde en général ; car l'empire espagnol était à ce point immense et redoutable que nul ne pouvait réaliser ses ambitions sans attenter aux nôtres. Et je compris que le même ton mesuré et patient sur lequel il me parlait pouvait lui servir à ordonner que je sois écartelé vivant ; et qu'il le ferait si les circonstances l'exigeaient, sans que cela le troublât davantage qu'écraser des mouches d'une chiquenaude. Je n'étais qu'un minuscule pion sur l'échiquier compliqué où Gaspar de Guzmán, comte et duc d'Olivares, jouait la partie toujours risquée de sa faveur. Et beaucoup plus tard, quand la vie m'a mené vers lui, j'ai pu avoir confirmation que le favori tout-puissant de notre souverain Philippe IV, même s'il n'a jamais hésité à sacrifier autant de pions qu'il lui était nécessaire, ne s'est jamais défait d'une pièce, pour modeste qu'elle fût, tant qu'il a cru qu'elle pourrait lui être utile.

Quoi qu'il en soit, cette après-midi-là dans la galerie des Batailles, je me trouvais dans une impasse. Je dus donc faire contre mauvaise fortune bon cœur. En fin de compte, Guadalmedina n'avait rapporté que ce que je lui avais confié, et rien de plus. Je ne ferais rien de mal en le répétant. Quant au reste, y compris le rôle d'Angélica d'Alquézar dans la conspiration, c'était différent. Guadalmedina ne pouvait raconter ce qu'il ignorait ; et ce ne serait pas moi – car telle était ma naïveté, malgré tout, quand j'étais jeune hidalgo – qui prononcerais le nom de ma dame devant le comte et duc.

– Don Álvaro de la Marca, commençai-je, a dit vrai à Votre Grandeur...

À ce moment je me rappelai quelque chose, dans les premiers mots qu'avait prononcés le favori, qui me troubla fortement : la venue du capitaine Alatriste à l'Escurial n'était pas un secret. Puisque le comte et duc et Guadalmedina étaient au courant, je me demandai combien d'autres en étaient informés et si la nouvelle – ce qui guérit marche, et ce qui tue vole – n'était pas parvenue aussi aux oreilles de nos ennemis.

Le cheval commença de boiter après le port, quand les genêts et les rochers cédèrent la place aux chênes verts et que le chemin devint plus plat et plus rectiligne. Diego Alatriste mit pied à terre, inspecta l'animal et vit que deux clous s'étaient détachés du sabot antérieur droit et que le fer bringuebalait. Chie-le-Feu n'avait pas joint à la selle une trousse contenant les outils nécessaires, de sorte qu'il dut ajuster le fer comme il put en renfonçant les clous avec une grosse pierre. Il ne savait pas combien de temps ils résisteraient; mais la prochaine poste était à moins d'une lieue. Il remonta et, au pas, veillant à ne pas forcer le cheval, se penchant régulièrement pour surveiller le sabot mal ferré, il poursuivit son chemin. Il chevaucha ainsi presque une heure, puis aperçut au loin sur la droite, se détachant sur les sommets encore enneigés de la sierra de Guadarrama, la tour en granit de l'église et les toits de la douzaine de maisons qui formaient le petit village de Galapagar. Le chemin n'y pénétrait pas mais continuait tout droit; arrivé au carrefour, Alatriste descendit de cheval devant le relais de poste. Il confia sa monture au maréchal-ferrant, jeta un coup d'œil sur les autres bêtes qui attendaient dans l'écurie – il remarqua aussi deux chevaux sellés attachés dehors – et alla s'asseoir sous la treille du porche de la petite auberge. Une demi-douzaine de muletiers jouaient aux cartes près du mur, un quidam en habits de campagne portant épée au côté les regardait jouer, debout près d'eux, et un prêtre attablé mangeait une estouffade de pieds de porc en chassant les mouches de son assiette. Le capitaine salua ce dernier en touchant légèrement le bord de son chapeau.

– Allez dans la paix du Seigneur, dit le prêtre la bouche pleine.

La servante de l'auberge arriva. Alatriste étancha sa soif, étira ses jambes en rangeant son épée sur le côté et observa le travail du maréchal-ferrant. Puis il estima la hauteur du soleil et fit ses calculs. Il restait encore presque deux lieues jusqu'à l'Escurial ; ce qui permettait de supposer, avec le cheval ferré de neuf et en forçant l'allure, qu'il atteindrait la résidence royale au milieu de l'après-midi, à condition que les eaux du Charcón et du Ladrón n'aient pas trop grossi et qu'il puisse les passer à gué sans quitter le chemin. De sorte que, satisfait, il finit son vin, posa une pièce sur la table, reprit son épée et se leva pour rejoindre le maréchal-ferrant qui terminait son labeur.

– Je vous prie de m'excuser, monsieur.

Il n'avait pas vu l'homme sortir du relais de poste et avait failli le heurter. C'était un personnage barbu, petit et large d'épaules, vêtu, comme celui qui regardait jouer les muletiers d'habits de campagne, de guêtres et d'un bonnet. Alatriste ne le connaissait pas. Il lui parut être un chasseur ou un garde forestier : il portait une épée courte fixée à un baudrier de cuir et un couteau de chasse passé dans la ceinture. L'inconnu accepta les excuses d'une légère inclinaison de tête, en l'observant avec attention ; et, tout en marchant vers l'écurie, le capitaine eut l'impression que l'autre continuait de le regarder. Inopportune rencontre, pensa-t-il. Cela ne lui disait rien qui vaille. Tandis qu'il payait le maréchal-ferrant au milieu des vrombissements des taons, il se retourna avec précaution pour guetter l'homme à la dérobée. Celui-ci était toujours sous le porche et ne le quittait pas des yeux. Mais ce qui inquiéta le plus Alatriste fut que, au moment où il mettait le pied à l'étrier et se hissait sur le moreau, le quidam échangea un coup d'œil avec celui qui se trouvait près des muletiers. Ces deux-là étaient des hommes de main et voyageaient ensemble, conclut-il. Pour une raison quelconque, le capitaine avait attiré leur curiosité ; et de toutes les raisons qu'il imaginait, aucune ne lui semblait rassurante.

C'est ainsi que, sur ses gardes, regardant par-dessus son épaule pour voir s'ils ne le suivaient pas, il piqua des éperons et prit le chemin de l'Escurial.


– Aucune scène au monde, dit Francisco de Quevedo, ne peut être comparée à celle-là.

Nous étions sous les arcades en granit de la Casa de la Compaña, assis dans une niche du mur, observant les préparatifs de *L'Épée et la Dague* dans les jardins de l'Escurial, qui étaient magnifiques : larges de cent pieds, avec des haies et des massifs de fleurs taillés à hauteur d'homme en belles figures et en labyrinthes autour d'une douzaine de petites fontaines où chantait l'eau et buvaient les oiseaux. Protégés de la bise par le palais-monastère lui-même, le long duquel grimpaient en espaliers jasmins et rosiers, les jardins s'étendaient au sud de l'édifice, orientés vers le soleil et de manière à dominer un bassin où nageaient canards et cygnes. De là, on pouvait admirer, vers le midi et le couchant, les imposantes montagnes voisines aux tons bleutés, gris et verts. Et au loin, à l'orient, les grands pâturages et les forêts royales qui s'étendaient jusqu'à Madrid.

> *Car quand d'amour il est question,*
> *mille flèches de Cupidon*
> *en profitant de ta candeur*
> *prennent pour cible ton honneur.*

Nous entendions la voix de María de Castro en train de répéter les premiers vers du deuxième acte. Elle avait sans nul doute le timbre le plus mélodieux de toute l'Espagne, cultivé avec adresse par son mari qui, sur ce point – contrairement à d'autres domaines –, ne la lâchait jamais. Elle était parfois interrompue par les coups de marteau des machinistes ; et Cózar, qui suivait sur le manuscrit de don Francisco, se retournait pour réclamer le silence avec la majesté d'un archevêque de Lieja ou d'un grand duc de Moscovie, personnages avec lesquels, sur les planches, il entretenait des rapports familiers. La pièce serait jouée là, en plein air. On avait installé dans ce but une scène et une grande tente qui protégerait du soleil et de la pluie les personnes royales et les invités illustres. On disait qu'il en coûtait dix mille écus au comte et duc pour régaler de la comédie et de la fête les rois et leurs hôtes.

> *Et c'est ainsi, nous le savons,*
> *que fous d'amour en mourants*
> *nous vivons, et que vivants*
> *il n'empêche que nous mourons.*

Des vers dont Francisco de Quevedo n'était certes pas très fier ; mais, comme il me l'avait lui-même expliqué en aparté, ils valaient exactement ce qu'on le payait pour les faire. Et puis ce genre de tours de passe-passe, escamotages et redondances, était fort au goût des amateurs de théâtre, depuis le roi en personne jusqu'au dernier des roturiers, mousquetaires du cordonnier Tabarca compris. Si bien que, dans l'opinion du poète – qui appréciait beaucoup Lope de Vega mais aimait bien aussi mettre chacun à sa juste place –, puisque le Phénix des Esprits se permettait parfois de ces subtiles fantaisies pour arrondir un acte ou arracher des bravos dans une scène, il ne voyait pas de raisons pour s'en priver de son côté. L'important, disait-il, n'était pas qu'il gâche son talent en alignant de tels vers comme Maures cuisinant des beignets, mais que ceux-ci plaisent au roi, à la reine et à leurs invités. Et surtout au comte et duc, qui tenait les cordons de la bourse.

– Le capitaine ne devrait plus tarder, dit soudain Quevedo.

Je me retournai pour le regarder, heureux de constater qu'il continuait de penser à mon maître. Mais le poète demeura impassible, observant María de Castro comme si de rien n'était, et n'ajouta pas un mot. Il est vrai que j'avais moi aussi d'autres pensées en tête que le capitaine Alatriste ; et plus encore après l'entretien que j'avais eu, bien malgré moi, avec le favori du roi. J'étais persuadé que, dès que le capitaine serait là et qu'il aurait vu Guadalmedina, tout serait réglé et que nos vies redeviendraient comme avant. Quant à ses relations avec la Castro – la comédienne était en train de demander de l'eau pour se rafraîchir, et son mari s'empressait de lui en faire porter – je ne doutais pas que, après ce qui s'était passé, mon maître renoncerait à faire le joli cœur dans des conditions si redoutables. Dans un autre ordre d'idées, j'étais étonné du naturel avec lequel la belle actrice se comportait à l'Escurial. Je compris à quel point une femme arrogante et sûre d'elle, mise en semblable position, peut se bouffir de vanité quand elle jouit de la faveur d'un roi ou d'un puissant personnage. Naturellement, l'actrice et la reine ne se croisaient jamais ; les comédiens n'allaient dans le jardin du palais que pour les répétitions, et aucun ne logeait dans l'enceinte. On racontait que Philippe IV avait déjà rendu quelques visites nocturnes à la Castro, sans avoir cette fois à craindre un importun – et encore moins le mari, puisqu'il était notoire que Cózar avait le sommeil lourd et que, même quand il gardait les yeux ouverts, il savait ronfler comme un bienheureux. Tout cela faisait l'objet de chuchotements quotidiens et ne tarderait guère à parvenir aux oreilles de la reine ; mais la fille d'Henri IV avait reçu l'éducation d'une princesse, ce qui impliquait l'art de prendre ce genre de choses comme faisant partie de son métier. Isabelle de Bourbon a toujours été une dame et une reine exemplaires ; c'est pourquoi le peuple l'a aimée et respectée jusqu'à sa mort. Pourtant, nul ne pouvait imaginer les larmes d'humiliation que notre infortunée reine a versées dans le secret de ses appartements du fait de la luxure de son auguste époux ; lequel, avec le temps et selon la rumeur publique, n'a pas engendré moins de vingt-trois bâtards royaux. À mon avis, la répugnance invincible que la reine a montrée toute sa vie à se rendre à l'Escurial – elle n'y est jamais revenue, sauf pour s'y faire enterrer – était due, sans compter que sa nature enjouée s'accommodait mal du caractère sinistre de l'édifice, au mauvais souvenir de l'aventure de son mari avec la Castro ; laquelle n'a connu qu'une brève victoire, car le caprice royal devait rapidement la remplacer par une autre actrice, âgée de seize ans, María Calderón. Tant il est vrai que Philippe IV a toujours été plus attiré par les femmes de basse condition, comédiennes, souillons, soubrettes et filles des rues, que par les dames illustres ; précisons néanmoins que, contrairement à ce qui s'est passé en France où certaines favorites ont réussi à régner davantage que les reines, en Espagne les apparences ont été sauvegardées, et pas une seule femme aimée du roi n'a exercé d'ascendant à la Cour. La vieille et hypocrite Castille, alliée à la rigide étiquette bourguignonne apportée de Gand par l'empereur Charles Quint, ne pouvait tolérer qu'il n'y eût point un abîme entre la majesté de ses monarques et le reste de l'humanité. Aussi, le caprice passé – nul ne pouvant monter un cheval qui avait été chevauché par le roi ni profiter d'une femme qu'il avait honorée de ses faveurs –, les maîtresses de notre souverain Philippe IV étaient-elles ordinairement forcées d'entrer au couvent, tout comme les filles issues de telles amours illégitimes. Ce qui a donné lieu à l'inévitable épigramme d'un bel esprit de la Cour, qui commençait ainsi :

> *Passant, la maison que tu vois*
> *n'est certes pas ce que tu crois,*
> *car si bordel en fit le roi,*
> *d'un couvent c'est là le toit.*

Ces circonstances, ajoutées aux débauches, bals masqués et fêtes illuminées, à la corruption, aux guerres et au mauvais gouvernement, contribuent à dresser à vos seigneuries le portrait moral de cette Espagne, encore crainte et puissante, qui sombrait irrémédiablement : un roi de peu d'énergie, plein de bonnes intentions, mais qui, incapable d'accomplir lui-même son devoir, a laissé tout au long de ses quarante années de règne la responsabilité entre d'autres mains : ce pécheur endurci s'est amusé tout son content, il a chassé, il a vidé les coffres de la nation tandis que nous perdions le Roussillon et le Portugal, que se soulevaient la Catalogne, la Sicile et Naples, que conspiraient les nobles andalous et aragonais, que nos régiments, réduits à la famine et forcés à l'indiscipline par l'absence de solde, devaient se laisser tailler en pièces, impavides et silencieux, fidèles à leur glorieuse légende, et que l'Espagne, enfin, se transformait en ce que résume admirablement – toute révérence gardée à Francisco de Quevedo – le célèbre dernier vers du sonnet de Luis de Góngora :

*… et terre, ombre, poussière, au néant vous irez.*

Mais, comme me l'a dit en certaine occasion le capitaine Alatriste – c'était lors d'une mutinerie près de Breda –, « ton roi est ton roi » : Philippe IV a été le monarque que le destin m'a donné, et je n'en ai point eu d'autre. Ce qu'il incarnait était tout ce que connaissaient les hommes de mon rang et de mon siècle. Personne ne nous a permis de choisir. Voilà pourquoi j'ai continué à me battre pour lui et lui suis resté fidèle jusqu'à sa mort, même quand à l'innocence de ma jeunesse a succédé le mépris dû à la lucidité et l'expérience, puis bien plus tard, dans mon âge mûr, la pitié ; quand, commandant de sa garde, je l'ai vu devenir un vieillard précoce, pliant sous le poids de la défaite, des déceptions et des remords, accablé par la ruine de sa nation et les coups de la vie ; et quand j'avais coutume de l'accompagner sans autre escorte à l'Escurial, où il passait de longues heures sans desserrer les lèvres, seul dans la nécropole de fantômes où reposaient les dépouilles de ses illustres ancêtres : les rois dont il avait dilapidé misérablement le grandiose héritage. Trop grande était l'Espagne qui, pour notre malheur, était venue se poser sur ses épaules. Et il ne fut jamais homme à porter un tel fardeau.

Il s'était laissé prendre au piège de la façon la plus idiote ; mais le moment n'était pas aux lamentations. Résigné à affronter l'inévitable, Diego Alatriste piqua violemment des éperons, obligeant le cheval à traverser la rivière en soulevant des gerbes d'eau. Les deux cavaliers qui le suivaient avaient gagné du terrain ; mais ceux qui l'inquiétaient vraiment étaient les deux autres qui venaient de sortir du bois, sur la rive opposée, et chevauchaient dans sa direction avec des intentions aussi claires que s'il se fut agi de Turcs.

Il observa le terrain pour évaluer les possibilités qu'il offrait. Il flairait le danger depuis la poste de Galapagar : en descendant vers le fond de la vallée, les murailles grises de l'Escurial déjà visibles dans le lointain, il avait constaté que deux hommes à cheval étaient à ses trousses. Son instinct de soldat toujours alerte avait suffi à lui faire comprendre que c'étaient ceux de l'auberge. Aussi avait-il éperonné le moreau pour lui faire franchir le versant au plus vite, dans le but de gagner les bois proches et de se ménager l'avantage de la surprise. Mais l'apparition de deux nouveaux cavaliers avait tout mis au clair. Il avait affaire à ce qu'en termes militaires on eût appelé des voltigeurs : une patrouille qui battait la campagne à la recherche d'un ennemi. Et tel que se présentaient les cartes, le capitaine ne pouvait douter que cet ennemi n'était autre que lui.

Le cheval manqua de glisser sur les galets du fond, mais il atteignit la berge sans tomber, à quelque vingt pas de ceux qui s'approchaient au trot allongé en suivant la rivière. Alatriste les inspecta d'un œil expérimenté : moustachus, vêtus en chasseurs ou en gardes forestiers, portant pistolets, épées et, pour l'un, une arquebuse à la selle. Des hommes qui connaissaient leur métier. Il regarda derrière lui et vit ceux de l'auberge descendre au galop la côte de Galapagar, en éperonnant leurs montures. Oui, tout était clair comme de l'eau de roche. Il contint son cheval, retira froidement le pistolet de sa ceinture, coinça les rênes entre ses dents et arma le chien. Puis il fit de même avec le pistolet de l'arçon. Il n'était pas expert en ce genre de combats ; mais mettre pied à terre devant quatre hommes à cheval eût été folie. De toute manière, pensa-t-il en guise de maigre consolation, à pied, à cheval ou sur un air de chacone, il s'agissait toujours de la même chose : se battre. De sorte que, lorsque ceux de la rive se trouvèrent à trois toises, il se redressa en se calant bien sur ses étriers, tendit le bras et eut le temps de voir l'affolement se dessiner sur le visage de l'homme qu'il visait quand il appuya sur la détente et que le coup partit. Il l'eût tué, si un écart de son propre cheval n'avait fait dévier la trajectoire. Au bruit et à l'éclair, l'autre, celui qui portait l'arquebuse en travers de sa selle, arrêta net sa monture pour esquiver le coup, tandis que son camarade se baissait en tirant sur les rênes. Cela donna à Alatriste le temps de faire volte-face, de ranger le premier pistolet et de le remplacer par le second. Tenant celui-ci bien en main, il voulut éperonner afin de se rapprocher encore et ne pas manquer le deuxième tir ; mais le moreau n'était pas un cheval de guerre, la détonation l'avait épouvanté, et il échappa au contrôle de son maître pour se jeter sur les galets de la rive. En jurant atrocement, Alatriste se retrouva de dos, incapable de viser convenablement. Il tira sur les rênes de la bête avec tant de violence que celle-ci se cabra et faillit le désarçonner. Le temps de la reprendre en main, il avait un ennemi de chaque côté, chacun tenant un pistolet. Il put voir aussi que ceux de l'auberge traversaient la rivière dans un nuage d'éclaboussures ; ils avaient dégainé leurs épées, mais, pour le capitaine, les pistolets qui menaçaient ses flancs représentaient un danger plus immédiat. Il recommanda donc son âme au diable, leva son arme et tira à bout portant sur l'homme le plus proche. Cette fois, il le vit choir à la renverse sur la croupe, une jambe en l'air et l'autre retenue par l'étrier. Après quoi, jetant l'arme déchargée et empoignant sa rapière, Alatriste se tourna vers son deuxième adversaire, vit son pistolet et, derrière, des yeux exorbités par le feu de l'action, fixes et aussi noirs que l'orifice du canon que l'homme pointait sur lui. Tout s'achevait ici, comprit-il. Il leva son épée pour tenter, au moins, de fondre sur le fils de pute qui le tuait. Et alors, à sa grande surprise, il vit que le trou noir se déplaçait vers la tête de son cheval et que l'éclair et la détonation faisaient jaillir sur ses vêtements le sang et la cervelle de la bête. Il s'écroula sur sa monture morte et roula en se cognant aux pierres du rivage. Étourdi, il voulut se relever ; mais la force lui manqua, et il resta immobile, la face collée à la boue humide. Par la merde de Dieu ! Son dos le faisait souffrir comme s'il s'était brisé la colonne vertébrale. Il chercha son épée des yeux, mais il vit seulement des bottes munies d'éperons qui s'arrêtaient devant lui. Une de ces bottes le frappa au visage, et il perdit connaissance.

Je commençai à m'inquiéter à l'heure de l'Ave Maria, lorsque Francisco de Quevedo, l'air sombre, vint me dire que mon maître ne s'était pas présenté devant le comte de Guadalmedina et que celui-ci s'impatientait. Je sortis, en proie à d'obscurs pressentiments, et allai m'asseoir près du parapet de l'esplanade qui donne à l'orient, d'où l'on pouvait voir le débouché de la route de Madrid. Je restai là jusqu'à ce que le soleil, voilé au dernier moment par des nuages d'un gris sale, eut disparu derrière les montagnes. Puis, désemparé, je partis à la recherche du poète, sans le trouver. Je voulus aller plus loin, mais les archers de garde ne me laissèrent pas passer dans la cour d'honneur parce que les rois et leurs invités assistaient à un concert donné dans le kiosque à musique. Je leur demandai d'aviser don Álvaro de la Marca, mais le sergent me dit que le moment était mal choisi ; je n'avais, ajouta-t-il, qu'à attendre la fin de la soirée ou aller importuner le monde ailleurs. Finalement, une connaissance de don Francisco que je rencontrai au pied de l'escalier du Bergamasque me rapporta que le poète était allé souper à l'hôtellerie du Chemin Royal, derrière l'arche située en face du palais : c'était là qu'il avait l'habitude de se restaurer. Si bien que je sortis de nouveau, pris à gauche et me dirigeai vers ladite hôtellerie.

Le lieu était petit, agréable, éclairé par des lumignons de suif brûlant dans des godets. Les murs, construits avec la même pierre de granit que le palais, étaient décorés de guirlandes d'aulx, de jambons et de salaisons. La patronne s'affairait devant un grand fourneau et l'aubergiste s'occupait de la table. À celle-ci étaient assis Francisco de Quevedo, María de Castro et le mari de la comédienne. Le poète m'interrogea du regard, fronça les sourcils à mon geste négatif et m'invita à prendre place parmi eux.

– Je crois, dit-il, que vous connaissez mon jeune ami.

Ils me connaissaient, en effet. Surtout la Castro. La belle comédienne m'accueillit avec un sourire, et le mari avec une expression ironique et exagérément aimable, n'ignorant pas qui je servais. Ils venaient de manger des truites, car nous étions vendredi, et m'offrirent de finir le plat ; mais j'avais l'estomac trop serré, et je me contentai d'un peu de pain trempé dans du vin. Ce n'était certes pas un vin commun, et ce soir-là Rafael de Cózar semblait l'avoir fort prisé, car il avait les yeux rougis et la langue pâteuse de quelqu'un qui a bu à s'en faire éclater la panse. L'aubergiste en apporta d'autre, et ce fut cette fois du vin doux de Pedro Ximénez. María de Castro, vêtue d'un casaquin et d'une basquine de drap vert, à l'amazone, avec pour au moins cinquante écus de dentelle des Flandres au col, aux manches et à la bordure de la jupe, buvait avec grâce et à petits coups ; don Francisco le faisait avec mesure et Cózar avec une véritable soif. Ainsi savourant le vin, tous trois continuèrent à converser de leurs affaires, des détails de la représentation et de la manière de dire tel ou tel vers, tandis que je guettais une occasion de m'entretenir seul à seul avec le poète. Malgré l'inquiétude qui me tourmentait, je pus une fois de plus admirer la beauté de la comédienne pour qui mon maître avait osé se mettre en travers du caprice d'un roi. Et je frémissais de tout mon être en admirant le sang-froid avec lequel María de Castro renversait la tête en arrière pour rire, humectait ses lèvres de vin, ajustait les pendants en corail qui ornaient ses oreilles délicates, ou regardait son mari, don Francisco et moi-même de cette façon particulière qu'elle avait de regarder les hommes en leur donnant le sentiment qu'ils étaient élus et uniques au monde. Je ne pus éviter que mes pensées volent vers Angélica d'Alquézar, et cela me conduisit à me demander si le sort du capitaine Alatriste, voire du roi lui-même, importait vraiment à la Castro ou si, au contraire, rois et pions n'étaient, sur l'échiquier de femmes comme elle – et peut-être sur celui de toutes les femmes –, que des pièces de circonstance et toujours remplaçables. Et, poursuivant ma méditation, je me demandai également si María de Castro, Angélica d'Alquézar et les autres pouvaient être comparées, en fin de compte, à des soldats en contrée hostile, comme je l'avais moi-même expérimenté dans les Flandres : maraudeuses fourrageant dans un monde d'hommes, avec leur beauté pour munitions et les vices et passions de l'ennemi pour armes. Une guerre où seules les plus courageuses et les plus cruelles avaient quelques chances de survivre et où, toujours, le passage du temps finissait par les vaincre. Qui pouvait imaginer, en voyant la Castro dans la beauté parfaite de sa jeunesse, que, peu d'années plus tard, pour des raisons étrangères à la présente histoire, mon maître irait lui rendre une dernière visite dans l'asile des femmes malades, face à l'hôpital d'Atocha, et la retrouverait vieillie et défigurée par le mal français, dissimulant son visage derrière sa mante par honte d'être contemplée dans cet état ? Et que moi, caché derrière la porte, je verrais le capitaine Alatriste, en prenant congé, se pencher sur elle malgré sa résistance, écarter la mante et déposer un ultime baiser sur sa bouche flétrie ?

Nous en étions là, quand l'aubergiste s'approcha pour chuchoter quelques mots à l'oreille de l'actrice. Elle acquiesça, caressa la main de son mari et se leva dans un grand froissement de jupons.

— Bonne nuit, dit-elle.

— Dois-je t'accompagner ? demanda distraitement Cózar.

— Ne prends pas cette peine. Des miennes amies m'attendent... Des dames de la reine.

Elle ravivait les couleurs de son visage avec un sachet de rouge de Grenade, en se regardant dans un petit miroir. À cette heure, pensai-je, les seules femmes qui n'étaient pas rentrées dans leurs appartements étaient les racoleuses et les dames des jeux de cartes. Don Francisco et moi échangeâmes un regard lourd de sous-entendus ; Cózar le surprit. Sa face était un masque impassible.

— Je vais faire appeler la voiture, dit-il à son épouse.

— Ne prends pas cette peine, répéta-t-elle, désinvolte. Mes amies m'ont envoyé la leur.

Le mari hocha la tête avec indifférence, comme si la chose était parfaitement naturelle. Il était penché sur le vin et, hors celui-ci, il semblait se moquer de tout.

– Puis-je savoir où tu seras ?

La femme esquissa un gracieux sourire en rangeant le miroir dans un petit sac en mailles d'argent.

– Oh, pas loin. À La Fresneda, je crois... Inutile de veiller pour m'attendre.

Elle prit congé avec un nouveau sourire et beaucoup d'impertinence, posa sa mante sur sa tête et ses épaules, releva le bas de sa basquine et partit seule, en adressant un charmant signe de refus à don Francisco qui, galant, s'était levé pour l'accompagner jusqu'à la porte. J'observai que le mari ne bougeait pas de sa chaise, son pourpoint défait et le verre entre les mains, contemplant le vin avec une expression absorbée et une étrange moue sous la moustache dont les pointes rejoignaient les pattes à l'allemande. Si cette étrange créature part seule, me dis-je, et si son goinfre d'époux légitime reste avec sa seigneurie Pedro Ximénez et cette figure-là, c'est qu'elle ne va pas précisément pratiquer ses dévotions avant d'aller dormir. Le nouveau regard grave, rapide, que m'adressa don Francisco en haussant les sourcils ne put que confirmer cette conclusion. La Fresneda était une ferme royale avec un pavillon de chasse, à un peu plus d'une demi- lieue de l'Escurial, au bout d'une longue avenue de peupliers. Nul n'avait jamais eu vent que la reine ou ses dames y eussent jamais mis les pieds.

– Il est l'heure de tous nous retirer, dit le poète.

Cózar demeura immobile, plongé dans la contemplation de son verre. Sa moue ironique s'était accentuée et lui donnait un air canaille.

– Pourquoi tant se presser ? murmura-t-il.

Je le trouvais différent de l'homme que je connaissais de loin, comme si le vin révélait de lui des zones d'ombre impossibles à percevoir à la pleine lumière des chandelles d'une scène de théâtre.

– Buvons, dit-il soudain en levant son verre, à la santé du petit Philippe.

Je l'observai avec inquiétude. Même un comédien aussi renommé que lui devait faire attention à ses plaisanteries. Il était clair que, cette nuit, Cózar n'était pas l'acteur étincelant et drôle que nous admirions sur les planches, une réplique spirituelle toujours à la bouche et éternellement de bonne humeur, avec ce comportement burlesque qui n'appartenait qu'à lui, du genre « je gobe tout et foin des médisants ». Don Francisco échangea encore un regard avec moi, puis se reversa du vin et le porta à ses lèvres. Je m'agitais sur ma chaise en lui adressant des regards impatients. Mais il haussa les épaules. Il n'y a pas grand-chose à faire, signifiait sa mimique. C'est ton maître qui a les dés en main, et il n'arrive pas.

Quant à celui-là, vois toi-même. Quelques coups de trop font parfois apparaître des choses que la sobriété maintient à distance.

– Que dit déjà votre ravissant sonnet, monsieur de Quevedo? – Cózar avait posé une main sur le bras du poète. – Celui du plateau vermeil et de la princesse Danaé... Vous savez duquel je parle?

Don Francisco l'observa avec attention, très fixement, comme s'il sondait l'autre par-delà ses yeux. Ses lunettes reflétaient la lumière des lumignons.

– Je ne m'en souviens pas, répondit-il enfin.

Il tordait sa moustache, mal à l'aise. J'en déduisis que ce qu'il voyait à l'intérieur de Cózar ne devait guère lui plaire. Moi-même, je devinais dans le ton du comédien quelque chose que je n'avais jamais imaginé : une vague rancœur, contenue et obscure. Quelque chose de complètement opposé à ce qu'il était, ou affectait d'être.

– Non?... Moi si. – Cózar levait un doigt. – Attendez.

Et il récita, la langue un peu incertaine mais avec l'emphase voulue, car il était un magnifique acteur et sa voix était excellente :

> *Le grave Jupiter se transforma en bourse,*
> *relevant les jupons de cette belle enfant,*
> *avant de s'y glisser en une pluie d'argent.*

Point n'était besoin d'être grand clerc pour déchiffrer de telles allusions ; aussi nous dévisageâmes-nous de nouveau, le poète et moi, gênés. Mais Cózar semblait s'en moquer. Il avait porté le verre à ses lèvres et semblait rire entre ses dents.

– Et ces autres vers ? ajouta-t-il, deux gorgées plus tard. Vous ne vous les rappelez pas non plus ?... Mais si, mon cher. Ceux qui commencent par : *Tu es cocu jusqu'au trognon...*

Don Francisco s'agitait, en regardant autour de lui comme s'il cherchait par où partir.

– Par Dieu, je ne sais ce dont vous parlez.

– Non ?... Pourtant ils sont de vous, et célèbres. On dit aussi un peu partout que je n'y suis pas étranger.

– Sottises ! Vous avez bu plus que de raison.

– Bien sûr que j'ai bu ! Mais, pour la poésie, j'ai une mémoire extraordinaire... Écoutez plutôt :

> *Reine, juste est ce que j'ordonne,*
> *car c'est là le propre d'un roi :*
> *du caprice il fait une loi*
> *dès lors que son plaisir l'ordonne.*

– ... Tudieu, je ne suis pas le premier acteur d'Espagne pour rien. Et attendez encore, sire poète, car me vient maintenant à l'esprit un autre sonnet des plus opportuns... Je veux parler de celui qui commence ainsi : *La voix de l'œil que nous appelons pet...*

– Celui-là est anonyme, que je sache.
– Oui. Mais on l'attribue à votre illustre génie.

Le poète commençait à être vraiment en colère, sans cesser de promener son regard à gauche et à droite. Par chance, disait son visage avec une expression de soulagement, nous sommes seuls et l'aubergiste est loin. Car déjà, sans prendre l'avis de personne, Cózar récitait :

> *Je le conchie, le blason des monarques*
> *qui osent se targuer, bardés de courtisans,*
> *de répandre la vie et dispenser les Parques.*

Des vers qui, en effet, étaient de don Francisco, bien que celui-ci le niât avec la dernière énergie ; écrits en un temps où le poète ne jouissait pas encore des faveurs de la Cour, ils continuaient de circuler sous le manteau dans la moitié de l'Espagne, même s'il eût donné une oreille pour pouvoir les retirer. En tout cas, ce fut cela qui, avec tout le vin consommé, fit déborder le vase : don Francisco appela l'aubergiste, paya le souper et se leva, au comble de l'irritation, en plantant là Cózar. Je le suivis.

– Dans deux jours, il va jouer devant le roi, dis-je, inquiet, sur le seuil. Et il s'agit de votre comédie.

La mine encore sombre, le poète regarda derrière lui. Puis il fit claquer sa langue.

– Bah, n'y attachons pas trop d'importance, dit-il enfin avec une grimace moqueuse. Ce n'est qu'un accès passager... Demain matin il aura cuvé son vin, et tout sera comme avant.

Il jeta sa courte cape noire sur ses épaules et en noua les cordons.

— Quoique, par saint Roch, ajouta-t-il après avoir un peu réfléchi, jamais je n'aurais soupçonné que semblable chien couchant puisse être sensible aux démangeaisons de l'honneur.

Je jetai un dernier regard étonné à la petite silhouette du comédien que, tout comme don Francisco, j'avais toujours tenu pour un homme souriant, d'humeur aussi plaisante qu'il était sans scrupules. Ce qui prouve — et la suite allait montrer très vite que je n'étais pas au bout de mes surprises — que l'on n'a jamais fini de sonder le cœur humain.

— Vous est-il jamais venu à l'esprit qu'il pouvait l'aimer? demandai-je.

À peine ces paroles imprévues s'étaient-elles échappées de ma bouche, que je rougis. Le poète, qui mettait son épée à sa ceinture, suspendit un instant son geste pour m'observer avec intérêt. Puis il sourit, en achevant de se ceindre lentement, comme si mon commentaire le faisait réfléchir, et il ne dit rien. Il enfonça son chapeau, et nous gagnâmes l'extérieur en silence. Au bout de quelques pas seulement, je le vis hocher la tête, l'air de sortir d'une longue méditation.

– On ne sait jamais, mon garçon... murmura-t-il. À vrai dire, on ne sait jamais.

La nuit s'était légèrement rafraîchie et l'on voyait les étoiles. Nous traversâmes l'esplanade tandis que des rafales de vent faisaient voler les feuilles arrachées aux cimes des arbres. Parvenus au palais, où nous dûmes donner le mot de passe car il était plus de dix heures, nul ne put nous fournir des nouvelles du capitaine. Le comte de Guadalmedina le vouait à l'enfer, selon ce que me rapporta don Francisco après avoir échangé quelques mots avec lui. J'espère pour le bien d'Alatriste, avait-il dit, qu'il ne me brouillera pas avec le favori. Comme vos seigneuries peuvent le supposer, cela me tourmentait ; et, dans l'espoir de voir mon maître apparaître, je ne voulus pas quitter la porte. Don Francisco essaya de me rassurer en me donnant toutes sortes de bonnes raisons. Les sept lieues depuis Madrid, dit-il, faisaient une longue route. Peut-être le capitaine avait-il été retardé par quelque incident sans gravité ou préférait-il, pour plus de sûreté, arriver tard dans la nuit ; en tout cas, il était homme à prendre ses précautions. Je finis par acquiescer, plus résigné que convaincu, voyant bien que mon interlocuteur lui-même ne se fiait pas non plus vraiment à sa propre éloquence. La vérité était que nous ne pouvions qu'attendre, et rien de plus. Don Francisco s'en fut à ses affaires et je me dirigeai de nouveau vers le portail du palais, où je pensais rester toute la nuit à guetter des nouvelles. Je passais entre les colonnes de la cour des cuisines, quand, devant un étroit escalier faiblement éclairé et à demi dissimulé dans les murs épais, j'entendis le froissement d'une robe de soie; mon cœur s'arrêta de battre comme s'il avait reçu un coup de pistolet. Avant même d'entendre chuchoter mon nom et de me retourner vers l'ombre tapie dans l'obscurité, je sus que c'était Angélica d'Alquézar et qu'elle m'attendait. C'est ainsi que commença la nuit la plus heureuse et la plus terrible de ma vie.

# X

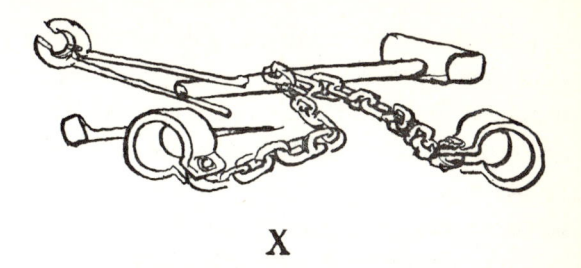

# LE LEURRE
# ET LE PIÈGE

Diego Alatriste, les mains attachées dans le dos, se redressa avec difficulté et parvint à s'asseoir contre le mur. Sa tête le faisait tant souffrir – il se souvint de la chute du cheval et du coup de pied dans la figure – qu'il crut d'abord que l'obscurité dans laquelle il était plongé venait de là. Pourvu, se dit-il en frissonnant, que je ne sois pas devenu aveugle. Puis, en se tournant avec angoisse d'un côté et de l'autre, il découvrit un rai de lumière rougeâtre sous une porte et poussa un soupir de soulagement. Peut-être était-ce seulement qu'il faisait nuit. Ou qu'on l'avait jeté dans une cave. Il remua ses doigts tuméfiés par les liens et dut se mordre les lèvres pour ne pas gémir : c'était comme si mille aiguilles lui parcouraient les veines. Plus tard, lorsque les élancements se furent un peu calmés, il tenta de mettre de l'ordre dans la confusion de son esprit. Le voyage. La poste. L'embuscade. Et puis, se souvint-il, déconcerté, le coup de pistolet qui, au lieu de le tuer, avait fait chuter le cheval. Cela n'avait rien d'un tir maladroit ou d'une erreur, conclut-il. Ces hommes étaient certainement des gens rigoureux. Exécutant les ordres. Tellement disciplinés que, bien qu'il eût abattu l'un de leurs camarades à bout portant, ils ne s'étaient pas laissés aller à un mouvement naturel qui eût été de le lui rendre la pareille. Cela, il pouvait le comprendre, étant lui-même du métier. La question importante était autre. Qui était derrière et déboursait pour payer le bal ? Qui voulait l'avoir vivant et pourquoi ?

Comme une réponse, la porte s'ouvrit soudain, et la lumière lui blessa les yeux. Une forme noire se tenait sur le seuil, une lanterne à la main et une outre de vin dans l'autre.

– Bonsoir, capitaine, dit Gualterio Malatesta.

Décidément, pensa Alatriste, ces derniers temps l'Italien entrait dans sa vie et en sortait comme dans un moulin. La différence était que, cette fois, il était ficelé comme un saucisson et que l'autre ne semblait pas pressé. Malatesta s'était approché et, s'accroupissant près de lui, éclairait son visage pour le contempler.

– Je vous ai vu plus fringant, dit-il froidement.

Incommodé par la lumière, clignant douloureusement des paupières, Alatriste constata que son œil gauche était enflammé et qu'il ne pouvait l'ouvrir complètement. Même ainsi, il put observer la face toute proche de son ennemi, piquetée de petite vérole, avec la cicatrice sur l'arcade sourcilière droite, souvenir du combat à bord du *Niklaasbergen*.

– Et moi de même.

La moustache de l'Italien se tordit en un sourire presque complice.

– Excusez l'inconfort..., dit-il en inspectant le dos du capitaine. Cela vous serre beaucoup?

– Plutôt.

– C'est bien ce qu'il m'avait semblé. Vous avez les mains comme des aubergines.

Il se tourna vers la porte, appela, et un homme apparut: Alatriste reconnut celui qu'il avait heurté à la poste de Galapagar. Malatesta lui ordonna de relâcher un peu les liens du prisonnier. Tandis que l'autre obéissait, l'Italien tira sa dague et la mit sur la gorge du capitaine pour être sûr que celui-ci ne profiterait pas de l'occasion. Puis le sbire s'en fut et tous deux restèrent seuls.

– Avez-vous soif?

– Pardi!

Malatesta remit sa dague en place et, approchant l'outre de vin des lèvres du capitaine, le laissa boire son content. Il l'observait attentivement, de très près. À la lumière de la lanterne, Alatriste put étudier, lui aussi, les yeux noirs et durs de l'Italien.

– Racontez-moi tout, dit-il.

Le sourire de l'autre s'accentua. Une expression, décida le capitaine, qui invitait à la résignation chrétienne. Ce qui, vu les circonstances, n'avait rien d'encourageant. Malatesta fourgonna dans une oreille, pensif, comme s'il calculait le poids de deux paroles de plus ou de moins.

– Vous êtes cuit, répondit-il finalement.

– Est-ce vous qui me tuerez ?

L'Italien haussa les épaules. Quelle importance, semblait dire cette mimique, que ce soit moi ou un autre ?

– Je suppose, dit-il.

– Pour le compte de qui ?

Malatesta hocha négativement la tête, avec lenteur, sans quitter le capitaine des yeux, et ne dit rien. Puis il se releva et saisit la lanterne.

– Vous avez de vieux ennemis, résuma-t-il, en se dirigeant vers la porte.

– À part vous ?

Le rire grinçant de l'autre retentit.

– Je ne suis pas un ennemi, capitaine Alatriste. Je suis un adversaire. Pouvez-vous saisir la différence ?... Un adversaire vous respecte, même s'il vous tire dans le dos. Les ennemis, c'est autre chose... Un ennemi vous hait, même s'il vous flatte et vous embrasse.

– Laissez là les subtilités. Vous allez m'égorger comme un chien.

Malatesta, qui était sur le point de refermer la porte, s'arrêta un instant, tête penchée. Il semblait hésiter, en se demandant s'il était opportun d'ajouter quelque chose.

– Comme un chien ne sont pas les mots justes pour exprimer la chose, finit-il par répliquer. Mais ils peuvent convenir.

– Fils de pute !

– Ne le prenez pas si tragiquement. Souvenez-vous de l'autre jour, chez moi… Et j'ajouterai ceci, en manière de consolation : vous partirez en illustre compagnie.

– Comment cela, illustre ?

– Devinez.

Alatriste additionna deux et deux. L'Italien restait sur le seuil, circonspect et patient.

– C'est impossible ! s'écria soudain le capitaine.

– Mon compatriote Dante l'a écrit, rétorqua Malatesta : *Poca favilla gran fiamma seconda.*

– Le roi, encore ?

Cette fois, l'Italien ne répondit pas. Il accentua seulement son sourire sous le regard d'un Alatriste stupéfait.

– Eh bien ! Cela ne me console nullement, conclut celui-ci en recouvrant ses esprits.

– Ce pourrait être pire. Je veux dire, pour vous. Vous allez entrer dans l'Histoire.

Alatriste ignora le commentaire. Il réfléchissait au plus important.

– Vous voulez dire qu'un joueur continue de vouloir abattre un roi... Et qu'encore une fois on a pensé à moi comme valet de pique ?

Le rire de Malatesta grinça de nouveau, tandis qu'il fermait la porte.

– Je n'ai rien dit, seigneur capitaine... Mais si quelque chose peut me réjouir quand je vous tuerai, c'est bien de savoir que personne ne pourra dire que je trucide un innocent ou un imbécile.

– Je t'aime, répéta Angélica.

Je ne pouvais voir son visage dans l'obscurité. Je me tournai peu à peu, en me réveillant d'un rêve délicieux au cours duquel je n'avais pas perdu ma lucidité. Elle m'entourait de ses bras, et je sentais battre mon cœur contre sa peau à demi nue, d'une douceur de velours. J'ouvris la bouche pour prononcer les mêmes mots, mais il n'en sortit qu'un gémissement émerveillé, épuisé. Heureux. Après cela, pensai-je, étourdi, nul ne pourra plus jamais nous séparer.

– Mon enfant, dit-elle.

J'enfonçai davantage mon visage dans ses cheveux en désordre, puis, après avoir parcouru des doigts le suave contour de ses hanches, je posai un baiser dans le creux de son épaule où flottaient les rubans de sa chemise entrouverte. Le vent nocturne sifflait sur les toits et les cheminées du palais. La chambre et les draps froissés étaient un havre de paix. Tout restait à l'extérieur, temps suspendu, à part nos jeunes corps enlacés dans le noir et les battements enfin calmés de mon cœur. Et je compris soudain, comme dans une révélation, que j'avais fait tout ce long chemin, mon enfance à Oñate, Madrid, les cachots de l'Inquisition, les Flandres, Séville, Sanlúcar, en traversant tant de hasards et de dangers, pour devenir un homme et être ici cette nuit, dans les bras d'Angélica d'Alquézar. De cette jeune fille qui avait à peine mon âge et m'appelait son enfant. De cette femme qui semblait posséder, dans la chaleur mystérieuse de sa tendre chair, les ressorts de mon destin.

– Maintenant, tu vas devoir te marier avec moi…, murmura-t-elle. Un jour…

Elle le dit avec sérieux et ironie en même temps, d'une voix dont l'étrange tremblement me fit penser au feuillage d'un arbre. J'acquiesçai, somnolent, et elle me baisa les lèvres. Cela maintint encore à distance une pensée qui tentait de se frayer un chemin dans ma conscience à la manière d'une rumeur lointaine, pareille au vent qui soufflait dans la nuit. Je voulus me concentrer sur elle, mais la bouche d'Angélica, son étreinte, m'en empêchaient. Je m'agitai, inquiet. Il y avait quelque chose, quelque part, décidai-je. Comme lorsque je fourrageais en terrain ennemi près de Breda et que le paysage vert et paisible de moulins, de canaux, de bois et de prairies ondoyantes pouvait donner passage, sans crier gare, à un détachement de cavalerie hollandaise. La pensée revint à la charge, plus intense cette fois. Un écho, une image. Soudain le vent hurla avec plus de force contre les volets, et je me souvins. Un éclair, une explosion de panique. Le visage du capitaine. C'était cela, bien sûr. Par le sang du Christ !

Je me redressai d'un bond, me dégageant de l'étreinte d'Angélica. Le capitaine n'était pas venu au rendez-vous, et moi j'étais là, dans ce lit, indifférent à son sort, plongé dans le plus absolu des oublis.

– Que se passe-t-il ? demanda-t-elle.

Je ne répondis pas. Je posai les pieds sur le sol glacé et cherchai mes vêtements à tâtons. J'étais complètement nu.

– Où vas-tu ?

Je trouvai la chemise. Je ramassai culottes et pourpoint. Angélica s'était levée et ne posait plus de questions. Elle voulut me retenir en m'enlaçant par-derrière, et je la repoussai violemment. Nous luttâmes ainsi en aveugles. Je la sentis retomber finalement sur le lit avec un gémissement de douleur ou de rage. Je n'en eus cure. À ce moment, la seule chose qui m'importait était la colère que j'éprouvais envers moi-même. L'angoisse de ma désertion.

– Sois maudit, dit-elle.

Je me penchai de nouveau, tâtonnant par terre. Mes chaussures devaient bien être quelque part. Je rencontrai mon ceinturon en cuir et, en l'ajustant, je constatai qu'il n'avait pas son poids habituel. La gaine de la dague était vide. Où diable est-elle, me demandai-je. Où l'ai-je mise ? J'allais prononcer à haute voix une question qui semblait déjà stupide avant même d'avoir passé mes lèvres, quand je sentis une douleur aiguë et glaciale dans le dos, et l'obscurité se remplit de petits points lumineux comme de minuscules étoiles. Je poussai un cri, bref et sec. Puis je voulus me retourner et frapper, mais les forces me manquèrent, et je tombai à genoux. Angélica me retenait par les cheveux, en m'obligeant à renverser la tête en arrière. Je sentis le sang me couler dans le dos jusqu'aux jarrets et, ensuite, le tranchant de la dague sur mon cou. Je pensai, avec une étrange lucidité : elle va m'égorger comme un veau. Ou comme un goret. J'avais lu quelque chose sur une magicienne, une femme qui, dans l'Antiquité, changeait les hommes en porcs.

Elle me ramena jusqu'au lit en me tirant par les cheveux, sans éloigner la dague de ma gorge, et fit en sorte que je m'écroule à plat ventre dessus lui. Puis elle s'assit à califourchon sur moi, à demi nue, ses cuisses écartées emprisonnant ma taille. Elle me tenait toujours fortement par les cheveux. Alors elle éloigna la dague et je sentis ses lèvres se poser sur ma blessure sanglante en en caressant les bords avec la langue, la baisant comme, plus tôt, elle avait baisé ma bouche.

— Je suis contente, murmura-t-elle, de ne pas t'avoir encore tué.


La lumière éblouissait les yeux de Diego Alatriste. Ou plutôt l'œil droit, car le gauche était toujours enflé et ses paupières pesaient comme du plomb. Cette fois, constata-t-il, c'étaient deux ombres qui bougeaient à la porte du souterrain. Il les regarda, assis par terre, adossé au mur, les mains toujours prisonnières, malgré les efforts qui lui écorchaient les poignets attachés dans le dos.

— Tu me reconnais ? l'interrogea une voix aigre.

À présent, une lanterne l'éclairait. Alatriste reconnut tout de suite l'homme, avec un frisson, et un étonnement qui, supposa-t-il, devait se peindre sur ses traits. Personne n'aurait pu oublier cette énorme tonsure, ce visage décharné et ascétique, ces yeux fanatiques, la robe noire et blanche des dominicains. Le frère Emilio Bocanegra, président du tribunal de l'Inquisition, était le dernier homme qu'il se fût attendu à rencontrer en ce lieu.

— Maintenant, oui, dit le capitaine, je vois que je suis cuit.

Derrière la lanterne résonna le rire grinçant de Gualterio Malatesta, appréciant la réflexion. Mais l'inquisiteur n'avait pas le sens de l'humour. Ses yeux profondément enfoncés dans leurs orbites étaient dardés comme des flèches sur le prisonnier.

— Je suis venu te confesser, dit-il.

Alatriste adressa un regard stupéfait à la silhouette de Malatesta, mais, cette fois, l'Italien se garda de rire ou de commenter. Apparemment, la suite allait être sérieuse. Trop sérieuse.

— Tu es un mercenaire et un assassin, poursuivit le frère. Dans ta vie misérable, tu as violé tous les commandements de Dieu, ensemble et séparément. L'heure est venue pour toi de rendre des comptes.

Le capitaine détacha sa langue de son palais auquel, en entendant le mot « confesser », elle s'était collée. Se surprenant lui-même, il arrivait à garder son sang-froid.

— Mes comptes, rétorqua-t-il, ne regardent que moi.

Le frère Emilio Bocanegra le contemplait, inexpressif, comme s'il n'avait pas entendu la réponse.

— La Divine Providence, enchaîna-t-il, te donne l'occasion de te réconcilier. De sauver ton âme, même si tu dois passer des siècles en purgatoire... Dans quelques heures, tu seras devenu un instrument de Dieu, quand séviront l'épée de l'Archange et la lame de Josué... Il dépend de toi d'y aller en gardant ton cœur fermé à la grâce du Créateur ou de l'accepter avec bonne volonté et la conscience limpide... Me comprends-tu ?

Le capitaine haussa les épaules. Il voulait bien être tué, mais pas qu'on lui étourdisse l'esprit ainsi. Il continuait à ne pas s'expliquer ce que diable pouvait bien faire le frère ici.

– Ce que je comprends, très révérend père, c'est que vous devriez m'épargner le sermon, car nous ne sommes pas dimanche. Et expédier l'affaire.

Le frère Emilio Bocanegra resta un instant silencieux, sans cesser de regarder le prisonnier. Puis il leva un doigt décharné pour l'admonester.

– L'affaire dont tu parles, c'est que d'ici peu le monde saura qu'un spadassin nommé Diego Alatriste, par jalousie pour une pécheresse, réincarnation de Jézabel, a libéré l'Espagne d'un roi indigne de porter la couronne... Tu vois : un vil instrument entre les mains de Dieu pour une juste croisade.

Maintenant les yeux du dominicain lançaient des éclairs, brillants de colère divine. Et les pressentiments d'Alatriste en furent confirmés. Il était l'épée de Josué. Ou, tout au moins, il passerait pour tel dans les livres d'histoire.

– Les voies du Seigneur sont impénétrables, ajouta Malatesta derrière le frère, sûr désormais que le prisonnier avait enfin compris.

Cela sonnait comme un encouragement, persuasif et respectueux. Trop, connaissant, comme le connaissait Alatriste, le cynisme du sicaire. Lequel devait rire dans sa barbe, décida-t-il, en jouissant atrocement de cet absurde intermède. Sombre, le dominicain se tourna à demi, sans parvenir à voir l'Italien, et la plaisanterie de ce dernier mourut sur ses lèvres. En présence de l'inquisiteur, même Galterio Malatesta n'osait aller trop loin.

– Il ne me manquait plus que cela, soupira le capitaine à voix haute. Tomber entre les mains d'un moine fou.

La gifle claqua comme un coup de fouet, en lui faisant tourner le visage.

– Retiens ta langue, drôle ! – Le dominicain gardait la main levée, menaçant de recommencer. – C'est ta dernière chance avant la damnation éternelle.

Le capitaine regarda de nouveau le frère Emilio Bocanegra. La joue qui avait reçu le coup le brûlait, et il n'était pas de ceux qui tendent l'autre. Le désespoir envahit sa bouche et son ventre. Par les couilles de Lucifer ! jura-t-il intérieurement pour se contenir. Jusqu'à cette nuit, personne ne lui avait jamais mis la main sur la figure. Par le Christ et par celui qui l'a engendré, il était disposé à vendre son âme, s'il en avait une, au plus offrant, pour avoir un instant les mains libres et étrangler le frère. Il jeta un coup d'œil à Malatesta, toujours derrière la lanterne : ni rire, ni commentaires. La gifle n'avait pas réjoui l'Italien. Entre hommes de leur trempe, cela ne se faisait pas. Tuer était une chose, et elle allait de soi. Humilier en était une autre.

— Qui d'autre est encore mêlé à cela ? demanda-t-il en se ressaisissant. En plus de Luis d'Alquézar, naturellement... On ne trucide pas les rois ainsi ; il faut un successeur. Et le nôtre n'a pas encore d'héritier mâle.

— L'ordre naturel prévaudra, dit très calmement le dominicain.

C'était donc cela, comprit Alatriste en se mordant les lèvres. L'ordre naturel de succession désignait l'infant don Carlos, l'aîné des deux frères du roi. On disait de lui qu'il était le moins doué de la famille et que son peu d'intelligence et sa faible volonté le livreraient à l'influence de ceux qui sauraient placer près de lui un confesseur adéquat. Philippe IV était pieux malgré ses libertinages juvéniles, mais – à la différence de son père Philippe III qui avait passé toute sa vie entouré de prêtres –, il tenait le clergé à l'écart. Conseillé par le comte et duc d'Olivares, le roi espagnol gardait ses distances avec Rome, dont les pontifes avaient appris à leurs dépens que les régiments des Autriche étaient le principal rempart catholique face à l'hérésie protestante. Tout comme Olivares, le jeune roi éprouvait de la sympathie pour les Jésuites ; mais sur une terre où cent mille prêtres et moines se disputaient l'empire sur les âmes et les privilèges ecclésiastiques, se prononcer n'était ni facile ni opportun. Les Ignaciens étaient haïs des Dominicains qui tenaient le Saint-Office en se montrant les ennemis implacables des Franciscains et des Augustins ; et tous se liguaient quand il s'agissait de se soustraire à l'autorité et à la justice royale. Dans cette lutte pour le pouvoir nourrie de fanatisme, d'orgueil et d'ambition, le fait que l'ordre de saint Dominique et, avec lui, l'Inquisition entretiennent d'excellentes relations avec l'infant don Carlos n'avait rien d'innocent. Ce n'était pas non plus un secret que l'infant les favorisait au point d'avoir choisi un dominicain pour confesseur. Du rouge dans un verre, décida Alatriste, ce ne peut-être que du vin. Ou du sang.

— Si l'infant trempe dans cette affaire, dit-il, c'est qu'il est bien mal né.

En faisant le geste de chasser une mouche, le frère Emilio Bocanegra recourut à la rhétorique de son état.

— Il arrive parfois que la main droite ignore ce que fait la main gauche. L'essentiel est que le Tout-Puissant soit bien servi. Et c'est ce que nous faisons.

— Vous le paierez de votre tête. Vous, mon révérend père, cet Italien que voilà, le secrétaire Alquézar et l'infant lui-même.

— Au lieu de parler de nos têtes, préoccupez-vous de la vôtre, lança Malatesta, impavide.

— Ou plutôt, rectifia l'inquisiteur, du salut de ton âme... – Ses yeux terribles transpercèrent à nouveau Alatriste. – Es-tu décidé à te confesser à moi ?

Le capitaine appuya sa nuque contre le mur. Cela devait bien arriver un jour ; le grotesque était que ce fût de cette manière-là. Diego Alatriste, régicide. Ce n'était pas ainsi qu'il souhaitait que le peu d'amis qu'il possédait se souviennent de lui dans une taverne ou une tranchée. Mais, conclut-il, il y avait pire : il aurait pu terminer ses jours malade dans un hôpital pour vétérans ou estropié, demandant l'aumône à la porte d'une église. Au moins, dans son cas, Malatesta officierait proprement et vite. Ils ne pouvaient prendre le risque qu'il se mît à trop parler sur le chevalet.

— Autant me confesser au diable. Je lui fais plus confiance qu'à vous.

Le rire étouffé et spontané de l'Italien résonna, interrompu par un regard féroce du frère Emilio Bocanegra. Puis l'inquisiteur étudia longuement le visage d'Alatriste. Au bout d'un moment, il hocha la tête, en manière de sentence irrévocable, et se leva en secouant sa robe.

— Il en sera donc ainsi. Le diable et toi, face à face.

La porte se referma derrière eux comme la dalle d'un tombeau.

Le royaume du sommeil nous procure un avant-goût de la mort et nous sert d'avertissement. Jamais je n'en eus si fortement conscience qu'en sortant, avec des suées d'agonie, de mon étrange torpeur : une perte de connaissance peuplée d'images, comme un lent cauchemar. J'étais toujours à plat ventre, nu sur le lit, et ma blessure me faisait atrocement souffrir. C'était encore la nuit. Si tant est, pensai-je alarmé, qu'il s'agisse toujours de la même nuit. En tâtonnant pour chercher la plaie, je trouvai mon torse pris dans un bandage. Je bougeai avec précaution, dans le noir, en vérifiant que j'étais seul. D'un coup la mémoire me revint des récents événements – les merveilleux et les terribles. Puis je pensai au sort du capitaine Alatriste.

Cela me décida. Je cherchai mes habits en titubant, serrant les dents pour ne pas gémir de douleur. Chaque fois que je me penchais pour prendre un vêtement, mon esprit se brouillait et j'avais l'impression que j'allais de nouveau m'évanouir. J'étais presque habillé quand je vis de la lumière sous la porte et perçus des voix. Je m'approchai et fis du bruit en marchant sur la dague. Je m'arrêtai, effrayé, mais personne ne vint. J'introduisis avec précaution la lame dans le fourreau. Puis je finis d'attacher les lacets de mes souliers.

Les voix s'éteignirent, et j'entendis des pas qui s'éloignaient. Le rai de lumière près du sol oscilla en augmentant d'intensité. Je m'écartai et m'aplatis derrière la porte : Angélica d'Alquézar, une bougie allumée à la main, entrait dans la chambre. Elle portait un fichu de laine sur sa chemise et ses cheveux étaient rassemblés par des rubans. Elle resta immobile en voyant le lit vide, sans pour autant manifester sa surprise à haute voix. Puis elle se retourna brusquement, devinant ma présence dans son dos. La lumière rougeâtre de la flamme éclaira ses yeux bleus, intenses comme deux pointes d'acier glacé. Alors elle ouvrit la bouche pour dire quelque chose ou pour crier. J'étais tendu comme un ressort, et je ne pouvais lui permettre semblable luxe ; reproches ou discussion n'étaient pas de mise. Mon coup l'atteignit sur un côté du visage, effaçant ce regard et lui arrachant la bougie des mains. Elle recula en silence et trébucha. La bougie roulait encore sur le sol, la mèche brûlant toujours, quand je serrai de nouveau le poing – je jure à vos seigneuries que je le fis sans remords – et lui assénai un coup à la tempe qui la fit s'écrouler sur le lit, évanouie. Je constatai ce dernier fait à tâtons, car la lumière s'était enfin éteinte. Je posai la main sur ses lèvres – les jointures meurtries par le coup me faisaient autant souffrir que la blessure de mon dos –, et je vérifiai qu'elle respirait. Cela me rassura un peu. Puis j'allai au plus pressé. Je remis à plus tard l'étude de mes sentiments, cherchai la fenêtre et l'ouvris. Elle était trop élevée. Je revins à la porte, la poussai avec précaution et constatai qu'elle donnait sur le palier de l'escalier. Je descendis celui-ci en me guidant aux murs jusqu'à un corridor étroit, éclairé par un chandelier fixé dans la pierre. Un tapis recouvrait la dernière volée, avant une porte et le départ d'un autre escalier. Je passai devant la porte sur la pointe des pieds. J'étais déjà sur la deuxième marche, quand me parvint le bruit d'une conversation. J'aurais continué si je n'avais entendu le nom du capitaine Alatriste.

Il arrive parfois que Dieu, ou le démon, guide vos pas dans la bonne direction. Je fis demi-tour pour aller coller mon oreille à la porte. Deux hommes au moins étaient de l'autre côté, et ils parlaient de chasse : cerfs, lapins, piqueurs. Je me demandai ce que le capitaine Alatriste avait à voir là-dedans. Puis ils prononcèrent un autre nom : Philippe. Il sera à telle heure, à tel endroit, disaient-ils. Seul le prénom était prononcé, mais j'eus un pressentiment qui me fit frémir. La proximité de la chambre d'Angélica permettait de faire le lien. Je me trouvais devant la porte de Luis d'Alquézar, son oncle le secrétaire royal. Alors, dans la conversation, vinrent se glisser deux nouvelles indications : l'aube et La Fresneda. La faiblesse due à ma blessure ou le trouble qui s'était installé dans ma tête faillirent me faire tomber à genoux. Le souvenir de l'homme au pourpoint jaune me revint comme le fil qui permettait de rassembler ces fragments épars. María de Castro était allée passer la nuit à La Fresneda. Et celui qu'elle devait y rejoindre avait prévu de partir chasser à l'aube, escorté seulement de deux piqueurs. Le Philippe de la conversation n'était autre que Philippe IV. Ils parlaient du roi.

Je m'adossai au mur en tentant de mettre de l'ordre dans mon esprit. Puis je respirai profondément, rassemblant toute l'énergie dont j'allais avoir besoin. Pourvu, pensai-je, que la blessure de mon dos ne se rouvre pas. Le premier recours qui me vint à l'idée fut Francisco de Quevedo. Je descendis donc les marches très prudemment. Mais don Francisco n'était pas dans sa chambre. J'entrai et fis de la lumière. La table était couverte de livres et de papiers, le lit n'était pas défait. Je pensai alors au comte de Guadalmedina et me dirigeai, par la cour d'honneur, vers les appartements de la suite du roi. Comme je le craignais, les gardes me barrèrent le passage. L'un d'eux, qui me connaissait, dit qu'ils n'étaient pas disposés à réveiller Son Excellence à une heure pareille et après tant d'hommages par lui rendus à Bacchus. Les Turcs pouvaient attaquer, le monde s'écrouler, son sommeil était sacré, ajouta-t-il. Je n'insistai pas.

J'avais trop l'expérience des argousins, des soldats et des gardes pour ignorer que conter la chose à de tels quartiers de viande équivalait à s'adresser à un mur. Vétérans ventrus, moustachus et routiniers, ils étaient plus habitués à jouer aux cartes qu'à faire la guerre. Se compliquer la vie ne faisait pas partie de leur office ; celui-ci était de veiller à ce que personne ne passe, et personne ne passait. Leur parler de conspirations et d'assassinats de rois, c'était leur parler des habitants de la lune et pouvait en outre me valoir, et pour pas cher, de me retrouver dans un cachot. Je leur demandai s'ils avaient de quoi écrire, et ils me dirent que non. Je revins à l'appartement de don Francisco, pris une plume, un encrier et un sablier, et rédigeai du mieux que je pus un billet pour lui et un autre pour Álvaro de la Marca. Je les cachetai, griffonnai leurs noms, laissai celui du poète sur le lit et retournai voir les gardes.

– Pour monsieur le comte, quand il se lèvera. Question de vie ou de mort.

Ils ne semblaient guère convaincus, mais ils prirent le message. Celui qui me connaissait promit de le remettre à un domestique du comte, s'il en passait dans les parages ; ou plus tard, quand il aurait terminé sa faction. Je dus m'en contenter.

L'hôtellerie du Chemin Royal était mon ultime et faible espoir. Peut-être don Francisco y était-il retourné pour boire encore un peu et s'y trouvait-il en train d'écrire ou, après avoir un peu trop forcé sur les libations, de dormir dans un galetas pour ne pas avoir à revenir au palais en titubant. Je me dirigeai donc vers une porte de service et traversai l'esplanade sous un ciel noir et sans étoiles qui commençait tout juste à s'éclairer au levant. Je grelottais à cause du vent froid qui apportait des montagnes des rafales de crachin. Cela m'aida à m'éclaircir les idées, sans que pour autant m'en viennent de nouvelles. Je marchais vite, rongé d'inquiétude. L'image d'Angélica me vint à l'esprit ; je humai mes mains qui conservaient le parfum de sa peau. Puis je frissonnai en me rappelant le contact de son corps exquis, et je maudis mon triste sort à voix haute. Mon dos me faisait souffrir plus que je ne saurais dire.

L'hôtellerie était close, une lanterne à la lumière tremblotante accrochée au linteau. Je frappai plusieurs fois à l'huis et demeurai dans l'expectative, indécis. Toutes les voies étaient fermées devant moi, et le temps passait, implacable.

— Il est trop tard pour boire, dit une voix proche. Ou trop tôt.

Je sursautai et me retournai. Dans ma confusion, je n'avais pas vu l'homme assis sur un banc de pierre, sous les branches d'un châtaignier. Il était enveloppé dans sa cape, sans chapeau, son épée et une dame-jeanne de vin posées près de lui. Je reconnus Rafael de Cózar.

— Je cherche M. de Quevedo.

Il haussa les épaules et jeta un vague coup d'œil aux alentours.

— Il est parti avec toi... Je ne sais pas où il est.

La langue du comédien était légèrement embrouillée. J'estimai qu'après avoir passé la nuit à honorer la dame-jeanne, il devait être gris jusqu'à la pointe des cheveux.

— Que faites-vous là, monsieur ?
— Je bois. Je réfléchis.

J'allai vers lui et m'assis à son côté, en écartant l'épée. J'étais l'image vivante de la défaite.

— Par ce froid ?... Ce n'est pas une nuit à rester en plein air.

— La chaleur, je la porte à l'intérieur. – Il fut secoué d'un rire étrange. – La chaleur dedans, les cornes dehors... Comment est-ce, déjà ?

Et il récita, sarcastique, entre deux nouveaux emprunts à la dame-jeanne :

> *Les affaires vont bien, ma foi.*
> *Dis-moi : où donc as-tu appris*
> *à être ainsi sans trop d'émoi*
> *de ta maîtresse le mari*
> *et de ta femme le ruffian ?*

Je m'agitai sur le banc, mal à l'aise. Et pas seulement à cause du froid.

– Je crois, monsieur, que vous avez bu plus que de raison.

– Et qu'est-ce donc que la raison ?

Je ne sus que répondre, et nous restâmes un moment sans prononcer un mot. Cózar avait les cheveux et la figure parsemés de gouttelettes de pluie que la lanterne de l'hôtellerie faisait briller comme du givre. Il me scrutait avec attention.

– Toi aussi, tu sembles avoir des soucis, conclut-il.

Je ne dis rien. Puis il m'offrit du vin.

– Ce n'est pas là, répliquai-je, abattu, le genre d'aide dont j'ai besoin.

Il acquiesça gravement, d'un air presque philosophique, en caressant ses favoris. Puis il leva la dame-jeanne, et le liquide glougloutta dans son gosier.

– Avez-vous des nouvelles de votre femme ?

Il m'observa du coin de l'œil, le regard trouble et hostile, tenant toujours la dame-jeanne. Puis il la reposa lentement sur le banc.

– Ma femme vit sa vie, répondit-il, en s'essuyant la moustache du dos de la main. Cela présente des inconvénients et des avantages.

Il ouvrit la bouche et leva un doigt, comme s'il s'apprêtait à réciter d'autres vers. Mais je n'étais pas d'humeur à les endurer.

– On va se servir d'elle contre le roi, dis-je.

Il me dévisageait, la bouche toujours ouverte et le doigt toujours levé.

– Je ne comprends pas.

J'eus l'impression qu'il avait surtout envie de continuer à ne pas comprendre. Mais j'en avais assez. De lui, de son vin, du froid et de la douleur de mon dos.

– Une conspiration se trame, dis-je exaspéré. Voilà pourquoi je cherche don Francisco.

Il battit des paupières. Ses yeux n'étaient plus troubles : ils étaient affolés.

– Et qu'est-ce que María vient faire là-dedans ?

Je ne pus éviter une moue méprisante.

– Elle est l'appât. Et le piège a été tendu pour ce matin au lever du soleil. Le roi va à la chasse presque sans escorte… On veut le tuer.

Un bruit de verre brisé retentit à nos pieds. La dame-jeanne venait de tomber, et son contenu se répandait à travers sa carcasse d'osier.

– Par le Christ ! murmura-t-il. Je croyais que c'était moi l'ivrogne.

– Je dis la vérité.

Cózar, songeur, contemplait les éclats de verre.

– Et même si c'était vrai, argumenta-t-il, que m'importent roi ou valet ?

– J'ai dit que l'on entend impliquer votre femme. Et le capitaine Alatriste.

En entendant le nom de mon maître, il rit tout bas. Incrédule. Je lui saisis une main et l'obligeai à la porter à mon dos.

— Touchez donc, monsieur.

Je sentis ses doigts palper mon bandage et vis qu'il changeait de visage.

— Mais tu saignes !

— Bien sûr, je saigne ! J'ai reçu un coup de dague il y a moins de trois heures.

Il se leva du banc comme si un serpent l'avait frôlé. Je restai immobile à le regarder marcher de long en large à courtes enjambées.

— Le jour du Jugement viendra, dit-il, et ce sera celui de la grande lessive.

Il finit par s'arrêter. De plus en plus fortes, les rafales de vent mouillées faisaient voler sa cape.

— Le petit Philippe, m'as-tu dit ?

J'acquiesçai.

— Tuer le roi..., poursuivit-il, en s'accoutumant à cette idée. Ma foi, si quelqu'un devrait s'en réjouir, c'est bien moi !... On dirait l'intrigue d'une comédie.

— D'une tragédie, rectifiai-je.

— Ça, mon garçon, c'est une question de point de vue.

Soudain, j'eus une illumination.

— Votre voiture est-elle toujours là ?

Il parut déconcerté. Il se balançait d'un pied sur l'autre en me regardant.

— Naturellement, dit-il enfin. Sur la place. Avec le cocher qui dort dedans, puisque je le paye pour cela. Et il n'a pas chômé non plus : je lui ai fait mander plusieurs bouteilles.

— Votre femme est allée à La Fresneda.

De déconcerté, il se fit méfiant.

— Et alors ? questionna-t-il, soupçonneux.

— Cela fait presque une lieue, et je ne peux m'y rendre à pied. Avec la voiture, j'y serais en un moment.

— Pour quoi faire ?

— Pour sauver la vie du roi. Et peut-être celle de votre femme.

Il éclata d'un rire triste mais qui s'éteignit vite. Puis je vis qu'il hochait la tête en réfléchissant. Finalement, il se drapa dans sa cape d'un geste théâtral et récita :

> *Je ne m'en mêle pas et dans mon infortune,*
> *je rends grâce à dame Fortune,*
> *car ainsi je serai vengé*
> *avant de me voir offensé.*

— Ma femme n'a besoin de personne pour veiller sur elle, conclut-il, très sérieux. Tu devrais le savoir.

Et, avec la même gravité, il se mit en position d'escrimeur, sans son épée, toujours posée contre le banc, près de moi. Garde, attaque, parade. Cózar était un homme étrange, constatai-je. Soudain, il sourit en me regardant. Ce sourire et ces yeux ne ressemblaient pas à ceux du personnage inoffensif que tout le monde connaissait. Mais ce n'était pas le moment de méditer là-dessus.

– Pensez plutôt au roi, insistai-je.

– Au petit Philippe?... – Il fit le geste de rengainer élégamment la lame imaginaire. – Par la barbe de mon grand-père, je ne serai pas mécontent que quelqu'un lui montre que le sang n'est bleu qu'au théâtre.

– Il est le roi d'Espagne. Le nôtre.

Le comédien ne parut pas impressionné par ce «nôtre». Il arrangeait sa cape sur ses épaules en secouant les gouttes d'eau.

– Écoute, mon garçon. J'ai commercé avec des rois tous les jours, au théâtre : empereurs, Grand Turc ou Tamerlan, je ne fais pas la différence... Il m'arrive même parfois de me transformer en l'un d'eux. Sur la scène, j'ai accompli des actions mémorables. Morts ou vivants, les rois ne m'impressionnent guère.

– Mais votre femme...

– Allons donc!... Oublie ma femme une fois pour toutes.

Il regarda de nouveau la dame-jeanne cassée et resta un moment immobile, sourcils froncés. Puis il fit claquer sa langue et m'étudia avec curiosité.

– Tu as l'intention d'aller seul à La Fresneda?... Et comment comptes-tu t'y prendre avec la garde royale, les régiments, les galions des Indes et tout leur bordel de jean-foutre ?

— Il doit y avoir à La Fresneda des gardes et des gens de la maison royale. Si je peux y arriver, je donnerai l'alerte.

— Pourquoi aller si loin ?... Le palais est à deux pas. Vas-y, et donne l'alarme.

— Ce n'est pas si facile. À cette heure-ci, personne ne s'en souciera.

— Et si, à La Fresneda, tu te fais recevoir à coups d'épée ?... Tes conspirateurs y sont peut-être.

Je réfléchis à ce qu'il venait de dire. Cózar, soucieux, se grattait un favori.

— Dans *Le Tisserand de Ségovie*, j'ai joué le rôle de Beltrán Ramírez, dit-il tout à coup. Je sauvais la vie du roi :

> *Suivez-les donc et apprenez qui sont*
> *ces gens qui sur la poitrine royale*
> *osent porter une main déloyale*
> *et leur épée par haute trahison.*

Il continua de me regarder, attendant que je lui livre mon opinion sur son art. J'acquiesçai d'un bref mouvement de tête. Le moment était mal choisi pour les applaudissements.

— Est-ce de Lope ? demandai-je pour dire quelque chose sans rompre le fil.

— Non. C'est du Mexicain Alarcón. Une fameuse

comédie, assurément. Un grand succès. María jouait doña Ana et fut très applaudie. Et moi, inutile de te dire.

Il demeura un temps muet, sans que je sache s'il pensait aux ovations ou à sa femme.

– Oui, finit-il par poursuivre. Dans cette pièce, le roi me devait la vie. Acte un, scène une. Je le débarrassais de deux Maures à grands coups d'estoc… Sais-tu que je ne suis pas mauvais en escrime?… Du moins avec des fleurets mouchetés. Des épées en fer-blanc. Sur les planches, il faut savoir tout faire. Y compris manier le fer.

Il hocha la tête d'un air amusé. Rêveur. Puis il m'adressa un clin d'œil.

– Ce serait plaisant, non?… Que le petit Philippe doive la vie au premier acteur d'Espagne. Et que María…

Il se tut brusquement. Son regard devint distant, contemplant des scènes qu'il était seul à voir.

– La poitrine royale…, murmura-t-il, presque pour lui-même.

Il continuait de hocher la tête et marmottait maintenant des mots que je ne parvins pas à saisir. Probablement des vers. Soudain, un large sourire éclaira son visage. Un sourire héroïque. Puis il me donna une petite tape amicale sur l'épaule.

– Après tout, dit-il, il s'agit toujours d'interpréter un rôle.

# XI

# LA PARTIE DE CHASSE

Lorsqu'on lui ôta le bandeau mouillé qui l'aveuglait, d'épais nuages bas obscurcissaient la grisaille du petit jour. Diego Alatriste leva ses mains attachées ensemble pour se frotter les yeux ; le gauche lui faisait mal, mais il constata qu'il pouvait soulever les paupières sans difficulté. Il regarda autour de lui. On l'avait transporté sur une mule, et il avait entendu résonner des sabots de chevaux ; puis on l'avait fait continuer à pied, sur un terrain rocailleux. Cela lui avait permis de se réchauffer un peu, bien que sans cape ni chapeau. Mais il serra quand même les dents pour les empêcher de claquer. Il se trouvait dans un bois d'yeuses, de chênes et d'ormes. Au ponant, sur l'horizon qu'il entrevoyait derrière le feuillage, les ombres de la nuit s'attardaient ; et la pluie qui mouillait le capitaine et ceux qui l'accompagnaient – une de ces fines bruines qui semblent ne jamais devoir cesser – accentuait la mélancolie du paysage.

*Tiruli-ta-ta.* La petite musique lui fit tourner la tête. Gualterio Malatesta, emmitouflé dans sa cape noire, le chapeau enfoncé jusqu'aux yeux, arrêta de siffler et lui adressa une grimace moqueuse en guise de salut.

– Vous avez froid, seigneur capitaine ?
– Un peu.
– Et faim ?
– Davantage.
– Consolez-vous en pensant que vous n'en avez plus pour longtemps. Tandis que nous, il nous faudra encore rentrer.

D'un geste, il indiqua les hommes qui les entouraient : les mêmes – trois sur quatre, car manquait le mort – que ceux qui avaient tendu l'embuscade près de la rivière. Ils portaient toujours leurs vêtements de campagne, à la manière des chasseurs ; et leur aspect rude de gens cruels, avec leurs grosses moustaches et leurs barbes, était accentué par l'abondante panoplie qu'ils arboraient : coutelas de chasse, dagues, épées et pistolets.

– Le *nec plus ultra*, résuma l'Italien en devinant les pensées d'Alatriste.

On entendit l'appel lointain d'un cor, et Malatesta et les trois tueurs tendirent l'oreille en échangeant des regards entendus.

– Vous allez rester un moment ici, dit l'Italien en revenant au prisonnier.

Un spadassin était parti dans les fourrés, vers l'endroit d'où était venu le son du cor. Les autres se postèrent de part et d'autre d'Alatriste en l'obligeant à s'asseoir sur la terre détrempée, et l'un d'eux se mit en devoir de lui ligoter les pieds.

– Précaution élémentaire, expliqua l'Italien. Un honneur que je rends à votre audace.

L'œil à la cicatrice semblait larmoyer un peu quand il le regardait fixement comme en ce moment.

– J'ai toujours cru, dit le capitaine, que nous finirions face à face. Nous deux seuls.

– Pourtant, chez moi, vous ne sembliez pas disposé à me faire quartier.

– Au moins vous avais-je laissé les mains libres.

– J'en conviens. Mais aujourd'hui, je ne puis vous faire cette grâce. Nous jouons trop gros jeu.

Alatriste hocha la tête en signe d'acquiescement. L'homme qui lui attachait les pieds serra plusieurs nœuds fort bien faits.

– Ces animaux savent-ils à quoi ils sont mêlés ?

Les animaux ne sourcillèrent pas, impavides. L'un, les nœuds terminés, se relevait en essuyant la boue. L'autre était attentif à ce que la pluie ne mouille pas la poudre du pistolet qu'il portait à la ceinture.

– Naturellement, ils le savent. Ce sont de vieilles connaissances à vous : ils m'accompagnaient à Las Minillas.

– On a dû les payer grassement.

– Imaginez vous-même !

Alatriste essaya de remuer les pieds et les mains. Rien. Un travail consciencieux ; mais cette fois, au moins, on lui avait lié les mains par-devant, pour qu'il pût tenir sur la mule.

– Comment pensez-vous exécuter votre besogne ?

Malatesta avait sorti de sa poche une paire de gants noirs et les enfilait avec beaucoup de soin. Alatriste observa qu'il portait, outre l'épée, la dague et le pistolet, un poignard glissé dans sa botte droite.

– Vous connaissez, je suppose, le goût du personnage pour la chasse matinale, avec deux piqueurs pour seule escorte. On rencontre dans ces parages abondance de gibier, tant cerfs, chevreuils et sangliers que lapins, et il est à son affaire : tireur remarquable, chasseur intrépide... Toute l'Espagne le sait : quand il court derrière des traces fraîches, il prend plaisir, dans le feu de l'action, à s'enfoncer dans les fourrés. Cela semble incroyable, n'est-ce pas ? Un homme d'humeur si flegmatique, qui n'a jamais un battement de cils en public, le regard toujours altier, mais qui n'est plus le même dès qu'il est sur la piste d'une pièce de choix...

Il remua les doigts pour vérifier l'ajustement des

gants. Puis il tira de quelques pouces son épée du fourreau, pour l'y laisser retomber aussitôt.

– La chasse et les femmes…, ajouta-t-il avec un soupir.

Il demeura ainsi un instant, l'air absorbé. Puis il parut revenir au présent. Il fit un geste en direction des tueurs, qui saisirent le capitaine par les jambes et les aisselles pour l'attacher à une yeuse, le dos contre le tronc. En cet endroit, il restait caché par les buissons.

– Cela nous a donné un peu de mal, mais nous y sommes parvenus. Nous savions qu'il serait là cette nuit, pour prendre quelque distraction avec… Bref… Vous êtes au courant. Les intéressés ont fait en sorte qu'il soit accompagné par deux piqueurs de confiance. Je veux dire, de confiance *pour nous*. Et justement, ils viennent de prévenir par cette sonnerie de cor que tout se passe comme prévu et que le gibier approche.

– De la dentelle au fuseau, observa le capitaine.

Malatesta remercia du compliment en touchant le bord de son couvre-chef d'où gouttait la pluie.

– J'espère que l'illustre personnage, avec l'escarmouche galante de cette nuit, se sera confessé avant de partir. – Le visage piqueté de petite vérole se contracta en une nouvelle grimace. – Pour ma part, peu me chaut, mais on le dit pieux… Je crois qu'il n'aimerait pas mourir en état de péché mortel.

L'idée sembla fort le divertir. Il regarda au loin,

comme s'il parvenait à distinguer sa proie entre les arbres, et éclata de rire, une main posée sur son épée.

– Je trouve l'idée plaisante, dit-il, d'un air à la fois joyeux et sinistre. Aujourd'hui, nous allons servir de fourriers à l'enfer.

Il prolongea un peu son sourire, savourant cette perspective. Puis il regarda le capitaine.

– Et certes, ajouta-t-il courtoisement, je crois que vous fîtes bien cette nuit de refuser le sacrement de la pénitence... Si des hommes comme nous racontaient leur vie à un prêtre, celui-ci jetterait sa robe aux orties, écrirait une nouvelle peu exemplaire et en tirerait plus d'or que Lope de Vega d'une nouvelle comédie.

Malgré sa situation, Alatriste ne put que manifester son accord.

– Le frère Bocanegra, concéda-t-il, n'est d'aucune aide pour qui veut décharger sa conscience.

L'Italien eut un autre éclat de rire sec et grinçant.

– Tête Dieu, là-dessus nos opinions concordent. Moi aussi, diable pour diable, je le préfère portant queue et cornes plutôt que tonsure et crucifix.

– Vous n'avez pas fini de me conter ce que sera mon sort.

– Votre sort ? – Malatesta le contempla, indécis, avant de comprendre. – Ah, oui ! naturellement. Le chasseur et le gibier... Je pensais que vous imagineriez le reste : un lapin ou un cerf, le personnage qui s'enfonce à sa suite dans les fourrés, les piqueurs qui restent en arrière... Et soudain, pan ! Mortelle jalousie qui empoisonne l'air, etc. : un amant éconduit, c'est-à-dire vous, apparaît et le perce gentiment de son épée.

— Est-ce vous qui le ferez ?

— Certes. Je me charge de lui et de vous. Double plaisir. Après quoi, nous vous détacherons avant de placer près de vous votre épée, la dague et le reste... Les fidèles piqueurs, arrivés trop tard sur le lieu de la tragédie, profiteront au moins de l'honneur officiel d'avoir vengé le roi.

— Je vois... – Alatriste regardait ses mains et ses pieds liés. – Dans bouche close n'entrent pas les mouches.

— Votre seigneurie, monsieur le capitaine, a la réputation d'être homme de courage. Personne ne sera surpris que vous vous soyez défendu comme un tigre avant de mourir... Beaucoup seraient déçus s'ils devaient croire que vous n'avez pas vendu votre peau très cher.

— Et vous ?

— Je saurai qu'il n'en aura pas été ainsi. Vous pouvez partir tranquille, *per Bacco*. Hier, vous m'avez tué un homme. Et à Las Minillas, un autre.

— Ce n'était pas cela que je vous demandais, mais ce que vous feriez ensuite.

Malatesta se caressa la moustache d'un air satisfait.

– Ah! C'est la partie agréable de l'affaire : je disparaîtrai le temps d'une saison. J'ai envie de revoir l'Italie avec un peu de lest dans ma bourse... Quand j'en suis parti, elle était trop légère.

– Je regrette qu'on ne vous leste pas plutôt d'une once de plomb dans les parties viriles.

– Patience, capitaine. – L'Italien eut un sourire d'encouragement. – Tout viendra en son temps.

Alatriste appuya sa tête contre le tronc de l'yeuse. L'eau coulait dans son dos, trempant sa chemise sous le justaucorps. Il sentait le fond de ses culottes humide de boue.

– Je veux vous demander une faveur, dit-il.

– Par Dieu ! – L'Italien l'observait avec une réelle surprise. – Vous, capitaine, me demander quelque chose ?... J'espère que la Camarde ne vous aura pas troublé les sangs. Je voudrais me souvenir de vous tel que vous avez toujours été.

– Iñigo... Y a-t-il un moyen de le laisser en dehors ?

L'autre continuait de le regarder, impassible. Puis un éclair de compréhension sembla lui traverser le visage.

– Il n'est pas dedans, que je sache, répondit-il. Mais cela ne dépend pas de moi, et je ne peux rien vous promettre.

L'homme qui avait pénétré dans les fourrés était de retour, et il fit signe à Malatesta pour lui indiquer une direction. L'Italien donna des ordres à voix basse aux deux autres. Le premier se plaça près du capitaine, épée et pistolet à la ceinture, une main posée sur le manche de son coutelas. Le second alla rejoindre celui qui attendait à l'écart.

– Le marmouset a de qui tenir, capitaine. Vous pouvez en être fier. Je vous donne ma parole que je me réjouirai de le voir sortir indemne de l'aventure.

– Je l'espère. De la sorte, peut-être sera-ce lui, un jour, qui vous tuera.

Malatesta partit derrière les deux hommes, laissant le troisième pour garder le prisonnier.

– Peut-être, dit-il.

Il revint brusquement sur ses pas, et ses yeux sombres se plantèrent dans ceux d'Alatriste.

– Après tout, ajouta-t-il, il faudra bien un jour que, comme vous, quelqu'un me tue.


Le crachin se faisait plus fort, nous mouillant la figure. Avec les deux mules presque au galop, la voiture bringuebalait en direction de La Fresneda sous le ciel gris, entre les peupliers noirs qui bordaient les deux côtés du chemin. C'était Rafael de Cózar qui, épée à la ceinture, tenait les rênes et excitait les bêtes, car nous avions trouvé le cocher endormi sur son siège, ivre mort. Cózar n'avait pas fini de cuver son vin ; mais l'action, la pluie qui nous glaçait et une sorte d'obscure détermination qui semblait s'être emparée de lui au dernier moment en dissipaient peu à peu les vapeurs. Il menait la voiture à un train d'enfer, encourageant les mules par des cris et des claquements de fouet, au point que j'en arrivai à me demander si c'était là habileté d'aurige ou inconscience d'ivrogne. Quoi qu'il en soit, la voiture semblait voler. J'étais assis à l'avant à côté de Cózar, enveloppé dans le manteau du cocher, me cramponnant comme je pouvais et prêt à sauter à terre au cas où nous verserions, fermant les yeux chaque fois que le comédien abordait un tournant du chemin ou que les sabots des mules et les cahots de l'attelage projetaient des gerbes de boue.

Tandis que je réfléchissais sur ce que j'allais dire ou faire à La Fresneda, nous laissâmes l'étang derrière nous – une tache plombée entrevue à travers les branches –, et je distinguai, encore lointain, le toit flamand aux pignons en marches d'escalier du pavillon royal. À cet endroit, le chemin bifurquait à gauche en s'enfonçant dans un épais bois de chênes verts ; et, en regardant dans cette direction, je vis une mule et quatre chevaux à demi cachés par une boucle du sentier. Je les montrai à Cózar, qui tira sur les rênes avec tant de violence qu'une mule s'emballa et faillit nous expédier par terre. Je sautai du siège le premier, surveillant les alentours. L'aube se faisait plus claire, bien que le ciel de pluie continuât d'assombrir le paysage. Peut-être arrivions-nous trop tard, me dis-je : dans ce cas, aller jusqu'au pavillon ne serait qu'une perte de temps. J'hésitais encore, quand Cózar décida pour nous deux : il sauta du siège et tomba de tout son poids dans une énorme flaque, puis se releva en secouant ses habits avant de retomber encore en se prenant les pieds dans son épée. Il se redressa en proférant d'effroyables blasphèmes. Ses yeux brillaient dans son visage couvert de fange, l'eau sale dégoulinait de ses favoris et de sa moustache. Pour quelque étrange raison, malgré ses imprécations, il semblait s'amuser follement.

– Sus à l'ennemi, dit-il, quel qu'il soit !

J'ôtai le manteau et saisis l'épée du cocher, lequel était tombé sur le plancher du carrosse sous l'effet des cahots du chemin et ronflait comme un bienheureux. L'épée n'était en réalité qu'une mauvaise rapière ; mais, avec ma dague, c'était mieux que rien, et l'heure n'était pas à faire la fine bouche. Une ferme confiance, avait l'habitude de dire le capitaine Bragado dans les Flandres, était dangereuse dans les conseils et les discussions d'avant le combat, mais très utile lors de l'exécution. Et j'en étais bien là : à l'exécution. Je fis donc un geste vers les montures attachées aux arbres.

– Je vais jeter un coup d'œil. Pendant ce temps, vous pourriez aller au pavillon et demander de l'aide.

– Pas question, mon petit. Pour rien au monde, je ne voudrais perdre ça. Quoi qu'il arrive, nous restons ensemble.

Cózar semblait être un autre homme, et il l'était certainement. Même le ton était différent. Je me demandai quel rôle il était en train d'interpréter. Soudain, il s'approcha du cocher et lui administra des gifles qui firent se cabrer les mules.

– Réveille-toi, drôle, lui ordonna-t-il avec l'autorité d'un duc. L'Espagne a besoin de toi.

Un moment plus tard, le cocher, encore tout ahuri et soupçonnant, je suppose, que son maître n'avait pas toute sa tête, faisait claquer son fouet et partait avec la voiture pour donner l'alerte à La Fresneda. Il ne semblait pas d'une grande intelligence ; de sorte que Cózar, pour ne pas lui brouiller davantage l'esprit, lui avait donné des instructions élémentaires : aller au pavillon, crier beaucoup et ramener autant de gens qu'il le pourrait. Les explications viendraient ensuite.

– Si nous sommes encore vivants pour les donner, précisa-t-il en mon honneur, sur un ton dramatique.

Après quoi il rejeta sa cape en arrière d'un geste solennel et, tout son corps menu respirant la décision, ajusta son épée et pénétra dans le bois. Quatre pas plus loin, il se prit de nouveau les pieds dans son épée et s'écroula dans la boue.

– Sacrebleu, dit-il, le prochain qui me pousse, je l'embroche !

Je l'aidai à se relever tandis qu'il secouait une nouvelle fois ses vêtements. J'espère, pensai-je avec désespoir, que le cocher sera capable de convaincre les gens du pavillon. Ou que le capitaine, quel que soit l'endroit où il se trouve, pourra s'en sortir seul. Parce que si tout dépend de Cózar et de moi, l'Espagne va se retrouver sans roi aussi vrai que je me suis retrouvé sans père.

Le son du cor retentit de nouveau au fond des bois. Assis contre le tronc de l'yeuse, Diego Alatriste vit que son garde se retournait pour regarder dans la direction de l'appel. C'était l'individu barbu qu'il avait heurté à la poste de Galapagar avant l'embuscade. Et il ne semblait pas loquace. Depuis le départ de Malatesta, il n'avait pas bougé de son poste, debout sous la pluie qui tombait de plus en plus fort. Trempé, sans autre protection qu'une capote. On voit qu'il est habitué à cette vie, nota Alatriste ; lui-même pouvait en juger mieux que personne. C'était le genre d'homme à qui l'on disait : reste ici, tue ici, meurs ici, et qui exécutait les ordres sans renâcler. Les mêmes hommes pouvaient être des héros en montant à l'assaut d'un bastion flamand ou d'une galère turque, ou des assassins s'il s'agissait d'affaires privées. Tracer la ligne de partage n'était pas facile. Tout dépendait de la manière dont étaient jetés les dés de la vie et dont ils roulaient sur la table. Ou dont sortaient, aux cartes, le sept d'épée ou la putain d'or.

Quand le cor se fut tu, le spadassin se frotta la moustache et regarda le prisonnier. Puis il marcha sur lui, le contempla encore quelques instants avec des yeux sans expression et tira son coutelas de sa gaine. Les mains attachées sur le ventre, Alatriste appuya sa nuque contre le tronc sans quitter des yeux la lame effilée. Il sentait dans ses aines un fourmillement désagréable. Peut-être, se dit-il, Malatesta aura-t-il réfléchi et délégué le travail au subalterne. Une bien vilaine fin : assis dans la fange, mains et pieds attachés, égorgé comme un cochon, et un long avenir assuré dans les livres d'histoire comme régicide exemplaire. Par la merde du Christ!

– Si tu essayes de t'enfuir, annonça calmement le spadassin, je te cloue à l'arbre.

Alatriste battit des paupières à cause de la pluie qui lui tombait sur la figure. Apparemment, les plans étaient autres. Au lieu de lui planter le coutelas dans la gorge, le spadassin coupait les liens de ses pieds.

– Debout! dit-il en lui donnant une bourrade.

Le capitaine se leva sans que l'autre le quittât un

instant des yeux, la lame d'acier à un pouce de sa gorge. Le sicaire le poussa de nouveau.

– En avant !

Alatriste comprit. Ils n'allaient pas le tuer là pour se voir ensuite obligés de traîner son corps jusqu'à celui du roi en laissant des traces dans la boue et sur les buissons. Il irait lui-même gentiment à pied sur le lieu de son exécution. Pas après pas, goutte après goutte, le temps et la vie approchaient de leur fin. Mais, pensa-t-il soudain, voilà qui lui laissait une chance. La dernière de toutes. Après tout, mourir pour mourir, il pouvait déjà se considérer comme mort et enterré. Le reste était tout bénéfice.

– Pitié ! s'écria-t-il en se laissant tomber, un genou en terre et l'autre à demi plié.

Le spadassin, qui marchait derrière lui, s'arrêta, pris de court.

– Pitié !

En se retournant, le capitaine eut le temps, très fugacement, de lire le mépris dans les yeux de l'homme. Je te croyais plus courageux, disait ce regard.

– Miséra…, commença le spadassin.

À cet instant, il comprit le piège. Mais son coutelas s'était légèrement écarté, et déjà Alatriste, prenant appui sur la jambe fléchie, se précipitait contre son ventre, l'épaule en avant. Le coup lui disloqua presque le bras, mais il réussit à faire pivoter son gardien, qui perdit l'équilibre. Le mot inachevé se changea en rugissement, suivi d'un clapotement dans la boue : le capitaine, serrant en un double poing ses mains attachées, avait rassemblé toutes ses forces pour asséner un coup fracassant au visage de l'homme à terre qui tentait de l'atteindre avec son coutelas. Par chance pour Alatriste, celui-ci était de grande taille ; un poignard ou une dague courte lui eût à coup sûr transpercé les côtes. Mais de tout près, au corps à corps, le coup n'avait pas assez de force pour traverser le justaucorps et glissa dessus. Avec un genou, le capitaine immobilisa le bras armé. Malgré les liens, ses mains avaient suffisamment de jeu pour attraper la mâchoire de l'ennemi et lui planter un pouce dans chaque œil. L'heure n'étant pas aux figures d'escrime compliquées ni aux fioritures, il serra de toutes ses forces en comptant mentalement cinq, dix, quinze ; quand il arriva à dix-huit, l'autre poussa un hurlement et cessa toute résistance. Tandis que la pluie délayait le sang sur le visage de l'homme à terre et les mains d'Alatriste, celui-ci s'empara sans peine du coutelas, le pointa sous le menton du spadassin et l'enfonça d'un coup en lui clouant le cou dans la boue. Il le maintint ainsi fermement, pesant de tout le poids de son corps et contenant les soubresauts de son adversaire jusqu'au moment où celui-ci, avec un râle épuisé qui ne s'échappa pas de sa bouche mais de sa blessure à la gorge, cessa de remuer. Alors Alatriste pivota sur lui-même, le dos dans la fange et la face vers la pluie, et reprit haleine. Après quoi, il arracha la lame de la gorge et, coinçant le manche entre ses genoux et un arbre, il libéra ses mains en veillant à ne pas se trancher une veine. Tout en effectuant cette délicate opération, il observa qu'un pied du spadassin se mettait à trembler. Étrange, pensa-t-il, bien qu'il connût parfaitement le phénomène. Il arrivait qu'un homme soit bel et bien mort et que ses extrémités refusent encore de mourir.

Il prit sur le cadavre ce dont il avait besoin. Épée, coutelas, pistolet. L'épée était une bonne lame de Sahagún, un peu plus courte que celles dont il usait d'ordinaire. Il boucla le baudrier sans perdre de temps. Le coutelas avait un manche en corne de cerf et était long de deux empans ; il eût préféré une dague, mais ce n'était pas mal non plus. Le pistolet ne devait pas valoir grand-chose après la lutte dans la boue, mais il le passa quand même dans sa ceinture, avec un tremblement des mains dû au froid qui s'était emparé de lui après l'action. Il jeta un dernier coup d'œil au cadavre : le pied avait cessé de remuer, et le sang se répandait comme du vin coupé d'eau dans les clapotis de la pluie. Les vêtements du mort étaient trempés et souillés ; ils ne protégeraient guère le capitaine du froid, aussi ne prit-il que la capote, qu'il enfila.

Il entendit un bruit dans les fourrés et tira l'épée. Son poids dans sa main était familier, rassurant. Maintenant, se dit-il, si vous voulez ma peau, elle vous coûtera cher.

Je restais pétrifié. Le capitaine Alatriste était devant moi, l'épée à la main, un cadavre à ses pieds et la boue ruisselant sur sa figure comme un masque. Il semblait sortir d'un marais flamand ou revenir de l'au-delà. Il coupa court à mes exclamations de joie, tout en regardant Rafael de Cózar qui venait d'apparaître derrière moi, pataugeant dans les flaques et cassant les branches qui craquaient comme des coups de pistolet.

– Par le Christ !..., dit-il en rengainant. Qu'est-ce qu'il fait ici, celui-là ?

Je le lui expliquai en quelques mots ; mais je n'eus pas le loisir d'achever, car déjà le capitaine avait fait demi-tour et s'était mis en marche, comme si la présence du comédien avait soudain cessé de l'intéresser.

– As-tu donné l'alarme ?

– Je crois que oui, répondis-je en me souvenant avec inquiétude de la face bouffie du cocher.

– Tu crois ?

Il allait à grandes enjambées entre les arbustes, et je le suivais. Derrière moi, j'entendais Cózar murmurer des choses inintelligibles qui semblaient être tantôt des vers, tantôt des malédictions. « Sus à l'ennemi ! » répétait-il de temps à autre, dégoulinant comme une grappe de raisin pressée. « Sus à l'ennemi, pas de quartier ! En avant, pour le roi, pour saint Jacques et pour l'Espagne ! » Parfois, quand nous nous arrêtions afin que le capitaine pût s'orienter, mon maître se retournait et lançait au comédien un regard peu amène avant de reprendre sa marche.

Un cor de chasse sonna tout près – il m'avait semblé l'entendre dans le lointain avant notre rencontre –, et nous restâmes immobiles sous la pluie. Le capitaine porta un doigt à sa moustache, regarda Cózar, puis moi. Après quoi, il me fit un signe de la main, paume tournée vers le sol – le geste silencieux dont nous usions dans les Flandres pour dire aux autres d'attendre pendant que l'un de nous partait en reconnaissance –, puis il avança avec précaution et disparut dans les fourrés. Je fis se coller Cózar à un tronc d'arbre, comme moi, et nous demeurâmes là, dans l'attente. Le comédien, visiblement ébloui par tous ces gestes et par l'entente quasi militaire qui régnait entre mon maître et moi, allait dire quelque chose ; mais je lui posai la main sur la bouche. Il acquiesça, comprenant, et me regarda avec un respect nouveau : j'eus la certitude qu'il ne m'appellerait plus jamais « mon petit ». Je souris, et il me rendit mon sourire. Ses yeux brillaient d'excitation. Je le contemplai : menu, sale, ruisselant, avec ses favoris et ses moustaches à l'allemande, et la main sur son épée. Il avait tout à fait l'allure d'un spadassin, d'un de ces individus de petite taille et apparemment pacifiques qui, sans crier gare, vous bondissent dessus et vous arrachent une oreille à coups de dents. Au reste, que ce fût l'effet du vin ou d'autre chose, Cózar ne semblait pas avoir une once de peur. J'eus la confirmation qu'il jouait là son plus grand rôle. C'était l'aventure de sa vie.

Le capitaine revint enfin, silencieux comme il était parti. Il me regarda et leva la main, cette fois la paume tournée vers moi et les cinq doigts tendus. Je traduisis mentalement : cinq hommes. Puis il baissa le pouce : des ennemis. Après quoi il déplaça la main de l'épaule à la hanche opposée, comme pour indiquer une écharpe, et, tout de suite, leva l'index : un officier. Le pouce vers le haut : un ami. Alors je compris ce qu'il voulait signifier. L'écharpe rouge était l'insigne du commandement dans les régiments. Et dans ce bois, il ne pouvait y avoir qu'un seul officier de haut rang.

Diego Alatriste revint à l'orée de la clairière et se dissimula derrière un arbre. À vingt pas, un rocher s'élevait au milieu des genêts, au pied d'une énorme yeuse ; et près de lui, un homme jeune, fusil à la main. Il était élancé, blond, vêtu d'un tabard et de culottes de drap vert, et coiffé d'une toque. Il portait de longues guêtres tachées de boue et, passés dans sa ceinture dépourvue d'épée, des gants pliés et un couteau de chasse. Il restait immobile, très droit, adossé au rocher ; la tête haute et un pied légèrement en avant. Comme si, par cette attitude, il prétendait tenir à distance les cinq hommes qui l'entouraient en demi-cercle.

Les voix n'arrivaient pas jusqu'à Alatriste, étouffées par le bruit de la pluie. Tout juste, par instants, une parole isolée. L'homme habillé en chasseur se taisait, et c'était Gualterio Malatesta, dont l'eau faisait reluire la cape et le chapeau noirs, qui menait seul la conversation. L'Italien était aussi le seul à avoir conservé son épée au fourreau ; de part et d'autre, resserrant le demi-cercle autour du chasseur, les sicaires, dont deux portaient la livrée de chasse royale, avaient l'épée à la main.

Alatriste se défit de la capote. Puis, ne tenant pas compte du pistolet qu'il portait à la ceinture, car l'amorce pouvait en être mouillée, il porta une main au manche du coutelas et l'autre à la garde de son épée, tout en étudiant le terrain d'un œil expérimenté afin de calculer la distance et le temps nécessaire pour la franchir. L'homme blond, pensa-t-il amèrement, ne semblait pas d'une grande aide : il demeurait immobile, hiératique, le fusil à la main, regardant les assassins qui l'encerclaient, l'air indifférent, comme si rien de cela ne le concernait. Le capitaine observa que, par habitude de chasseur, il maintenait un pan de son tabard sur le chien du fusil pour le protéger de l'eau. S'il n'y avait pas eu la pluie, la boue et les cinq hommes qui le menaçaient, on eût juré qu'il posait pour un portrait de cour de Vélasquez. Alatriste esquissa une moue à mi-chemin entre l'admiration et le mépris. Il a peut-être du courage, se dit-il. Mais il a aussi la stupidité et la morgue absurde d'un Bourguignon. Au moins restait-il une douloureuse consolation : même se sachant en danger de mort, le roi pour lequel il risquait sa vie ne perdait pas son sang-froid. Et cela, c'était bien. À moins que, simplement, cette figurine de Cour n'eût pas encore compris ce qui se passait, ni ce qui allait se passer.

Après tout, réfléchit Alatriste, que diable faisait-il lui-même dans tout cela ? Qui l'obligeait à jouer sa tête pour un quidam qui n'était même pas capable de bouger une main pour se défendre, comme s'il attendait que les anges descendent du ciel ou que les archers de sa garde ou ses régiments sortent des fourrés en invoquant Dieu et l'Espagne ? Être élevé dans des palais donne de mauvaises habitudes. Ce qui ne manquait pas de sel, en l'occurrence, était qu'en effet, dans ce bois, les régiments étaient bien là : lui, Iñigo, Cózar, avec l'ombre de María de Castro suspendue dans les gouttes de pluie. Cet homme avait toujours à portée de main un imbécile prêt à se faire tuer pour lui. Le souvenir de Las Minillas le fit trembler de rage. Par le Christ et celui qui l'a engendré, jura-t-il, ce ne serait que justice que ce blondin qui aime tant les chasses sans risques et les femmes d'autrui voie de près les défenses du sanglier. Ici, il n'avait pas de Guadalmedina pour lui tirer les marrons du feu. Tudieu ! Il n'avait qu'à payer le prix que tous, tôt ou tard, doivent payer. Et avec Gualterio Malatesta en face, il le paierait comptant.

– Remettez-nous votre fusil, Majesté.

Cette fois, les paroles de l'Italien parvinrent clairement au capitaine, qui resta caché derrière l'arbre, contemplant le spectacle avec une curiosité malsaine. Les chances du roi étaient minimes ; le couteau de chasse ne comptait pas, il n'avait pas d'épée et, dans le meilleur des cas, tout se réduirait à un coup de fusil, à supposer que celui-ci soit chargé et que la poudre soit sèche.

– Remettez-le-nous, répéta un sicaire, impatient, en s'approchant du roi l'épée pointée.

Alors Philippe IV eut un geste étrange. Impassible, sans qu'un trait de son visage ne bougeât, il inclina un peu la tête pour regarder son arme comme si, jusque-là, il l'avait oubliée. Il le fit avec l'indifférence d'un homme qui observe un détail sans la moindre importance. Après un instant d'immobilité, il tira le chien en arrière et porta le fusil à la hauteur de son visage. Puis, après avoir visé le sicaire avec une froideur stupéfiante, il l'allongea d'une balle en plein front.

Maintenant, oui! pensa Alatriste en tirant sa rapière. Qu'importe le chiffon dont est fait le drapeau. Maintenant, oui, cela vaut la peine de mourir pour ce roi.


Le coup de feu fut comme un signal. Je me trouvais avec Cózar de l'autre côté de la clairière, obéissant aux dernières recommandations du capitaine qui étaient de nous tenir sur les flancs de Malatesta et de ses hommes, et, de là, je vis mon maître quitter sa cachette et courir à découvert, l'épée dans une main et le coutelas dans l'autre. Je sortis la mienne et me précipitai aussi, sans vérifier si Cózar me suivait pour prendre part au final.

— Place au roi!..., l'entendis-je crier soudain dans mon dos. Arrêtez, je vous l'ordonne!

Sainte Vierge! pensai-je. Il ne manquait plus que cela! L'Italien et les spadassins entendirent les cris et le clapotement de nos pas dans les flaques et la boue, et ils se retournèrent, surpris. Ce fut la dernière chose que je pus discerner nettement : le visage de Malatesta tourné vers nous, son expression de fureur tandis qu'il criait des ordres à ses hommes et tirait son épée avec la rapidité d'un éclair, les lames des sicaires se levant dans la pluie. Et plus loin, immobile, le fusil fumant dans les mains, le roi qui nous regardait.

– Place au roi! continuait de vociférer Cózar, transformé en tigre.

Nous étions deux contre quatre, car pour moi le comédien ne comptait guère. Il fallait être attentifs à nous garder de toutes parts. C'est ainsi que je me vis face à l'un des piqueurs et lui poussai au passage une flanconnade si bien ajustée et avec une telle violence qu'elle lui fit lâcher son arme. Puis je le dépassai en filant comme un écureuil et affrontai celui qui était derrière. Ce dernier attaqua, épée pointée. Je m'affermis du mieux que je pus, tout en tirant ma dague de la main gauche et en implorant Dieu de ne pas me laisser glisser dans la boue. Je fus assez heureux pour parer d'un coup d'arrêt de ma dague, marchai sur lui en passant à la garde contraire et, m'abaissant à la hauteur de ses genoux, lui portai un coup d'épée de bas en haut : trois empans au moins dans le gras du ventre. Lorsque je reculai mon coude pour extraire la lame, le spadassin tomba en avant avec un regard étonné, stupéfait que pareille chose pût arriver au fils de sa mère. Mais déjà je ne me souciais plus de lui ; celui qui m'inquiétait était son camarade que j'avais laissé derrière moi, sans épée mais avec encore sa dague ; de sorte que je fis volte-face en m'attendant à le voir fondre sur moi. Je découvris alors qu'il était aux prises avec Cózar, se protégeant comme il le pouvait, un bras estropié et la dague dans la main gauche, des coups terribles que lui assénait le comédien.

Le combat ne se présentait pas mal, après tout. Pour ma part, je souffrais atrocement de la blessure que m'avait infligée Angélica, et je priais pour qu'elle ne s'ouvrît pas sous l'effet de ces exercices en me saignant comme un porc. Je me retournai pour secourir le capitaine et, à cet instant, tandis que mon maître arrachait son épée du corps d'un spadassin plié en deux qui pissait du sang par la bouche comme un taureau du Jarama, je découvris que Gualterio Malatesta, noir et ferme sous la pluie, faisait passer son épée dans sa main gauche, tirait le pistolet de sa ceinture et, après une brève hésitation entre mon maître et le roi, visait ce dernier à quatre pas. J'étais trop loin pour intervenir, et je fus forcé de voir, impuissant, le capitaine, ayant récupéré son épée, tenter de s'interposer en se plaçant sur la trajectoire de l'arme. Mais lui aussi était trop loin. Malatesta tendit sa main armée, visant avec beaucoup de soin ; et je vis le roi, regardant son assassin bien en face, jeter le fusil et croiser les bras, le corps très droit, bien décidé à ce que le coup de pistolet le trouve dans la posture convenable.

– À moi cette balle ! cria le capitaine.

L'Italien ne s'émut pas. Il continuait de viser le

roi. Il pressa sur la détente et le silex s'abattit sur le bassinet.

Rien.

La poudre était mouillée.

Lame à la main, Diego Alatriste s'interposa entre Malatesta et le roi. Je n'avais jamais vu le sicaire avec un tel visage. Il était décomposé. Il hochait la tête, incrédule, en contemplant le pistolet inutile qu'il tenait toujours.

– Si près du but…, l'entendis-je dire.

Puis il parut revenir à lui. Il regarda le capitaine comme s'il le voyait pour la première fois ou ne se rappelait pas de sa présence sur les lieux et, finalement, sourit légèrement, sinistre, sous le bord de son chapeau dégouttant de pluie.

– J'étais si près ! répéta-t-il, amer.

Puis il haussa les épaules et jeta l'arme, empoignant son épée de la main droite.

– Vous avez ruiné mon affaire.

Il défaisait le cordon de sa cape qui entravait ses mouvements. Il indiqua le roi du menton, mais il continuait de surveiller Alatriste.

– Croyez-vous vraiment qu'un tel maître en vaille la peine ?

– Allons ! rétorqua sèchement le capitaine.

C'était dit sur le ton qui signifiait : finissons-en. De son épée, il désignait celle que tenait Malatesta. L'Italien observa les lames, puis le roi, se demandant s'il ne restait pas un moyen d'achever le travail. Après quoi il haussa de nouveau les épaules tout en pliant soigneusement sa cape mouillée sur son bras gauche, comme s'il voulait enrouler celui-ci dedans.

– Place au roi ! continuait de crier Rafael de Cózar, toujours collé à son ennemi.

Malatesta regarda dans cette direction, d'un air mi-amusé, mi-fataliste. Alors son sourire revint. Le capitaine aperçut la dangereuse fente blanche dans le visage piqueté de petite vérole, l'éclair de cruauté dans les yeux sombres. Tout à coup, il comprit, et, le temps de réagir et de se mettre en garde, l'Italien jetait la cape sur l'épée du capitaine pour entraver celle-ci. Même ainsi prévenu, Alatriste perdit un instant précieux à se débarrasser du drap trempé ; au même moment, la lame de Malatesta brilla devant ses yeux comme si elle cherchait où se planter, passa outre et se dirigea vers le roi.

Cette fois, le monarque de deux mondes recula d'un pas. Alatriste parvint à lire l'incertitude dans ses yeux bleus, tandis que, enfin, l'auguste lippe autrichienne se crispait dans l'attente de l'estocade. Trop près pour demeurer impassible face aux yeux noirs de Malatesta qui incarnaient le regard même de la Mort, supposa le capitaine. Mais le bref instant qu'il avait gagné en devinant l'intention de l'ennemi fut suffisant. L'acier s'opposa à l'acier, déviant le coup qui semblait pourtant inévitable. La lame de Malatesta glissa le long de celle du capitaine, passant à moins d'un empan de la gorge royale.

– *Porca miseria!* jura l'Italien.

Et ce fut tout. Ensuite, il tourna des talons et s'enfuit en courant comme un daim sous les arbres.


J'avais assisté à la scène de loin, impuissant, car tout s'était passé en moins de temps qu'il n'en faut pour dire un Ave Maria. En voyant s'échapper Malatesta, tandis que le capitaine se tournait vers le roi pour vérifier qu'il n'avait pas été blessé par l'attaque de l'Italien, je me lançai à ses trousses sans réfléchir, piétinant dans les flaques à chaque pas, l'épée à la main. Je courus ainsi, baissant la tête et levant le bras pour me protéger des branches qui déversaient sur moi des torrents d'eau. La silhouette noire de Malatesta avait très peu d'avance ; j'étais jeune et doté de bonnes jambes, de sorte que je fus bientôt près de le rejoindre. Soudain, il regarda derrière lui, vit que j'étais seul et s'arrêta, reprenant son souffle. La pluie tombait si fort qu'à mes pieds la boue semblait en ébullition.

– Reste où tu es, dit-il, en me visant de son épée.

Je fis halte, indécis. Le capitaine était peut-être sur nos traces, mais pour l'instant nous étions seuls.

– Cela suffit pour aujourd'hui, ajouta-t-il.

Il se remit en marche, cette fois à reculons, sans me quitter des yeux. Je me rendis compte alors qu'il boitait : quand il posait le pied droit, sa face se décomposait en une grimace de douleur. Sans doute avait-il été blessé dans l'escarmouche ou s'était-il fait mal en courant. Sous l'averse, trempé et sale, il semblait fatigué. Il avait perdu son chapeau dans la fuite, et ses cheveux longs et mouillés étaient plaqués sur son visage. Sa fatigue et sa blessure, pensai-je, rendent peut-être les forces égales et me donnent une chance.

– Cela n'en vaut pas la peine, dit-il, devinant mon intention.

Je fis quelques pas. Mon dos me faisait terriblement souffrir, mais ma vigueur était intacte. J'avançai encore un peu. Malatesta hocha la tête comme si j'avais commis une impertinence. Puis il esquissa un léger sourire, recula à son tour d'un pas en contenant l'expression de douleur qui lui tordait la bouche et se mit en garde. Je le tâtai avec beaucoup de précaution, les pointes de nos épées se touchant, tandis que je cherchais une ouverture pour attaquer. Lui, en vieux renard, se bornait à se couvrir. Même diminué, il était plus fort que moi, et nous le savions tous deux. Mais je me sentais comme ivre, dans une sphère grise qui annulait mon jugement. Il était là, et j'avais une épée.

Il se découvrit un instant, comme par distraction ; mais j'entrevis la feinte et me maintins en garde, sans attaquer, le coude fléchi et la coquille de l'épée à la hauteur de mes yeux, cherchant l'ouverture qui ne serait pas un piège. La pluie continuait de tomber, et je restais attentif à ne pas glisser dans la boue.

— Tu es devenu prudent, marmouset.

Il souriait, et je sus qu'il m'excitait pour que je fonde sur lui. Aussi conservai-je mon calme. De temps à autre, j'ôtais l'eau de mes yeux avec le dos de la main qui tenait la dague, sans le perdre de vue.

Derrière moi, parmi les arbres et les buissons, j'entendis qu'on m'appelait. Le capitaine nous cherchait. Je criai pour l'orienter. Derrière les cheveux que la pluie collait sur son visage, les yeux de l'Italien jetèrent un rapide regard aux alentours, en quête d'une issue. Je battis du pied et lui portai une botte foudroyante.

Il était adroit, cet enfant de putain. Très adroit et très bon bretteur. Il para sans le moindre effort le coup droit qui en eût transpercé un autre de part en part et, contre-attaquant, il m'expédia à la hauteur des yeux un coup de revers qui, si la jambe abîmée ne lui avait pas manqué au moment de s'appuyer dessus, m'eût ouvert une entaille d'un empan dans la figure. Même ainsi, il désarma ma main droite en envoyant mon épée à quatre pieds de là. Je ne pensai même pas à me couvrir avec ma dague ; je demeurai immobile comme un lièvre foudroyé, attendant le coup final. Mais je vis le visage de Malatesta se contracter de douleur : il poussa un gémissement rageur, recula involontairement de deux pas, et la jambe lui manqua de nouveau.

Il tomba en arrière, assis dans la boue, l'épée à la main et le blasphème à la bouche. Un instant, nous nous regardâmes, moi stupéfait, lui les yeux exorbités. Une situation idiote. Je finis par me reprendre et courus ramasser mon épée qui gisait au pied d'un arbre. Au moment où je me relevai en la tenant, Malatesta, encore assis, fit un mouvement rapide, quelque chose bourdonna près de moi, je vis comme un éclair d'acier, et un poignard alla se planter dans le tronc, à quelques pouces de la tête.

– Un souvenir, marmouset.

J'allai vers lui, décidé à le transpercer sans autre forme de procès, et il le devina à mes yeux. Alors il jeta son épée dans les fourrés et se laissa choir en arrière, en s'appuyant sur les coudes.

– Mauvaise journée, dit-il.

Je m'approchai prudemment et, du bout de ma lame, j'inspectai ses vêtements, cherchant des armes cachées. Puis j'en appuyai la pointe sur sa poitrine, vers le cœur. Les cheveux mouillés, la pluie qui coulait sur son visage et les cernes violacés sous ses paupières lui donnaient un air de fatigue extrême, en le vieillissant.

– Ne fais pas ça, murmura-t-il doucement. Il vaut mieux le laisser pour lui.

Il regardait les buissons, derrière moi. À ce moment, j'entendis un clapotement, et le capitaine Alatriste apparut, essoufflé et haletant. Il passa, rapide comme une balle, et se jeta sur l'Italien. Il n'ouvrit pas la bouche. L'attrapant par les cheveux, il laissa son épée de côté et sortit un énorme couteau de chasse pour le poser sur sa gorge.

Je réfléchis très vite. Pas beaucoup, cependant. Ou plutôt je nous vis tous deux dans ce bois, le capitaine et moi : je pensai à l'attitude hautaine du comte et duc, à l'hostilité de Guadalmedina et à l'auguste personne que nous avions laissée derrière nous avec Rafael de Cózar pour unique escorte. Sans Malatesta comme témoin, il nous faudrait fournir beaucoup d'explications, et peut-être n'aurions-nous pas de réponse à toutes les questions. En comprenant cela, je sentis monter une panique soudaine. Je saisis le bras de mon maître.

– Il est mon prisonnier, capitaine.

Il ne parut pas m'entendre. Son profil obstiné était de granit, résolu et mortel. Les yeux, que la pluie rendait gris, paraissaient faits du même acier que la lame qu'il tenait. Je vis se tendre ses muscles, les veines et les tendons de sa main, prête à frapper.

— Capitaine !

Je m'interposai, couvrant presque Malatesta. Mon maître m'écarta d'un mouvement brusque, la main libre levée pour me gifler. Ses yeux me transpercèrent comme si c'était dans mon corps qu'il voulait planter le coutelas.

— Il s'est rendu !... Il est mon prisonnier.

Cela ressemblait à un cauchemar, au milieu de cette sphère humide et sale : la pluie se déversant sur nous, la boue où nous pataugions, la respiration agitée du capitaine, l'haleine de Malatesta à quelques pouces de mon visage. Le capitaine accentua sa pression. Seul l'effort que je faisais pour retenir son bras empêchait le coutelas de poursuivre son chemin.

— Quelqu'un, insistai-je, devra expliquer à la justice ce qui s'est passé.

Mon maître ne quittait pas Malatesta des yeux, et celui-ci reculait la tête autant qu'il le pouvait, attendant le coup final les dents serrées.

— Je ne veux pas qu'on nous torture comme des porcs, vous et moi, dis-je.

C'était vrai. À cette seule idée, j'étais terrorisé. Finalement, je remarquai que le capitaine faiblissait, sa main encore crispée sur le manche du coutelas, comme si le bon sens de mes paroles pénétrait peu à peu son entendement. Malatesta avait déjà compris.

— Par les cornes du diable, marmouset ! s'exclama-t-il. Laisse-le me tuer.

# ÉPILOGUE

Álvaro de la Marca, comte de Guadalmedina, offrit un pichet de vin au capitaine Alatriste.

– Tu dois avoir une soif de mille démons.

Le capitaine accepta le pichet. Nous étions à La Fresneda, assis sur les marches du porche de la maison, entourés de gardes du roi armés jusqu'aux dents. Dehors, la pluie tambourinait sur les capes qui couvraient les corps des quatre sicaires tués dans le bois. Le cinquième, fort abîmé par les coups que lui avait assénés Rafael de Cózar, une entaille à la tête et une paire de boutonnières en prime, avait été emporté sur un brancard, plus mort que vif. Gualterio Malatesta avait eu droit à un traitement particulier : le capitaine et moi l'avions vu s'éloigner sur une méchante mule, menottes aux mains et fers aux pieds, entouré de gardes. En nous croisant pour la dernière fois, crotté, décomposé, ses yeux inexpressifs s'étaient posés sur nous comme s'il ne nous avait jamais vus de sa vie. Ses dernières paroles dans le bois, quand la lame du capitaine était posée sur sa gorge, me revinrent en mémoire. Il avait raison : pour lui, mieux eût valu mourir, pensai-je en imaginant ce qui l'attendait, l'interrogatoire et la torture pour lui extorquer tout ce qu'il savait de la conspiration.

– Je crois, ajouta Guadalmedina en baissant un peu la voix, que je te dois des excuses.

Il venait de sortir du pavillon après un long entretien avec le roi. Mon maître trempa sa moustache dans le vin sans répondre. Il semblait épuisé, les cheveux en bataille et le visage marqué par la boue et la fatigue, les vêtements mouillés, déchirés par le combat dans les fourrés. Il me regarda de ses yeux glauques, froids, puis se retourna pour observer Cózar, assis un peu plus loin sur un petit banc de pierre, une couverture sur les épaules et un sourire béat aux lèvres, couvert de plaies et de bosses, une entaille au front et un œil en deuil. Lui aussi s'était vu offrir du vin, qu'il descendait sans l'aide de personne – en fait, il en avait déjà ingurgité trois pichets. Il rayonnait : la fierté et le vin débordaient par les trous de son pourpoint. De temps en temps il hoquetait, poussait des cris de « vive le roi », rugissait comme un lion ou récitait, en désordre et tout bas, des fragments de *Peribañez ou le Commandeur d'Ocaña*. Les archers de la garde royale le contemplaient avec ahurissement, en chuchotant entre eux qu'il était ivre ou qu'il avait perdu la tête :

> *Moi son vassal, elle sa bien-aimée,*
> *je cours et vole à sa défense ;*
> *à m'ôter mon honneur il pense,*
> *alors que je viens le sauver.*

Le capitaine me passa le pichet et je bus longuement avant de le lui rendre. Le vin atténua un peu mon tremblement. Puis je regardai Guadalmedina debout devant nous, sec, élégant, la main nonchalamment posée sur la hanche. Il était arrivé à temps pour recueillir les lauriers, après avoir lu mon billet au saut du lit, galopant avec vingt archers pour constater que le combat avait cessé faute de combattants : le roi indemne, assis sur un rocher au pied de la grande yeuse dans la clairière, Malatesta à plat ventre dans la boue, les mains attachées dans le dos, et nous tentant de ranimer Cózar qui avait perdu connaissance, toujours cramponné à son spadassin qui gisait sous lui, plus mal en point encore. Cela n'avait pas empêché les archers de nous caresser la gorge de leurs épées avant même de pouvoir se former une opinion rapide sur les événements ; et ils étaient sur le point de nous assommer sans que Guadalmedina prononçât un mot en notre faveur, quand Philippe IV en personne avait remis les choses en place : ces trois hidalgos – tels furent les mots qu'employa le roi – lui avaient sauvé la vie fort courageusement et à grands risques. Avec une telle lettre patente, nul ne nous molesta plus ; Guadalmedina lui-même changea d'humeur. De sorte que nous étions maintenant là, entourés de gardes et le pichet de vin à la main, tandis que Sa Majesté catholique se restaurait à l'intérieur et que les choses redevenaient – pour le meilleur ou pour le pire, je ne sais – ce qu'elles avaient toujours été.

Álvaro de la Marca claqua des doigts pour que l'on apportât un autre pichet. Quand le domestique le lui eut remis, il le leva en hommage au capitaine.

– À ce que tu as fait aujourd'hui, Alatriste, dit-il avec un sourire qui effaçait toute rancœur. Au roi et à toi !

Il but, puis tendit la main pour serrer celle de mon maître, ou pour l'aider à se lever afin de lui répondre. Mais le capitaine resta assis, immobile, son pichet posé au creux de son ventre, ignorant la main tendue. Il écoutait chanter la pluie et siffler le vent sur les cadavres couchés dans la boue.

– Peut-être…, commença Guadalmedina.

Il se tut soudain, et je vis le sourire disparaître de ses lèvres. Il me regarda, et je détournai les yeux. Il resta ainsi un moment à nous observer. Puis il déposa très lentement le pot par terre et, nous tournant le dos, il s'éloigna.

Je demeurai silencieux, assis à côté de mon maître, bercé par le bruit de l'eau sur l'auvent d'ardoises.

– Capitaine..., murmurai-je enfin.

Rien que ce mot. Je savais que c'était suffisant. Je sentis sa main rude se poser sur mon épaule puis me donner une petite tape sur la nuque.

– Nous sommes vivants, dit-il enfin.

Le froid et les souvenirs me firent frissonner. Je ne pensais pas seulement à ce qui s'était passé le matin dans le bois.

– Que va-t-il advenir d'elle, maintenant ? demandai-je à voix basse.

Il ne me regarda pas.

– De qui ?

– D'Angélica.

Il resta un temps sans desserrer les lèvres. Songeur, il contemplait le chemin au bout duquel avait disparu Malatesta, en route pour son rendez-vous avec le bourreau. Puis il hocha la tête.

– On ne peut pas toujours gagner.

Des voix se firent entendre, des bruits d'armes, des pas martiaux. Les archers se rassemblaient pour enfourcher leurs montures, leurs cuirasses ruisselant de pluie, tandis qu'un carrosse à quatre chevaux gris s'avançait vers le porche. Guadalmedina réapparut, en train de se coiffer d'un élégant couvre-chef rehaussé de pierreries, au milieu de plusieurs gentilshommes de la maison royale. Son regard glissa sur nous, et il donna quelques ordres. Des commandements retentirent, suivis de hennissements, et les archers disciplinés s'alignèrent, fort gaillards sur leurs chevaux. Alors le roi sortit, portant bottes, chapeau et épée. Il avait changé sa mise de chasseur pour un habit de brocart bleu. Nous nous levâmes, Cózar, le capitaine et moi. Tout le monde se découvrit, à l'exception de Guadalmedina, qui, en sa qualité de grand d'Espagne, avait le privilège de rester couvert devant le roi. Philippe IV n'abaissa pas son regard, impassible, dans la même attitude distante que pendant l'échauffourée du bois. Il traversa le porche en direction de l'attelage, la tête haute, passa devant nous sans nous regarder et monta dans la voiture qui s'était approchée jusqu'aux marches. Au moment où Guadalmedina allait replier le marchepied et fermer la portière, le roi lui adressa quelques mots à voix basse. Nous vîmes Álvaro de la Marca s'incliner pour écouter attentivement, malgré la pluie qui se déversait sur lui. Puis il fronça les sourcils en hochant affirmativement la tête.

— Alatriste ! appela-t-il.

Je me tournai vers le capitaine qui regardait, troublé, Guadalmedina et le roi. Finalement, sortant de l'abri du porche, il fit quelques pas vers eux. Les yeux bleus de l'Autriche se rivèrent sur lui, aqueux et froids comme ceux d'un poisson.

– Rendez-lui son épée, ordonna Guadalmedina.

Un sergent s'approcha, portant l'arme et son baudrier. En réalité ce n'était pas la lame du capitaine, mais celle qu'il avait prise au premier spadassin après l'avoir égorgé. Mon maître resta l'épée à la main, plus déconcerté encore. Puis il s'en ceignit lentement. Quand il releva la tête, son profil aquilin, sur l'épaisse moustache dont les pointes ruisselaient de pluie, lui donnait l'air d'un faucon méfiant.

– À moi cette balle ! dit Philippe IV, comme s'il réfléchissait à voix haute.

J'en fus stupéfait, avant de me souvenir que ces paroles étaient celles que le capitaine avait prononcées au moment où Malatesta visait le roi avec son pistolet. Mon maître, impavide, observa alors le monarque avec curiosité, comme s'il se demandait où il voulait en venir.

– Votre chapeau, Guadalmedina, ordonna Sa Majesté catholique.

Il y eut un long silence. Puis Álvaro de la Marca obéit en se découvrant à contrecœur – la pluie le transformait en éponge – et remit au capitaine son joli couvre-chef agrémenté d'une plume de faisan, la toque ornée de diamants.

– Couvrez-vous, capitaine Alatriste ! ordonna le roi.

Pour la première fois depuis que je le connaissais, je vis mon maître rester bouche bée. Il demeura ainsi un moment, indécis, faisant tourner le bonnet dans ses mains.

– Couvrez-vous, répéta le monarque.

Le capitaine acquiesça en ayant l'air de comprendre. Il regarda le roi, Guadalmedina. Puis il contempla le chapeau, pensif, et s'en coiffa, comme pour donner à tous l'occasion de rectifier leurs torts.

– Vous ne pourrez jamais faire état de cela publiquement, l'avertit Philippe IV.

– Je m'en doute, répondit mon maître.

Durant un long moment, l'obscur bretteur et le seigneur de deux mondes se regardèrent face à face. Sur le visage impassible de l'Autriche passa un sourire fugace.

– Je vous souhaite bonne chance, capitaine... Et si, quelque jour, on veut vous pendre ou vous donner du garrot, appelez-en au roi... Dorénavant, vous avez le droit d'être décapité comme un hidalgo et un gentilhomme.

Telles furent les paroles du petit-fils de Philippe II en cette pluvieuse matinée de La Fresneda. Puis il donna un ordre, Guadalmedina monta dans le carrosse, releva le marchepied et ferma la portière, le cocher, sur son siège, fit claquer son fouet, et l'attelage se mit en marche, traçant des sillons dans la boue, suivi des archers à cheval et des acclamations de

Cózar. « Longue vie au roi catholique », vociférait le comédien, de nouveau gris. Ou faisant semblant de l'être. « Longue vie à l'Autriche », etc. « Que Dieu bénisse l'Espagne, gardienne de la foi véritable. L'Espagne et sa putain de mère. »

Impressionné, je rejoignis le capitaine. Mon maître regardait s'éloigner l'attelage royal. L'élégant couvre-chef de Guadalmedina contrastait avec le reste de son apparence : souillé de boue, couvert d'égratignures, défait, brisé. Tout comme moi. Lorsque j'arrivai près de lui, je vis qu'il riait, d'un rire contenu, presque intérieur. En m'entendant, il tourna la tête et me fit un clin d'œil, ôtant son chapeau pour me le montrer.

– Heureusement, soupirai-je, nous pourrons tirer quelque chose des diamants de la toque.

Le capitaine étudiait la garniture du chapeau. Puis il hocha la tête et se recoiffa.

– Ils sont faux, dit-il.

*La Navata, août 2003*

EXTRAITS DU

# FLORILÈGE DE POÉSIE DE DIVERS ESPRITS DE CETTE COUR

Imprimé au XVII<sup>e</sup> siècle, sans mention d'éditeur,
conservé en la section « Comté de Guadalmedina »
des Archives et Bibliothèque des Ducs
del Nuevo Extremo à Séville.

☞ Attribué à Don Francisco de Quevedo

## AU PROCUREUR SATURNINO APOLO, AMI DES MAUVAIS VERS ET DE LA BOURSE D'AUTRUI

O procureur qui ne procure rien
Sauf à toi-même en doublons bien sonnants
Archimandrite et crème des ruffians,
Sangsue vorace, avide pharisien.

La plume que grossièrement tu tiens
    Crache l'ordure en ses pâtés brouillons ;
    Tu es docteur en vers de mirliton,
    Qui mal tournés lèchent le cul des chiens.

Tas d'immondices où s'étale ton pus
    Macaque affreux et luxurieux satyre,
    Péteur de fiel et sycophante obtus,

Grand scélérat, des muses le rebut,
    Tu fais passer ta bourse avant ta lyre
    Faux Apollon, tu descends de Cacus.

☞ DE DON LUIS DE GÓNGORA

## SUR LA FUGACITÉ DE LA BEAUTÉ ET DE LA VIE

Tandis que le soleil son or fait rutiler,
Restant de tes cheveux le rival endeuillé;
Tandis que dans son champ le lys émerveillé
De ton front pur et blanc jalouse la beauté;

Quand ta lèvre répand tout son éclat diapré
    Qu'aucun œillet naissant ne pourrait égaler,
    Et que ton cou charmant au cristal comparé
    Affirme, rayonnant, sa supériorité;

De ta lèvre et ton cou, ton front et tes cheveux
    Profite sans tarder, car ce qui a été
    Or, lys, œillet, cristal en ton printemps heureux

Bientôt en fleur fanée ou triste argent changé
    Partira avec toi au monde ténébreux;
    Et terre, ombre, poussière, au néant vous irez.

## ☞ DE FÉLIX LOPE DE VEGA CARPIO

## SUR LES DÉLICES ET LES CONTRADICTIONS QUE CAUSE L'AMOUR

Se pâmer, tout risquer, devenir enragé,
Être tendre ou méchant, prodigue ou renfrogné,
Plein d'espoir ou éteint, mourant ou éveillé,
Loyal, traître, couard, plein de témérité;

Loin du bien ne jamais trouver sérénité,
Se montrer triste, gai, humble ou altier,
Irritable, vaillant, ou fuyant le danger,
Satisfait, offensé, jaloux à en crever;

Éviter un visage aux tristes déceptions,
Comme exquise liqueur avaler du poison,
Oublier le désir, aimer ce qui fait mal;

Voir le ciel devenir un séjour infernal,
Se vouer corps et âme à la désillusion,
Tel est l'amour: le sait qui souffrit sa passion.

# APPROBATION

J'ai vu le livre intitulé *Le Gentilhomme au pourpoint jaune,* cinquième volume des *Aventures du capitaine Alatriste,* pour lequel Don Arturo Pérez-Reverte sollicite licence d'impression. Comme dans les précédents, je n'y trouve rien qui puisse offenser notre Sainte Foi ni les bonnes mœurs ; fruit, au contraire, de l'esprit clairvoyant et des habituelles qualités de son auteur, on y trouvera de sains avertissements qui, sous l'aimable apparence du conte et de la fable, contiennent ce que l'humaine philosophie compte de plus grave et de plus sérieux. Nonobstant son peu de réflexions chrétiennes ou pieuses, j'ai le sentiment que sa lecture édifiera la jeunesse ; car son langage est tout en fleurs de rhétorique, ses péripéties et ses considérations divertissent le curieux, sa rigueur satisfait le savant, ses avis profitent au prudent, et s'il se trouve quelque amertume en ses exemples et enseignements, ceux-ci dispenseront une instruction fort salutaire au lecteur, qui n'en tirera pas moins de profit que de plaisir.

Au vu de quoi j'estime que l'on doit accorder à l'auteur la licence d'impression par lui sollicitée.

*Fait à Madrid, le dixième jour du mois d'octobre 2003*
*Luis Alberto de Prado y Cuenca*
*Secrétaire du Conseil de Castille.*

# TABLE

|       |                                    |     |
|------:|------------------------------------|----:|
|    I. | LE THÉÂTRE DE LA CROIX             |  11 |
|   II. | LA MAISON DE LA RUE FRANCOS        |  43 |
|  III. | L'ALCAZAR DES AUTRICHE             |  85 |
|   IV. | LA RUE DES DANGERS                 | 119 |
|    V. | LE VIN D'ESQUIVIAS                 | 149 |
|   VI. | LE ROI EST MORT, VIVE LE ROI       | 187 |
|  VII. | L'AUBERGE DU FAISAN                | 217 |
| VIII. | DES ASSASSINS ET DES LIVRES        | 253 |
|   IX. | L'ÉPÉE ET LA DAGUE                 | 291 |
|    X. | LE LEURRE ET LE PIÈGE              | 325 |
|   XI. | LA PARTIE DE CHASSE                | 355 |
|       | ÉPILOGUE                           | 389 |

EXTRAITS DU FLORILÈGE DE POÉSIE
DE DIVERS ESPRITS DE CETTE COUR                399

DU MÊME AUTEUR

**Le Tableau du maître flamand**
*Jean-Claude Lattès, 1993*
*et « Le Livre de poche », n°7625*

**Le Club Dumas ou l'Ombre de Richelieu**
*Jean-Claude Lattès, 1994*
*et « Le Livre de poche », n°7656*
*rééd. sous le titre* La Neuvième Porte
*Jean-Claude Lattès, 1999*

**Le Maître d'escrime**
*Éditions du Seuil, 1994*
*et « Points », n°P154*

**La Peau du tambour**
*Éditions du Seuil, 1997*
*et « Points », n°P518*
*et Éditions de la Seine, 2001*

**Le Cimetière des bateaux sans nom**
*Prix Méditerrannée, 2001*
*Éditions du Seuil, 2001*
*et « Points », n°P995*

**La Reine du Sud**
*Éditions du Seuil, 2003*
*et « Points », n°P1221*

**Le Hussard**
*Éditions du Seuil, 2005*

LES AVENTURES
DU CAPITAINE ALATRISTE
*déjà parus*

**Le Capitaine Alatriste**
*Éditions du Seuil, 1998*
*et « Points » n°P725*

**Les Bûchers de Bocanegra**
*Éditions du Seuil, 1999
et «Points» n° P740*

**Le Soleil de Breda**
*Éditions du Seuil, 2000
et «Points» n° P753*

**L'Or du roi**
*Éditions du Seuil, 2002
et «Points», n° P1108*

À PARAÎTRE

**La Vengeance d'Alquézar**

Mission à Paris

RÉALISATION : PAO ÉDITIONS DU SEUIL
IMPRESSION : S.N. FIRMIN-DIDOT AU MESNIL-SUR-L'ESTRÉE (EURE)
DÉPÔT LÉGAL : OCTOBRE 2005. N° 83795 (75600)
IMPRIMÉ EN FRANCE

# Collection Points

DERNIERS TITRES PARUS

P1320. Le Gone du Chaâba, *par Azouz Begag*
P1321. Béni ou le paradis privé, *par Azouz Begag*
P1322. Mésaventures du Paradis
       *par Erik Orsenna et Bernard Matussière*
P1323. L'Âme au poing, *par Patrick Rotman*
P1324. Comedia Infantil, *par Henning Mankell*
P1325. Niagara, *par Jane Urquhart*
P1326. Une amitié absolue, *par John le Carré*
P1327. Le Fils du vent, *par Henning Mankell*
P1328. Le Témoin du mensonge, *par Mylène Dressler*
P1329. Pelle le Conquérant 1, *par Martin Andersen Nexø*
P1330. Pelle le Conquérant 2, *par Martin Andersen Nexø*
P1331. Mortes-Eaux, *par Donna Leon*
P1332. Déviances mortelles, *par Chris Mooney*
P1333. Les Naufragés du Batavia, *par Simon Leys*
P1334. L'Amandière, *par Simonetta Agnello Hornby*
P1335. C'est en hiver que les jours rallongent, *par Joseph Bialot*
P1336. Cours sur la rive sauvage, *par Mohammed Dib*
P1337. Hommes sans mère, *par Hubert Mingarelli*
P1338. Reproduction non autorisée, *par Marc Vilrouge*
P1339. S.O.S., *par Joseph Connolly*
P1340. Sous la peau, *par Michel Faber*
P1341. Dorian, *par Will Self*
P1342. Le Cadeau, *par David Flusfeder*
P1343. Le Dernier Voyage d'Horatio II, *par Eduardo Mendoza*
P1344. Mon vieux, *par Thierry Jonquet*
P1345. Lendemains de terreur, *par Lawrence Block*
P1346. Déni de justice, *par Andrew Klavan*
P1347. Brûlé, *par Leonard Chang*
P1348. Montesquieu, *par Jean Lacouture*
P1349. Stendhal, *par Jean Lacouture*
P1350. Le Collectionneur de collections, *par Henri Cueco*
P1351. Camping, *par Abdelkader Djemaï*
P1352. Janice Winter, *par Rose-Marie Pagnard*
P1353. La Jalousie des fleurs, *par Ysabelle Lacamp*
P1354. Ma vie, son œuvre, *par Jacques-Pierre Amette*
P1355. Lila, Lila, *par Martin Suter*
P1356. Un amour de jeunesse, *par Ann Packer*

P1357. Mirages du Sud, *par Nedim Gürsel*
P1358. Marguerite et les Enragés
       *par Jean-Claude Lattès et Éric Deschodt*
P1359. Los Angeles River, *par Michael Connelly*
P1360. Refus de mémoire, *par Sarah Paretsky*
P1361. Petite Musique de meurtre, *par Laura Lippman*
P1362. Le Cœur sous le rouleau compresseur, *par Howard Buten*
P1363. L'Anniversaire, *par Mouloud Feraoun*
P1364. Passer l'hiver, *par Olivier Adam*
P1365. L'Infamille, *par Christophe Honoré*
P1366. La Douceur, *par Christophe Honoré*
P1367. Des gens du monde, *par Catherine Lépront*
P1368. Vent en rafales, *par Taslima Nasreen*
P1369. Terres de crépuscule, *par J. M. Coetzee*
P1370. Lizka et ses hommes, *par Alexandre Ikonnikov*
P1371. Le Châle, *par Cynthia Ozick*
P1372. L'Affaire du Dahlia noir, *par Steve Hodel*
P1373. Premières Armes, *par Faye Kellerman*
P1374. Onze Jours, *par Donald Harstad*
P1375. Le croque-mort préfère la bière, *par Tim Cockey*
P1376. Le Messie de Stockholm, *par Cynthia Ozick*
P1377. Quand on refuse on dit non, *par Ahmadou Kourouma*
P1378. Une vie française, *par Jean-Paul Dubois*
P1379. Une année sous silence, *par Jean-Paul Dubois*
P1380. La Dernière Leçon, *par Noëlle Châtelet*
P1381. Folle, *par Nelly Arcan*
P1382. La Hache et le Violon, *par Alain Fleischer*
P1383. Vive la sociale !, *par Gérard Mordillat*
P1384. Histoire d'une vie, *par Aharon Appelfeld*
P1385. L'Immortel Bartfuss, *par Aharon Appelfeld*
P1386. Beaux seins, belles fesses, *par Mo Yan*
P1387. Séfarade, *par Antonio Muñoz Molina*
P1388. Le Gentilhomme au pourpoint jaune
       *par Arturo Pérez Reverte*
P1389. Ponton à la dérive, *par Daniel Katz*
P1390. La Fille du directeur de cirque, *par Jostein Gaarder*
P1391. Pelle le Conquérant 3, *par Martin Andersen Nexø*
P1392. Pelle le Conquérant 4, *par Martin Andersen Nexø*
P1393. Soul Circus, *par George P. Pelecanos*
P1394. La Mort au fond du canyon, *par C. J. Box*
P1395. Recherchée, *par Karin Alvtegen*
P1396. Disparitions à la chaîne, *par Ake Smedberg*